Dirk Westphal

SAVANTNINJAS

Teil 4

Am Gletscher der Zeit

Die wissenschaftliche Bedeutung des Wortes *Savant* wurde in diesem Fantasy-Roman sehr viel weiter gefasst, als es in der Realität der Fall ist. Es sollte hier also nicht mit allzu ernsthaftem Forscherverstand gelesen werden. Das aus dem Französischen stammende Wort bezeichnet Menschen mit sogenannten *Inselbegabungen,* die sie zu besonderen Leistungen befähigen. Einige der im Buch vorkommenden Charaktere haben jedoch weit darüber reichende Gaben.

Handlung und Personen sind frei erfunden. Jede Ähnlichkeit mit Lebenden oder Toten ist Zufall und in keiner Weise beabsichtigt.

Bibliografische Information der Deutschen Nationalbibliothek:
Die Deutsche Nationalbibliothek verzeichnet diese Publikation in der Deutschen Nationalbibliografie; detaillierte bibliografische Daten sind im Internet über http://dnb.d-nb.de abrufbar.

Sic transit gloria mundi – so vergeht der Ruhm der Welt.

Patricius, 1516

Was in den vorherigen Bänden der SAVANTNINJA-SAGA geschah:
Der Amerikaner Jeffrey Tesla leitet einen Geheimbund, der die Weltherrschaft an sich reißen will. Dazu haben Mitarbeiter von ihm wichtige Schaltstellen in Militär, Wirtschaft und Regierungen in Besitz genommen. In vielen Ländern der Welt wurde der Notstand ausgerufen. Tesla wähnt sich bereits am Ziel der totalen Machtergreifung, als eine außerirdische Macht auf den Plan tritt.

***

Dieses Buch wurde verfasst ohne Anspruch darauf zu erheben, den neusten Stand der Forschung etwa in Bezug auf eine Verlängerung der natürlichen biologischen Lebensspanne wiederzugeben. Wurden wissenschaftliche Begriffe oder Erkenntnisse der Forschung verwendet, dann nur, um einen groben Rahmen für die Handlung aufzubauen. Alle Personen und viele der Orte sind frei erfunden.
Anmerkung des Autors: Dieses Buch wurde so angelegt, dass der Leser ohne Kenntnis der ersten drei Bände der Savantninja-Saga einsteigen kann.

Personenregister

Caschell – Der Körperlose durchstreift die Ewigkeit
Elorel – Eine Gibb handelt gegen ihr Volk
Arjen Bleurejes – Holländischer Forscher mit wundersamen Erlebnissen
Wladimir Kadyrow – Der Kommandant des russischen Atom-U-Bootes Tomsk ahnt Schlimmes
Tia Kendrun – Mutantin mit einer außerordentlichen PSI-Begabung
Jeffrey Tesla – Chef eines Geheimbundes in Nöten
Margo Stotewskaya, Daniel Schaendler und **Anna Sikorski** – Drei hochbegabte Menschen auf der Suche nach der Wahrheit
Ursula Grothkamp – Deutschlands Staatschefin folgt einem skrupellosen Plan und verfällt der Macht
Pater Ignatius Fjodorow – Ein Geistlicher auf Himmelfahrtskommando

2019. Atom-U-Boot Tomsk. 45 Seemeilen vor Syrien.
Bis zum Weltuntergang schien es nicht mehr lang.

Pater Ignatius Fjodorow konnte einfach nicht glauben, was er wenige Minuten zuvor von Wladimir Kadyrow, dem Kommandanten der Tomsk und einem der höchsten Admirale der Großrussischen Flotte, erfahren hatte. Ohne erkennbare Gefühlsregung hatte ihm der Admiral mit sonorer Stimme eröffnet – den Augenkontakt dabei auf das unabdingbare zwischenmenschliche Agieren der Kontaktaufnahme beschränkend und stattdessen wie gebannt zu einem TV-Flachbildschirm mit herunter geregeltem Ton starrend -, dass er, der unangefochtene Zar unter den Marineoffizieren, die Gelegenheit wünsche, Gott um Vergebung zu ersuchen.

Im ersten Moment beschlich Fjodorow das Gefühl sich verhört zu haben, denn bis zu diesem Zeitpunkt war der Admiral nicht durch allzu große Gläubigkeit aufgefallen. Und nun begehrte er seines praxisnahen Beistands als Diener des Herrn. Nachdem Fjodorow die erste Überraschung überwunden hatte, setzte er zu einem Nachfragen an, aber es war unnötig.

„Ja, ja", antwortete der Admiral dem verdutzt guckenden Pater, „Sie haben ganz richtig gehört. Ich bitte Sie in unser aller Namen", Kadyrow unterstützte die Worte durch eine raumgreifende Geste, „Gott anzurufen, damit er uns vergibt", Kadyrow hatte die Arme wieder herunter genommen und blickte nun zu Boden, „was wir tun werden und was unvermeidlich ist, weil es nicht in unserer Macht steht, die Dinge zu ändern." Hier pausierte Kadyrow kurz, um dann ein *Aber wir handeln auf obersten Befehl* mit leiserer Stimme anzufügen, was wie die Bitte um Freisprechung von der größtmöglichen Sünde klang.

Die Tomsk werde nämlich – und an dieser Stelle brachte Kadyrow erneut den Aspekt des Unvermeidlichen ins Spiel – in spätestens zehn Minuten zwei nuklear bestückte Raketen auf ein strategisch bedeutsames Ziel nahe der syrischen Stadt al-Raqqa abfeuern, eine Luftwaffenbasis und Radarstation.

Die Raketen trügen nur Sprengköpfe mit *begrenztem Wirkungsradius*, aber ein im Mittelmeer unweit Zyperns kreuzender Marineverband der

Schwarzmeerflotte werde ihren Angriff mit dem Abschuss von Marschflugkörpern unterstützen.

Fjodorow stockte der Atem, denn Kadyrows Worte glichen einer verbalen Atombombe: *Unterstützen*, weshalb ein *Vergeltungsschlag* der gegnerischen Kräfte *nicht auszuschließen* sein. Je nachdem, wie gut sie aufgestellt waren, das könne die eigene Luftbildaufklärung, die nicht schlechter sei als die der Amerikaner, nicht eindeutig feststellen, weshalb auch ein größeres Zielgebiet bestrichen werde als ursprünglich geplant.

Bestreichen – vor allem diese Formulierung bescherte dem Geistlichen, der erwartungsvoll in Richtung des Admirals blickte, weiche Knie. Er hoffte auf eine Auflösung, etwas in der Art, dass dies alles nichts weiter als ein schlechter Scherz sei. Vielleicht handelte es sich ja um eine Prüfung, der jeder Neue an Bord des U-Bootes unterzogen wurde und somit auch er, da er erst wenige Tage zuvor an Bord gekommen war. Nur hoffte Fjodorow darauf vergeblich.

Aus Kadyrows Sicht war alles Notwendige gesagt. Ohne den Pater weiterer Blicke zu würdigen, widmete er sich wieder dem Fernseher, in dem eine Tierserie lief. Eine Schule Orcas jagte ein junges Buckelwalkalb, das bereits eine Spur dünnwässrigen Blutes durch das schaumige Wasser hinter sich her schleppte. Irgendwie passte das ganz gut zu ihrer derzeitigen Lage, fand Fjodorow. Eingeschlossen in einer Metallröhre, im dunklen Wasser, wartend auf die Jäger.

Fjodorow hatte das unwillkürliche Gefühl, sprichwörtlich den Boden unter den Füßen zu verlieren. Er schüttelte nach Kadyrows knappen Ausführungen den Kopf, wie es Leute tun, die verwundert oder verstört sind, weil sie etwas, das sich vor ihren Augen abspielt, nicht glauben können und es am liebsten wie einen bösen Traum abschütteln wollen. Doch so sehr sich Fjodorow auch darum bemühte, Kadyrows Worte zu vergessen, es klappte nicht. Sie waren gesagt worden und ihre Botschaft lautete: Armageddon.

Vergeltung, nuklearer Gefechtskopf, begrenzter Wirkungskreis …

Wie ein unlöschbarer Steppenbrand fraßen sich die Begriffe durch Fjodorows Gehirn und verheerten auch den letzten Rest seines Glaubens an das Gute, das am Ende immer triumphiere.

Er wusste nicht viel über al-Raqqa, nur, dass die Stadt am Euphrat lag und Hauptsitz der wohl extremsten Rebellengruppe war, die im Nahen Osten wütete. Ihre Mitglieder präsentierten sich zumeist in martialischer Haltung, schwenkten schwarze Fahnen und zogen marodierend

durch Syrien und den Irak. Mit nur 300 Mann hatten sie schon mal einige tausend Soldaten der irakischen Armee in die Flucht geschlagen hatte, ohne dass es überhaupt zum Kampf oder auch nur Scharmützeln gekommen war. Was Experten auch mit den technisch perfekt in Szene gesetzten und vor Blut strotzenden Videos der Rebellen erklärten. Die an ihre Gegner – und das umfasste auch Großrussland – gerichtete Botschaft lautete: WER SICH UNS IN DEN WEG STELLT, STIRBT!
Und so gab es kaum jemanden, der sich dies traute.
Wie alle Gruppen im Nahen Osten waren die schwarzen Rebellen bis zum Anschlag bewaffnet, mit dem Allerneusten, das der Markt hergab. M16-Gewehre aus amerikanischen Beständen – kein Problem! Spezialgepanzerte Humvees – kein Problem! Oder Artilleriegeschütze, etwa aus gestohlenen US-Beständen der irakischen Armee – ebenfalls kein Problem!
Vergeltung…
Immer und wieder hallte Kadyrows Formulierung durch Fjodorows Schädel. Obwohl der Brandungsdonner, den es in ihm ausgelöst hatte, langsam nachließ. Besser wurde damit aber nichts.
Als wenn es noch einer Bekräftigung der brenzligen Lage bedurft hätte, unterbrach das russische Fernsehen sein Programm. Die Orcas in dem Tierfilm machten einer wehenden Staatsfahne Platz, was Kadyrow mit einem neugierigen Hochziehen seiner Augenbrauen registrierte, wenngleich auch so sparsam ausgeführt, wie ein Tour-de-France-Fahrer mit seinen Kräften auf den letzten Metern umgeht.
An Stelle der Flagge erschien nach wenigen Sekunden ein Sprecher in mausgrauem Anzug, der mit staatstragender Mine „aus aktuellem Anlass"
Ausschnitte aus einer Sitzung des UN-Sicherheitsrates ankündigte, der eigentlich nur noch auf dem Papier existierte, weil die ehedem in ihn gewählten Länder nicht oder nur noch in Teilen existierten. Dies hatte die Vertreter der Nachfolgerstaaten aber keineswegs davon abgehalten, den Sitz im Rat nun für die jeweils neue Regierung zu beanspruchen. So saß etwa auf dem Stuhl der ehemaligen USA die Uno-Botschafterin von NORDAMERIKA, zu dem seit kurzem Mexiko und Kanada gehörten. Und dies war auch der Grund, warum Kadyrow den Fernseher mit einem kurzen Tipp auf die Fernbedienung um gefühlte drei Stufen lauter stellte.
Mit scharfer Stimme und leicht nach vorn in Richtung des Mikrofons gebeugt, attackierte die Amerikanerin den abgekämpft wirkenden Ver-

treter Großrusslands im Sicherheitsrat scharf, und, wie Fjodorow fand, in einem äußerst belehrenden Ton: „Sie lügen, wann immer sie in dieser Versammlung auftreten. Sie reden von der Bekämpfung des Terrorismus und vertreten eine Regierung, die sich selbst solcher Methoden bedient oder diese unterstützt." Mit jedem Wort verdunkelte sich Kadyrows Gesicht. Fjodorow überlegte, ob er besser gehen sollte, möglichst unauffällig, einfach umdrehen und raus, der Admiral würde es kaum bemerken, doch er blieb.

Auch weil der Vertreter Großrusslands, dessen Gesicht zwischenzeitlich eine hochrote Farbe angenommen hatte, zu einer Antwort ausholte, die Fjodorow sich nicht entgehen lassen wollte.

„Sie reden von Lügen. Haben Sie die Moral gepachtet? Wissen Sie eigentlich, was für ein Land Sie selbst vertreten?" Das letzte Wort dehnte der russische UN-Botschafter genüsslich.

Kadyrow, dessen Gesicht weiterhin keinen Rückschluss auf seine innere Verfassung zuließ – seine Augenbrauen hatten sich wieder gesenkt-, presste ein leises *Ja ja* heraus, dann beugte er sich nach vorne, um den Fernseher auszuschalten, was Fjodorow veranlasste, einen letzten Blick auf Nordamerikas Uno-Botschafterin zu werfen. Mittelgescheiteltes Haar, Yale-Absolventinnen-Frisur, bieder, angepasst, so wie die Perlensteckohrringe, Haltung einer Oberbesserwisserin.

Fjodorow kam nicht dazu, seine Gedanken zu Ende zu führen.

„Haben Sie verstanden, Pater, was ich eingangs gesagt habe?", sagte Kadyrow, der nun auf die Armbanduhr schaute und seinen Worten noch ein *Es ist T minus 7* hinzufügte. „Das bedeutet, dass die Raketen in sieben Minuten abgefeuert werden. Wenn man zudem eine Flugzeit von maximal 6 Minuten zugrunde legt, sollten sie so schnell wie möglich ihre Kajüte aufsuchen und Gott in unser aller Namen um Vergebung bitten. Das können Sie doch, oder?"

Kadyrow sah nicht aus wie jemand, der ein Nein akzeptierte.

„Äh, natürlich…"

Der Admiral vermied weiterhin den Augenkontakt, klopfte dafür an das Glas seiner Armbanduhr, als wären die Zeiger stehen geblieben, was nicht der Fall war, und fuhr dann fort: „Um die Breite der Geschehnisse zu erfassen, müssen Sie sich vor Augen führen, dass vor der syrischen Küste Schiffe aller Atommächte kreuzen, einschließlich Israels. Ich sage es ungern, aber unser Einsatz…", Kadyrow klopfte nun nicht mehr an das Glas der Uhr, sondern griff zu einer Zigarre, die die ganze Zeit über unangetastet auf dem schmalen Sideboard neben ihm gelegen hatte, „…ähnelt einem verdammten, ich bitte um Verzeihung für dieses Wort: Himmelfahrtskommando.“

Fjodorow wollte etwas entgegnen, aber außer einem würgenden Krächzgeräusch brachte er keine Antwort zustande. Er wusste, dass Kadyrow ihn nicht mehr benötigte, eigentlich längst entlassen hatte, alles war gesagt, was zu sagen war, aber seine Beine fühlten sich derart wabbelweich an, als würden sie sofort nachgeben, wenn er es auch nur wagte, ihnen den Befehl zum Abmarsch zu geben.

Unglücklicherweise schickte Kadyrow noch ein *Sie dürfen sich nun rühren, Pater* hinterher, was Fjodorows Beine keineswegs lockerer machte, im Gegenteil. Er spürte, wie seine Oberschenkel unkontrolliert zu zittern anfingen.

Der Admiral hatte unterdessen, die Zigarre angezündet. Weiterhin den Augenkontakt meidend, pustete er wie ein Pokerspieler in einer genüsslich ausgekosteten, der das mögliche Blatt seiner Gegenspieler in Gedanken durchgeht, kleine Rauchwölkchenkringel in die Luft.

Danach schwieg Kadyrow, der trotz der Hiobsnachricht eine unheimliche Ruhe ausstrahlte, was Fjodorow nicht verstand. Aber Kadyrow war halt kein gewöhnlicher Soldat, sondern eine lebende Legende. Er galt als ein besonnen handelnder Offizier, der, wenn er einmal zu einer Lagebeurteilung gefunden hatte, dieser ohne ein Wimpernzucken folgte.

Dass er derart emotionslos über die Möglichkeit der eigenen Vernichtung sprach, verschlug Fjodorow dennoch die Sprache. Wie um alles in der Welt konnte man angesichts ihrer Situation so nüchtern bleiben?

Mit Beinen, die nun ein gänzliches Eigenleben zu besitzen schienen und in ein haltloses Schlottern übergegangen waren, stand Fjodorow wie angewurzelt vor dem Kommandanten, der ihm nun mit einem kurzen Blick zu verstehen gab, dass wirklich alles gesagt sei. Wegtreten. Marsch, Marsch!

Fjodorow hob vorsichtig seinen linken Fuß an. *Ganz langsam.*

Entgegen seiner Befürchtung verlor er nicht das Gleichgewicht. Ein Rest von Kontrolle war also doch noch in ihm, obschon das Zittern seiner Beine nicht aufhörte.

Er drehte sich um und ging langsam auf die Kajütentür zu. *Ein Fuß nach dem anderen, sich bloß nichts anmerken lassen.* Fjodorow hatte das Gefühl, Kadyrows Blicke wie Messerspitzen im Rücken zu fühlen.

Dann war er raus aus der Kapitänskajüte. Geschafft.

Es dauerte eine weitere Minute, bis die Worte des Admirals alle Ecken von Fjodorows Gehirns erreicht hatten und im vorderen Teil des Stirnlappens gleich einem Vulkanausbruch ihre ganze katastrophale Bedeutung entfalteten. Schwankend torkelte der Militärseelsorger zurück zu seiner Unterkunft, wobei er immer wieder die Halskette mit dem Kruzifix anfasste. Einige Male schien es ihm, als würden sich die Gänge vor ihm weiten, verengen oder krümmen, ihm wurde übel. Er konzentrierte sich und der Effekt nahm ab.

Auf dem Weg zu seiner Kajüte begegneten ihm keine Matrosen, was er auf die ausgerufene Gefechtsbereitschaft zurückführte. Als er seine Unterkunft schließlich erreicht hatte, steuerte er, nunmehr am ganzen Körper zitternd, das Bett an, die Hände auf die Oberschenkel gepresst, die nun vollkommen unkontrolliert zuckten, fast wie bei einer Schwangeren, die plötzlich feststellte, dass sich nach dem Eintreten der Wehen in ihrem eben noch frischen Sommerkleid plötzlich ein roter Fleck befand und dass entgegen der Erwartung kein zartes Strampeln ihres Babys zu spüren war. Stattdessen nur: Leblosigkeit und Tod.

Ganz ruhig, Ignatius.

Fjodorow ließ sich, erfüllt von einem Gefühl unfassbarer Hilflosigkeit und des Ausgeliefertseins, nach hinten aufs Bett fallen. Bis zu ihrer Himmelfahrt, wie Kadyrow es umschrieben hatte, oder bis zum Weltuntergang, wie Nichtmilitärs es wohl formulieren würden, blieben nur noch wenige Minuten. Wie sollte er da Gottes Beistand einfordern?

Er drehte sich auf die Seite und fing haltlos an zu weinen.

Steinbruch nahe Rennes, Frankreich

Arjen Bleurejes dachte darüber nach, es für heute gut sein zu lassen. Zwischen zwei jeweils nur wenige Millimeter dicken Schieferplatten hatte der 55-jährige Holländer die Reste einer noch unbekannten Riesenlibelle aus dem Karbon-Zeitalter entdeckt. Größer als alle Exemplare, die in der Literatur beschrieben wurden und die ihm jemals in der Sammlung eines der großen Naturkundemuseen unter die Augen gekommen waren. Das Exemplar, das sich in einer leicht verkrümmten Haltung, aber hervorragend erhaltenem Zustand im Schiefer mit weit ausgebreiteten Flügeln präsentierte, wies etwa die anderthalbfache Spannweite eines Falken auf.

„Außergewöhnlich, ganz außergewöhnlich", flüsterte Bleurejes, während er die beiden Schieferplatten nach einer ersten kurzen Betrachtung vorsichtig auf zwei Lagen dicken samtenen Tuches neben sich ablegte.

Später würde er die Gesteinsplatten in eine mit Schaumgummipolstern ausgekleidete Transportkiste legen, aber bis zum Sonnenuntergang wollte er das Tageslicht weiter zum Graben nutzen. Man konnte nie wissen, was noch zum Vorschein kommen würde. Oft hielt die Erde in der Nähe eines großen Fundes weiteres Bedeutsames bereit, das lehrte die Erfahrung.

Mit fiebrig glänzenden Augen pulte Bleurejes lose Erdkrümel aus der vor ihm liegenden Schicht, immer darauf bedacht, aus Unachtsamkeit kein Fossil zu zerstören, das man auf den ersten Blick nicht erkannte.

Der Paläontologe kannte die Studien, wonach der enorm hohe Sauerstoffgehalt in der Karbonära mehr als 30 Prozent betragen hatte, viel mehr als aktuell, was das Wachstum solch großer Wesen wie der auf dem Samttuch liegenden fossilen Riesenlibelle befeuerte. Aber ein solch gigantisches Exemplar wie dieses war seiner Kenntnis nach noch nie ausgegraben worden.

Den Fund würde er mit anderen zusammen nach Holland schicken, vorausgesetzt die für Grabungen zuständige französische Behörde stimmte zu, aber das hatten die Franzosen bislang immer. Die Teilung von Grabungsfunden war kein großes Ding. Einmal bekamen die Franzosen ein etwas spektakuläreres Objekt, dann wieder er.

Am Ende würde die im Schiefer verewigte Libelle in einem Schaukasten oder einer perfekt ausgeleuchteten Vitrine landen, vielleicht von unsichtbar montierten Lautsprechern in eine Klangwolke aus tierischen Fiep- und Brülllauten gebettet, wie sie für die Karbonära als wahrscheinlich galt. In dem von ihm im niederländischen Arnhem errichteten Privatmuseum, das er um einen botanischen Garten mit einem nach wissenschaftlichen Grundsätzen angelegten Park zu ergänzen plante, aber das war eine Aufgabe für die kommenden Jahre.

Zunächst würde die Libelle einige um Aufmerksamkeit heischende Artikel mit Schlagzeilen wie „GIGANTINSEKT GEFUNDEN" oder „JURASSIC-PARK-VIECH" in der Boulevardpresse generieren, neben manch nachrichtlich gehaltenem Kommentar in den Wissenschaftsmagazine oder den Meldungsspalten der seriösen Zeitungen. Er, Arjen Bleurejes, stand kurz davor, in die Forschungsgeschichte einzugehen. Daran konnte nicht der geringste Zweifel bestehen.

Dabei hatte er in dem Steinbruch nicht wirklich nach einem solch spektakulären Fossil gesucht, was auch idiotisch gewesen wäre, ja sogar ein Fehler. Wer zu fanatisch nach etwas suchte, fand es sowieso nicht, das stand außer Frage. Der Gedanke mochte anderen abergläubisch vorkommen, aber das scherte Bleurejes wenig, er arbeitete nach seinen Prinzipien und Überzeugungen und hielt strikt an ihnen fest.

Das Libellen-Fossil im XL-Format war ihm quasi in die Hände gefallen, als er gerade mit seinem Hämmerchen eine Sedimentschicht frei legte, die ihn aufgrund ihrer mehrfarbigen Farbschattierung, eigentümlich abgegrenzt durch eine jeweils pechschwarze Schicht an ihrem oberen und unteren Rand, aufgefallen war. Und so grub er an der Stelle weiter, Millimeter um Millimeter, stets einen prüfenden Blick auf die unterschiedlichen Farben der Gesteinslagen und ihre Zusammensetzung werfend.

Der Niederländer, der von mittlerer Statur und leicht untersetzt war, wusste um die Seltenheit einer solchen Schichtung. Wo ein solch spektakuläres Fossil gefunden wurde, lagerten oft weitere Schätze, sie mussten nur gehoben werden.

Vorsichtig rieb Bleurejes mit der flachen Seite des Spatels, eines typischen Arbeitsgeräts seiner Zunft, über die vor ihm liegende Erde, bis sie sich wie die Seitenansicht eines Tortenstücks vor ihm ausbreitete. Der Paläontologe betrachtete die farbigen Schichten der Erde eine Zeit lang, wobei er den Kopf leicht schräg hielt, was er seit seiner Kindheit tat, wenn ihn die Neugier gepackt hatte.

„So-so-so. Es würde mich tatsächlich wundern, wenn sich hier nicht noch mehr versteckt hält.“

Darauf bedacht, nicht ungewollt eine kleine Lawine von Erdkügelchen ins Rollen zu bringen, führte Bleurejes den Spatel vorsichtig längs über die vor ihm liegende Erdschicht, wobei er den Kopf nachdenklich langsam mal nach links neigte und wieder zur anderen Seite. Dann steckte er den Spatel zurück in eine kleine Halteschlaufe am Gürtel.

„So-so-so, wie in-te-res-sant.“

Er neigte den Kopf noch ein paar Mal abwechselnd von links nach rechts, dann brachte er von der anderen Seite seines Gürtels ein kleines Hämmerchen zum Vorschein. Mit der dünnen Seite des Hämmerchens arbeitete er sich langsam in die Schicht hinein, immer weiter. Kratzend und pulend präparierte er zwei weitere Lagen dünnen Schiefers aus der Erdtortenschicht heraus. Als genug von ihnen frei gelegt war, steckte er das Instrument zurück in die Gürtelschlaufe. Dann zog er die Schieferplatten heraus.

„Eins. Zwei. Drei“, murmelte Bleurejes leise. Das Zählen während der Präparation eines Fundes nahm er nicht wahr, dazu war er zu konzentriert und aufgeregt. Behutsam bettete er die Schieferplatten auf seinen Oberschenkeln, man konnte gar nicht vorsichtig genug sein, denn manchmal brach selbst fest aussehendes Gestein bei der kleinsten Berührung auseinander. In der Paläontologie war alles möglich.

Bleurejes atmete ein paar Mal stoßartig ein und aus, was er immer tat, wenn er aufgeregt war, dann klappte er die beiden Schieferplatten auseinander. Was er frei gelegt hatte, verschlug ihm den Atem. Er hatte recht behalten, das Tageslicht vor Sonnenuntergang noch zum Graben zu nutzen.

Vor ihm lag ein vollständig erhaltenes Skelett eines der gefiederten Fleisch fressenden und vogelähnlichen Saurier.

Seine Tochter, die wie stets während seiner Anwesenheit bei einer Grabungskampagne das Privatmuseum im holländischen Arnhem leitete, würde jubelnd in die Luft springen, wenn sie das erfuhr.

Das Skelett hob sich schwarz vom hellen Schiefer ab, fast wie bereits von einem Unbekannten zuvor herauspräpariert. Selbst die kleinen, fast filigran anmutenden Knochen rund um den Kiefer waren erhalten, aus denen sich Jahrmillionen später einmal die Knöchelchen des Gleichgewichtssinnes entwickeln würden.

Und dann dieser Goldklecks oberhalb des Kopfes, wie markant und deutlich er sich von dem Schwarz abhob. Ein winziger Goldklecks, wie hingetupft von der Farbpalette eines exzentrischen Künstlers, der Lust daran empfand, die Betrachter seiner Werke mit einer unerwarteten Farbnote oder einem Pinseltupfer zu überraschen oder gar zu verstören.

Wie verzaubert starrte Bleurejes den Klecks an, der sich noch irrealer vom hellen Farbton des Schiefers abhob als das dunkle Skelett. Und nicht nur das. Der Minifleck begann vor seinen Augen zu flirren und löste sich dann aus dem Schiefer und flog… – auf ihn zu.

„Was um alles in der …"

Kadyrows Kajüte.

Wladimir Kadyrow war froh, endlich wieder allein zu sein. Der Besuch des Paters, eines ungemein weich wirkenden Mannes, hatte sich länger hingezogen als geplant. Hatte er dem Priester zuviel verraten, aber was konnte der mit dem Wissen schon anfangen? Eingepfercht in eine stählerne Röhre wie sie alle.

Kadyrow kam zu dem Schluss, es als unproblematisch zu werten, den Geistlichen in die Angriffspläne eingeweiht zu haben. Die orthodoxe Kirche war ihm stets wichtig gewesen und Fjodorow konnte keinen großen Schaden anrichten. Er war schwach.

Der U-Bootkommandant betrachtete nachdenklich die Glut an der Spitze seiner Zigarre, dann nahm er genussvoll einen langen Zug. In kurzen Intervallen stieß er den Rauch aus, wobei es ihm gefiel, kleine runde Kreise zu produzieren, die er in Richtung der Kajütendecke blies. Als der letzte Kreis sich auflöste, dessen ausgefranste und gekringelte Ränder Kadyrow an astronomische Aufnahmen von Überresten explodierter Sterne erinnerten, drückte er mit einem gebrummelten *Na, dann wollen wir mal* die Zigarre im Aschenbecher aus.

Er warf einen Blick auf die Wanduhr über dem Fernseher. Wenn sie richtig ging, und daran zweifelte der Admiral nicht, war es mittlerweile T minus 5. Zeit für ihn, sich auf den Weg zur Brücke zu machen.

In fünf Minuten würde die Tomsk die zwei Raketen abfeuern. Er hatte Oleg Ramirow, seinem Stellvertreter und Ersten Offizier dazu klare Befehle erteilt. Ramirow würde sie ohne Wenn und Aber ausführen, auch wenn er selbst als ranghöchster Offizier nicht vor Ort war, das wusste Kadyrow. Aber er musste auf der Brücke anwesend sein, wenn das Feuerwerk startete. Der Platz eines Kommandanten war im Ernstfall auf der Brücke und nirgendwo sonst.

Mit einem Blick zu dem auf einer kleinen Anrichte ruhenden Laptop checkte der Admiral die letzten eingegangen Kurznachrichten, die von einem Verbindungsoffizier in verschlüsselten Codes an alle Kommandanten der großrussischen Flotte versandt wurden. Inhalt: fremde Schiffsbewegungen und Wissenswertes aus der Weltpolitik, alles im Schlagzeilenmodus, fast wie bei Twitter.

Nur eine der Nachrichten erregte Kadyrows Interesse und ließ für ein paar Sekunden wieder seine Augenbrauen um ein paar Millimeter nach oben rucken. Auf dem israelischen Luftwaffenstützpunkt Nevetim in der Negev-Wüste waren brandneue Kampfflugzeuge des Typs F35 mit Software für elektronische Kriegsführung gelandet. Das Neuste vom Neuen.

Schau mal einer an, dachte Kadyrow und fuhr sich nachdenklich mit der rechten Hand über den kurz geschnittenen Bart, in dem einige wenige graue Haare darauf hindeuteten, dass er kein junger Mann mehr war. Dann machte sich der Zwei-Meter-Gardemaß-Offizier mit raumgreifenden Schritten auf den Weg zu Brücke. Von der im Aschenbecher ausgedrückten Zigarre stieg fast zögerlich ein letztes Kringelwölkchen in die Höhe, als weigerte sie sich auszugehen. Es wirkte wie ein schlechtes Omen.

Stockholm.

Wumm-wumm-wumm. Dumpfe wuchtige Bässe von der Art, wie Modetypen sie mögen, schallten durch die Halle und übertönten die Schrittgeräusche der Besucher, die in Massen zur *Avantgarde Casual and Exceptional,* der neuen angesagten Modemesse Schwedens, gekommen waren. Die Messe präsentierte neben Klamotten aus recycelten Stoffen so ziemlich alles, was irgendwie angesagt war. Plastik? Kein Problem, es könnte ja zu einem pinkfarbenen Gürtel werden, vielleicht im 70er-Jahre-Look. Oder wie wäre es mit einem Trägerkleidchen aus Papier? Der japanische Modeschöpfer Keo Watanabe zeigte auch das.

Kira Soestergaard hatte sich bei einem hastigen Rundgang durch die Hallen (wie jedes Jahr war sie als eine der ersten Besucherinnen durch die Eingangstore gehuscht) einen Überblick über das Angebot verschafft. Einiges auf der Messe fand sie gut, anderes eher nicht. Einige Designer nervten sie geradezu, es ging ihnen weniger um Mode, sondern um die Zurschaustellung narzisstischer Neurosen. Nur halt verpackt in schillernde Stoffe und exotische Farbkombinationen. Was letztlich von den psychischen Problemen der Modeleute ablenken sollte, aber nicht immer gelang. Sie durchschaute den Firlefanz.

Viele der Modetypen hatten einfach zu wenig Liebe bekommen, von Eltern oder Partnern, und gierten nach Aufmerksamkeit, Publikum und Applaus. Eigentlich erbärmliche Figuren, aber so waren die Menschen nun mal.

Soestergaard hielt das allgegenwärtige Wumm-wumm-wumm, eine Mischung aus Techno und Hip-Hop, nicht mehr aus, es machte sie krank. Jedes Jahr dasselbe dumpfe Wumm-wumm-wumm. Nun ja, wenn sie ehrlich war, konnte sie das nur für die letzten zwei Jahre sagen. Denn vorher war sie nie bei der Messe gewesen. Aber warum sollten die Modeheinis vor ihrer Zeit andere Musik gespielt haben: Sie gaben sich nur kreativ, in Wirklichkeit waren sie es nicht.

Soestergaard, eine hagere Mittzwanzigerin mit hübschem ovalem Gesicht und Bubikopffrisur – die Redakteurinnen der *Vogue* hätten sie als modeltauglich bezeichnet, Nichtmodemenschen eher als magersüchtig – saß in leicht gekrümmter Haltung auf einer ehemaligen Kaffeebohnenrösterkiste, umgerüstet zu einem schicken Accessoire, am Modestand ihres Chefs Tom.

Tom war mit zwei Typen in zu eng sitzenden blauen Sakkos (schlimmer als die noch mehr nervenden Hosenträgertypen!) in aller Eile davon gestürmt, als sie gerade den Messestand erreicht hatte. Wie er sagte, bloß um einen Snack einzunehmen und nebenher über Geschäfte, Aufträge und Orders zu reden. Sie glaubte, eher um ein bisschen rum zu machen, in einer dunklen ungenutzten Ausstellerbucht am Ende der Messehallen, wo keiner so genau hinguckte. Was sie bei Tom nicht ausschloss, aber da er nie das Risiko einer Blamage einging, würde er an einem so exponierten Ort wie der Messe wohl auf die zotige Schwengelfummelzirkusnummer verzichten. Tom machte sicher eher abends rum mit den Engsakko-Fundstücken, die er so nebenbei als kleiner geiler Sammler auflas. Sein stets von hektischen Flecken gemustertes Gesicht zeugte von der ständigen Suche nach einem kleinen Abenteuer.

Aber ihr war es letztlich egal, solange Tom pünktlich zahlte, was er nicht immer tat, aber eine schlechte Zahlungsmoral war ihrer Meinung nach in der Modeszene so sehr Usus wie in den von den Medien hochgejubelten Start-up-Techi-Buden, die wie Pilze aus dem Boden schossen, weil ihre Gründer hofften, schnell Gewinn zu machen. Nur dass die selben Medien nie oder selten über gescheiterte Start-ups berichteten.

Aber ihr sollte es gleich sein. Sie war keine Unternehmerin und aus ihr würde auch keine mehr werden, ihr fehlte dazu die Energie und das nötige Quäntchen an Selbstausbeutungswillen. Da nahm sie lieber mit einem Studium vorlieb, dessen Beendigung mit einem Master in weiter Ferne lag.

Kira Soestergaard blickte auf ihre Armbanduhr. Tom war nun schon eine ganze Weile verschwunden, länger als sonst bei seinen Pausen. Nun, es war nicht das Schlechteste. Wäre er in diesem Moment an dem Stand gewesen und hätte sie desinteressiert drein blickend und mit leicht gekrümmtem Rücken, dem Publikum zugewandten Rücken und an dem Fingernagel des kleinen Fingers kauend auf der Kaffeebohnenkiste mit der Aufschrift JAMAICA (was für eine einfallsreiche Dekoidee!) sitzen sehen, hätte er garantiert wieder rote Bäckchen bekommen, während sich sein Sakko gefährlich gespannt hätte, bevor er ausgeflippt wäre, was er oft tat. Weil sie – und alle anderen Helfer nicht wussten oder wertschätzten, was sein Modelabel STARING! *wirklich* verdiente.

Ihre Aufgabe war es, wie die zur Messe angeheuerten Zeitarbeitsmodels von irgendwelchen Unis (Hauptsache 1,80 groß und dürr!), in Pumps und hautengen Schlauchjeans dazustehen und die vielen vorbei flanierenden Einkäufer auf der Messe von ihren dann 1,90-Meter-Over-The-Top anzulächeln, ohne dabei herablassend zu wirken, was nicht leicht war, da die Blausakkohosenträgertypen oft klein waren. Kleine verklemmte Typen, die sich beweisen mussten, die Brust rausdrückten und beinahe auf die Zehen stellten, wenn ein größerer Typ vorbeikam. Und die in Hosen steckten, die im Schritt zwickten.

Soestergaard hasste den Immer-schön-lächeln-Job, aber er konnte einen Batzen Kronen einbringen, die sie dringend benötigte, da sie mit der Miete im Rückstand war und Schulden bei einer Freundin begleichen musste.

Kira zog aus der linken Hosentasche ihrer Jeans ein Päckchen mit Mentholpastillen. Sie schob sich zwei Pastillen in den Mund.

Könnte Tom sie jetzt so auf der Kiste sitzen sehen, würde er ihr vermutlich erst Wochen nach der Messe den Lohn überweisen. Es hätte ganz zufällig ausgesehen, kann halt mal vorkommen in einer so *reaktiven Branche*, eine seiner Lieblingsformulierungen, gestelzt und überdreht, wie alles an ihm.

Nachdem Tom mit den beiden Typen, die sich ihr natürlich nicht vorgestellt und sie auch keines längeren Blickes gewürdigt hatten, im Gedränge des Messegeschehens verschwunden war, hatte sie auf der JAMAICA-Kaffeebohnenrösterkiste Platz genommen und entschieden, die Besucher aus der horizontalen Perspektive zu beobachten, was ihrem Studium der Psychologie (drittes Semester, aber selten da) entgegen kam und in diesem Fall bedeutete, dass ihr kleines Hockkino überwiegend aus dem Bildausschnitt Schuh bis Gürtel bestand, deren Träger in einer endlosen Prozession, bunt kostümiert und ziemlich kapriziös, an ihr vorbeizogen oder sich mitunter auch schoben.

Dicke Gürtel, dünne Gürtel, Seide, Leder, Kunststoff, rot, grün, kreischendgelb. Budapester, Loafer, Flip Flops, High Heels.

Nach ein paar Minuten verlor Kira Soestergaard das Interesse an dem Horizontalguckkastenkino. Sie drehte sich um, so dass sie den Messebesuchern den Rücken zuwandte, und betrachtete die Stellwände, die den Messestand des STARING!-Labels wie jene der anderen Stände auf Schulterhöhe umgaben. Sie waren auf Toms Wunsch hin mit den Skizzen von Models aus der Hand junger Modestudenten (auch das sollte natürlich nichts kosten) bedruckt. Dennoch, und das fand sie ziemlich erstaunlich, sahen die Skizzen aus wie die in aller Eile hingeworfenen Model-Zeichnungen aus der Hand eines Designers, die typischen Minutenskizzen, die dann mit Farbstrichen und Ausmalungen ergänzt wurden. Da ein paar schnelle, in aller Eile aufs Papier gebrachte launig aussehende Linien, dort ein Tupfer Rot oder Grün, je nachdem, was die Trendfarben der Saison waren und was als angesagt galt.

Kira Soestergaard betrachtete die Zeichnungen mit einer Mischung aus Neid und Widerwillen, denn sie erinnerten sie an ihr Psychologiestudium, in dem sie bislang nicht viel zuwege gebracht hatte, wie sie in manchen reumütigen Momenten, und dies war so einer, trotz ihres Hangs zum Verdrängen erkannte.

Sie war eine verdammte Verliererin, sie wohnte am Rande Stockholms in einer Plattenbausiedlung in einer Zweiraum-WG und ab und zu ließ sie sich von einem Geschäftsmann mit in ein Hotel nehmen. Für etwas Stoff, meistens Koks, aber manchmal auch Speed oder Ecstasy, je nachdem, was der Typ bereit hielt oder selbst konsumierte. Ihre beste Freundin (längst nicht mehr erreichbar) hatte sie deshalb als Mitgehmädchen bezeichnet, weil sich Kira von den Spendertypen meist in einem Club oder dem *Kings Grill* im Zentrum Stockholms aufreißen ließ, um kurz danach mit ihm in einem der besseren Hotels für mindestens ein oder zwei Tage abzutauchen. Sie bevorzugte die Dämmerung, um die Hotels zu verlassen, Heroin-Look oder anderen das Zittern der Hände und weit aufgerissene, paranoid drein blickende Augen in der Öffentlichkeit zu präsentieren, war einfach nicht ihre Sache, auch wenn das für einige Modeschreiber *tres chic* aussehen mochte, sie sah das anders. Ihr reichten die drei Tattoos (rechter Arm, linkes Fußgelenk und eines über der Schamhaargrenze) sowie die Piercings (eins unter der Klit, die anderen beiden durch die Nippel). Eine Jugendsünde, die sie wieder entfernen lassen würde, wenn sie das Geld zusammen hatte. Hätte, wäre, wenn. Verdammt.

Sie wollte nicht mehr wie eine Bitch auf Entzug aussehen. Schlimm genug, dass die Drogen bereits einiges an ihrem einst makellosen Hol-Mich-doch-wenn-du-es-kannst-Look zum Äußeren zum Negativen hin veränderten. So hatten sich ihre beiden oberen Vorderzähne aus unerfindlichen Gründen dunkel gefärbt. Nun, sie würde sie aufhellen lassen. Sie kannte da so einen Schönheitschirurgen im Zentrum Stockholms. Er mochte ihre Hände und auch einiges andere an ihr, unter anderem das Klit-Piercing, allein dessen Betrachtung verschaffte ihm einen Steifen. Er nannte es Mordsständer, aus ihrer Sicht handelte es sich eher um ein Ständerchen. Kira musste lauthals lachen…, als sich plötzlich jemand hinter ihr auffallend laut räusperte. Sie zuckte zusammen – Tom?

Als hätte der Inhaber der Räusperstimme ihre Gedanken gelesen, ließ er nun ein (mit angenehm tief modulierter Männerstimme) *Ich bin n-i-c-h-t Tom, wenn sie sich wohl umdrehen wollen, Frau Soestergaard* erklingen.

Verdammt, dachte sie in der ersten Schrecksekunde und: Kenn ich diese Stimme nicht? Sie drehte sich – immer noch auf der Kiste hockend – um.

„Ich. Das. Kann doch nicht..:", stammelte sie, dann brach sie ab.

Der vor ihr hoch aufragende Mann (natürlich war daran ihre Hockkinoperspektive schuld) besaß nicht nur eine angenehme Stimme, er sah auch verdammt gut aus. Nicht wie all die Typen in den zu engen blauen Madeeinkäufersakkos, sondern wie ein, ja, wie eigentlich?

Breite Schulter, ein Lachen, das Draufgängertum, Wagemut und doch den gewissen *Flip* an Einfühlungsvermögen, der eine Frau erahnen ließ, was ein solcher Mann bot. Sicherheit vor allem, die ihr er – sie war ja so verdammt unsicher! – vermittelte, so wie vermutlich jeder seiner Frauen vor ihr. Und sicher wusste er um dieses Guthaben, es war sein Fort-Knox-Guthaben bei Frauen. Wer so lachte und so gut aussah, der konnte alle haben. Ein Bild von einem Mann.

Sie war ja ein Fan alter Hollywoodfilme und kannte deren Helden. Ein bisschen Lancaster oder Cary Grant steckte auf jeden Fall in dem Unbekannten. Und das war…, tatsächlich, wie sie stutzend und ungläubig feststellen musste, niemand anderes als ihr Ex-Freund Lars Gustaffsson. Lars war Unternehmer, wobei er ihr nie Einblicke in die Art seines beruflichen Schaffens gewährt hatte. Doch das störte sie damals nicht. Sie war dauerverliebt in ihn, oder dongo, wie nach einem starken und lange anhaltenden Cocktail. Lars – ein hoch gewachsener 35jähriger Mann von blendender Erscheinung, daran hatte sich nichts seit ihrer Trennung geändert. Er würde immer noch jede Frau bekommen.

Aber wie konnte es sein, dass er nun hier war? Er hielt sich doch in Island auf, zumindest, als sie das letzte Mal nach ihm recherchiert hatte, wo er mit einer rothaarigen Nutte namens Ingrid rum machte, die vor zwei Jahren die Beziehung mit Lars zerstört hatte. Das Flittchen musste ein besonderes Verwöhnprogramm auf Lager haben…

Verflixt. Er lächelte und wartete auf eine Antwort von ihr, irgendeine Reaktion. Sie musste acht geben. Natürlich konnte er ihre Gedanken erahnen, was nur lang zusammen gewesene Paare können.

„Ich….", würgte Kira heraus. Sie hörte kaum ihre eigene Stimme, spürte wie sie Gänsehaut bekam, was immer auftrat, wenn sie aufgeregt war. Und sie bemerkte nicht, dass sie mit den Händen über ihre Oberschenkel fuhr und ein paar mal an den Fingernägeln kauen wollte.

Kira Soestergaard vergaß auch das das Wumm-wumm-wumm in der Halle und die Modistas, die an ihr und Lars vorbeizogen, als wären sie nicht anwesend. Sie fuhr sich hektisch durch die Bubikopffrisur, was sie ebenfalls immer im Zustand der Aufgeregtheit tat, und leckte sich über die Lippen. Kira musste sich zusammenreißen, um nicht zu weinen.

Endlich, als ihre Gedanken wieder ein Quäntchen an Klarheit gewannen und sich die Nebelwand der Verliebtheit vor ihren Augen lichtete, presste sie unter Aufbietung aller Kräfte ein *Was machst du denn hier?* heraus. Schüchtern fast wie ein kleines Mädchen.

Sprich, du dumme Pute, rede doch mit ihm!, dachte sie, und dann floss es nur so aus ihr heraus. Sie hatte ihm so viel zu sagen seit ihrer Trennung, konnte man das überhaupt so nennen, nur weil das Ingrid-Flittchen sich ihr in den Weg gedrängt hatte, zwischen sie und Lars?

Kira Soestergaard drückte den Rücken durch, bloß nicht klein aussehen, nicht jetzt, nicht vor Lars, dann richtete sie sich auf. Sie war nur eine Kopflänge kleiner als er, das allein bewies doch, dass sie ein perfektes Paar abgaben. Und sie war immer noch schlank. Das hatte er immer an ihr gemocht. Wohlwollend, so sehr war sie dann doch bei sich, registrierte sie seinen taxierenden Blick.

Aber ganz hatte sie den Alltag um sich herum nicht aufgeblendet. Was würde Tom sagen, wenn er sich hier sah, mit einem Unbekannten, der nicht aussah wie ein Einkäufer oder einer, der irgendetwas zum Wohlergehen des STARING!-Labels würde beitragen können.

Toms Mittagspause mit den beiden Unbekannten dauerte nun schon mindestens eineinhalb Stunden, was ungewöhnlich war für ihn.

Plötzlich stoppte das Wumm-wumm-wumm, und Lars lachte immer noch. Auch als eine Lautsprecherstimme unerwartet verkündete, dass die Ausstellungshallen wegen einer Bombendrohung schnellstens geräumt werden müssten – („Achten Sie auf die an den Wänden angebrachten Schilder, die Sie zu dem nahe gelegenen Notausgang leiten!"), woraufhin mit kurzer Zeitverzögerung ein unglaubliches Gekreische rund um den Stand des STARINNG!-Labels aufbrauste.

„Komm, Kleine!", sagte Lars und streckte ihr die rechte Hand entgegen. Kira schluckte, er hatte das Zauberwort ausgesprochen, das bei ihr immer ein *Klick* auslöste. KLEINE.

Sie musste ihm folgen, auch wenn sie das Kindliche dieses Wortes ärgerte, aber das war nun egal. Was einzig und allein zählte, war, das Lars wieder da war, sie an die Hand nahm und beschützte und sie in den Arm nehmen würde, später. Da war es auch egal, dass sein plötzliches Auftauchen an diesem Ort und sein Verhalten, das alles überspielte, als hätte es nie eine Trennung gegeben, so unwahrscheinlich und unlogisch war wie ein Sonnenaufgang im Westen.

Kleine! Kira verdrängte die Gedanken und reichte Lars die Hand. Warum war sie nur immer so grüblerisch, so zweifelnd, selbst wenn das Glück in Gestalt des Traummannes vor ihr stand?

Lass uns träumen! hatte er gesagt. Was für ein Versprechen.

San Francisco, Kalifornien

Es war gar nicht schwer, den Püppchen einen Zopf zu flechten, der gut aussah und sie so wirken ließ, wie es sich ziemte: Wie kleine Pferdchen halt, die zum Schaulaufen in die Reithalle geführt wurden. Der Zopf durfte durchaus ein wenig pendeln, nein, er musste es sogar, das Hin und Her, das Schaukeln, machte den ganzen Reiz der Sache erst aus und verhieß einen Ausblick auf das, was unweigerlich danach kommen würde – das Streicheln des seidigen Puppenhaars.

Das Haar würde durch seine Finger gleiten wie ein gefälliges, samtenes Fließ, so, wie es sein musste, ein ganz natürlicher Vorgang. Vielleicht sah das nicht jeder so, aber was machte das schon. Giacomo Bondy gab nichts auf die Meinung anderer.

Bondy stand an einem steinigen Abhang, der steil zur Bay hin abfiel und einen unverbauten Blick auf die Golden-Gate-Bridge bot. Nur wenige hundert Meter entfernt lag Presidio, ein Park und einst ein Fort in strategischer günstiger Lage am nördlichen Ende der San-Francisco-Halbinsel, von den Spaniern gegründet und seit wenigen Jahren Quartier von Lucas-Films sowie mondäner Wohnungen in spektakulärer Lage, die in den ehemaligen Kasernen und angrenzenden Gebäuden aus militärischer Zeit untergebracht waren. Die Wohnungen waren heiß begehrt. Bondy stellte sich vor, wie die Gegend wohl in 100 Jahren aussehen mochte. Vielleicht mit Cottages, errichtet auf den Überresten des ehemaligen Forts, mit Mauern überwuchert von Gräsern und Bäumen oder vielleicht zu einer Hightechsiedlung aufgewertet.

Er erinnerte sich an Pläne, von seinem zweigeschossigen Stadthaus auf einem der Hügel oberhalb San Franciscos nach Presidio umzuziehen. Bondy hatte die Idee dann jedoch wieder aufgegeben. Man wusste nie, wozu ein wenig einsehbares Eigenheim gut war. Noch dazu lag das

Stadthaus, ganz aus Holz und mit einer schönen Veranda davor, soweit über dem allgemeinen Straßenniveau San Franciscos, dass er eine überwältigende Aussicht über Downtown und Canary Wharf genoss. Nicht selten aus der Hängematte heraus, mit einem angenehm kühlen Drink in der Hand. Aber er durfte nicht nostalgisch werden.

Bondy konzentrierte sich wieder auf das Hier und Jetzt, die Umgebung von Presidio. Da es Montagvormittag war, hielten sich auf dem Gelände nur wenige Besucher auf. Und die paar, die es dennoch dorthin gezogen hatte, waren Touristen, die sich seiner Meinung nach für eine einzelne Person wie ihn, von der sie auf diese Entfernung hin kaum mehr als ein paar Konturen wahrnehmen konnten, nicht interessierten. Das kam Bondy entgegen, denn er musste nachdenken.

Er blickte zur Golden Gate nach oben, die sich weit über seinem Kopf wie ein unwirklicher Bogen aus Stahl und Beton über den halben Himmel spannte. Macht verkündet und Ausrufezeichen moderner Ingenieurkunst.

Ein endloser Strom von Fahrzeugen drängte sich in gedrosseltem Tempo von vielleicht 25 Meilen pro Stunde über die Brücke. Immer wieder geriet die Brücke auch zum Anziehungspunkt für Menschen, die ihrem Leben ein Ende setzen wollten.

Bondy konnte sich nicht mehr daran erinnern, wann zuletzt ein Selbstmörder von der Brücke gesprungen war, irgendwie lud sie dazu ein, vielleicht weil ein Überleben angesichts der Höhe der Brücke und der daraus folgernden Wucht des Aufschlags eines Körpers ausgeschlossen war. Und selbst wenn jemand den Sprung von oben überlebte, so zog die Strömung den Körper danach hinaus in den Pazifik, wo nichts als die Kälte des Meeres wartete und vielleicht auch ein paar hungrige Killer-Orcas oder Haie.

Der Nebel, der für viele Vormittage in der Bay so typisch war, hatte sich an diesem Tag weit aufs Meer zurückgezogen. Bondy wusste nicht wieso, aber die Betrachtung der grauen schmalen Nebelbank in der Ferne erinnerte ihn an Stephen Kings *The Fog*.

Bondy blickte missgelaunt an sich herunter, eine beeindruckende Gestalt war er nicht, vermutlich sogar der Schrecken einer jeden Schwiegermutter. Mit seinen schlabberigen Jeans und dem viel zu weiten schwarzen T-Shirt, auf dem in großen elfenbeinweißen Buchstaben auf dem Rücken in Schulterhöhe SO HELP ME GOD stand. Er hatte das Shirt in einem Kellerladen in der Nähe seines Wohnhauses drucken lassen, Marke *Fruit of tue Loom*, von der Stange, und selbst die M-

Größe war noch zu weit. Er musste acht geben, dass er nicht noch mehr abnahm, er aß einfach zu wenig und ernährte sich hauptsächlich durch Fruchtsäfte und gelegentliche Riegel Zartbitterschokolade, deren Einnahme ihm suggerierte, dass er auch Kohlenhydrate zu sich nahm, was zwar stimmte, aber vorn und hinten für eine gesunde Ernährung nicht ausreichte. Na ja, ein paar Rindersteaks gab es auch schon mal zwischendurch, wenn die Ware im Preis reduziert war, weil das Haltbarkeitsdatum ablief. Meist die mit Pfeffer gewürzten Steaks, trotz der Warnungen mancher Ärzte, dass starke Gewürze, so wie Alkohol, im Darm krebsfördernde Stoffe förderten. Nun, irgendwann musste man sowieso sterben.

Auf den T-Shirtladen war er durch die Auslagen in den Fenstern im Souterrain des Hauses aufmerksam geworden, als er von seinem Haus morgens zum Bäcker ging. Bis dato hatte er ihn gar nicht bemerkt.

Einige der Shirt-Aufdrucke wie CLOWN for PRESIDENT, MAKE MY DAY oder BREITBARTS RETURN hatten es ihm besonders angetan und ihn neugierig werden lassen, was der Laden wohl noch an Ungewöhnlichem für spezielle Kunden wie ihn bereit hielt.

Nach dem x-ten Vorbeigehen, während der er zwar neugierig, aber nicht zu auffällig an dem Shop vorbeigeschlendert war, beschloss Bondy, dem Laden einen Besuch abzustatten.

Eigentlich hatte er den Laden gleich wieder verlassen wollen, nachdem er den Besitzer gesehen hatte. Ein Trottel, dessen Alter Bondy auf etwa 45 Jahre schätzte und der sich die grauen Haare derart schwarz gefärbt hatte, dass man es auf Anhieb sah. Zudem stand das Batman-Schwarz der Prinz-Eisenherz-Frisur in krassem Kontrast zum hellen Teint des Typen.

Bondy bemühte sich, nicht zu auffällig hinzuschauen. Er ging zu einem der Ständer mit T-Shirts und wählte ein hellblaues Baumwollding, das vermutlich aus China stammte wie so vieles andere. Der Trottel fragte gleich nach dem gewünschten Textaufdruck. Bondy überlegte nur kurz, dann antwortete er: *Ich finde DICH!*

Trottelchen stierte kurz irritiert, merkte aber, dass Bondy das nicht gut fand, schließlich gab er Bondys Wunschslogan kommentarlos in den Computer ein und zwar mit der von Bondy verlangten Schriftart – Tacoma kursiv.

Danach zog Trottelchen den Schriftzug mit der Maus auf einen Stick, den er dann in ein Gerät schob, das den Wunschslogan in Elfenbeinfarbe ausdruckte, so dass es danach nur noch in einer Heißpresse auf das

Shirt gedruckt werden musste. Die Prozedur dauerte weniger als eine Minute, dann war das Shirt fertig.

Bondy bedauerte dies, denn gerade als er den Laden mit dem Shirt, das der gefärbte Trottel fein säuberlich gefaltet in eine umweltgerechte Papptüte getan hatte (auch Tüten aus recyceltem Papier wurden in Frisco neuerdings von Umweltfanatikern boykottiert), kam ein Püppchen mit aufreizend schaukelndem Pferdeschwanz die Treppe in den Souterrainshop hinunter gewackelt. Sie trug Schlagjeans, was einigermaßen seltsam war, da niemand sonst mehr Schlagjeans trug, aber San Francisco nahm das wohl nicht so ernst.

Bondy konnte unter der Jeans des Püppchens den Muskel ihres Oberschenkels erahnen, wie er sich bei jedem Schritt spannte und wieder lockerte. Das Biest legte es darauf an zu provozieren.

Wie die Beine wohl mit High Heels aussahen? Hohe Absätze verstärkten ja die Spannung der Schenkel. Er hatte immer ein paar solche Damenschuhe in seiner Wohnung zu liegen, für den Fall der Fälle.

Bondy bedauerte, dass er nicht noch ein anderes T-Shirt bestellt hatte, so dass er die Gelegenheit gehabt hätte, die junge Frau unauffällig zu beobachten. Aber es war nicht mehr zu ändern. Er musste weiter und wer weiß: Vielleicht begegnete ihm das Püppchen ja noch mal andernorts.

Auf jeden Fall schlabberte das Shirt nun an seinem Oberkörper, als warte es darauf, einen zweiten Giacomo Bondy Platz zu gewähren, aber den gab es nicht. Er war einmalig, in vielerlei Hinsicht. In der Schulzeit hatten das einige anders gesehen und ihn wegen seiner damals sehr ruhigen und introvertierten Art gehänselt. Mal flog seine Buntstifttasche vom Tisch, ein anderes Mal knallte ihm von hinten etwas derart stark an den Kopf, das er beinahe ohnmächtig geworden wäre. Die Optionen der Kränkung und Demütigung waren vielfältig.

Natürlich geschah all dies immer nur dann, wenn die Lehrkraft gerade nicht im Klassenraum weilte oder gerade etwas an die Wand kritzelte. Damals hatte er beschlossen, Rache zu nehmen. Auf seine Art.

Stockholm, Schlossplatz.
„Komm, Kleine!"
Lars Gustaffsson nahm Kira Soestergaard an die Hand, als wäre es das Normalste von der Welt und als wäre die Zeit ihrer Trennung – sie konnte die exakte Zahl der Monate nicht mehr erinnern – nur eine Ein-

bildung. Es war eine schöne Zeit gewesen, mit so vielen Eindrücken und schönen Momenten des Zusammenseins, und nun wieder das *Kleine*, ausgesprochen von ihrem Traummann. Sie konnte gar nicht anders, als ihm nach dem Aussprechen des Zauberwortes zu folgen, obwohl sie das Wort an sich nicht mochte. Alles in ihr sträubte sich dagegen, wie ein Kind behandelt zu werden. Sie musste dem etwas entgegensetzen und ihm klar machen, dass sie unabhängig war, eine erwachsene Frau.

Kira versuchte, ihre Hand aus Lars kräftigem Umklammerungsgriff zu befreien, aber sein Händedruck war zu stark. Vielleicht half ja ein kleines verbales Ablenkungsmanöver.

„Wo warst du die ganze Zeit? So lange fort. Und dann tauchst du aus wie aus dem Nichts", sagte sie, wobei sie ihre Hand in der seinen lockerte. Wenn er dachte, dass sie klein beigab…

„Jobs hier und dort, wie das halt so ist. Hab Immobilien verkauft. Dachtest, du würdest mich nie wieder sehen? Ja, ich weiß, ich weiß", erwiderte Lars und beschleunigte das Tempo, wodurch Kira einmal mehr den Eindruck hatte, wie eine Puppe behandelt und hinterher geschleift zu werden.

„Und sonst?", fragte Kira. Sie ließ sich gern von diesem Mann hinterher schleifen, er durfte alles, nur würde sie dies ihm nie sagen. Er sah immer noch verdammt gut aus. Die weißen Zähne standen in starkem Kontrast zu den schwarzen Haaren, die Lars Gesicht perfekt umrahmten, wie in einer dieser Porträtaufnahmen von 50er-Jahre-Hollywood-Schauspielern, fand Kira.

Lars unterbrach sie in ihren Gedanken: „Für eine Erklärung haben wir später noch ausreichend Zeit. Erst einmal müssen wir von hier fort und zwar schnell. Du hast ja die Bombenwarnung gehört. Mit so etwas ist nicht zu spaßen. Trödeln kann man ein anderes Mal."

Lars Gustaffsson erhöhte das Schritttempo ein weiteres Mal, so dass Kira seine Hand loslassen wollte, aber es gelang ihr wiederum nicht, weil Lars im selben Moment den Griff so sehr steigerte, dass sie fast geschrien hätte.

Wie sie beide wohl auf die anderen um sie herum wirkten, eine Frau, die von einem Hünen von Mann hinter sich hergeschleppt wurde? Kira blickte um sich.

Vermutlich wurden sie von niemandem groß wahrgenommen, denn die Masse der Leute hatte mit sich selbst zu tun und war wegen der Bombendrohung von dem Gedanken besessen, möglichst schnell aus dem Umfeld der Messehallen zu gelangen.

Kira warf einen kurzen Blick über die Schulter zurück, die Messehallen waren mittlerweile fast außer Sichtweite. Vor ihnen lag dagegen in nicht einmal einem dutzend Meter Entfernung eine Häuserzeile malerischer Gebäude mit gotischen Spitzbogenklinkergiebeln, deren Betrachtung unter normalen Umständen zum Verweilen eingeladen hätten. Zwischen zwei Häusern führte eine schmale, leicht ansteigende Gasse in den uneinsehbaren Teil des Wohnquartiers.

Lars steuerte genau auf die Gasse zu. Offensichtlich kannte er die lokalen Gegebenheiten bestens, was Kira kaum verwunderte angesichts der nicht minder erstaunlichen Tatsache, dass ihr Ex-Freund, an den sie zwar gelegentlich gedacht, irgendwann aber einem schönen Traum zugeordnet hatte, überhaupt an diesem Ort weilte. Sie rannten nun fast. Geradewegs auf die Gasse zu. Lars drosselte das Tempo erst, als sie die magische Linie zu dem Quartier überquerten hatten. Schnell atmend betraten sie das Viertel, das zu anderen Zeiten einen kleinen Ausflug wert gewesen wäre.

Nach wenigen Metern kreuzte ein Quergang die Gasse.

„Und jetzt hier entlang", sagte Lars und zog Kira um die linke Ecke in den Querweg. Die Häuser standen dort noch einen Tick enger zusammen, weshalb das Licht etwas schummriger wirkte, was Kira nur am Rande wahrnahm, weil in diesem Moment ein infernalischer Knall erschallte, der Lars dazu veranlasste ein *Duck dich, Kleine!* herauszuknurren, ihr die Hand auf den Rücken zu legen und sie sacht in die Hocke zu drücken, als fast zeitgleich eine Druckwelle über sie hinwegfegte, die Kira nicht nur in den Ohren spürte, vielmehr war auch das Bersten einiger Fensterscheiben zu hören.

Aus den oberen Etagen der Giebelhäuser regnete kurz danach eine Wolke feiner Glassplitter hinab, die in einer nicht enden wollenden *Pling-Pling*-Klangkaskade auf den mit Natursteinen gepflasterten Weg um sie herum aufschlugen. Kira erinnerten die Töne an etwas, ohne dass sie hätte beschreiben können, woran. Als die Klangwolke verebbte, drückte sich Lars kommentarlos und überhaupt nicht verwundert, was sie mehr als verwunderte, aus der Hockstellung nach oben und zog sie – der Handgriff unverändert fest – mit sich.

„Wir müssen weiter, gleich wird es in der Umgebung von Sicherheitskräften (er sprach das Wort ihrer Meinung nach irgendwie unnatürlich aus) wimmeln."

Lars Gustaffsson überlegte, wie er Kira unauffällig zum *Depot* lotsen konnte, ohne dass sie zu sehr das Gefühl hatte, dass er sich in der Gegend gut auskannte, falls sie dies nicht ohnehin schon dachte. Nun, sie konnte denken, was sie wollte, solange sie keinen Verdacht schöpfte oder ihn in Verbindung zu der Bombenexplosion brachte, über die sicher bereits eine Handvoll Fernseh- und Radiosender sowie Online-Newsdienste in der für Medienleute so erwartbaren aufgeregten Art und Weise berichteten, Hauptsache eine kräftige Schlagzeile. Wie er Journalisten hasste, aber Gefühle lenkten von der Aufgabe ab und das konnte er sich nicht leisten, auf gar keinen Fall. Er musste Kira schnellstens ins Depot bringen, wie er das Rückzugsgebiet nannte, ohne das sie jemandem auf dem Weg dorthin besonders auffielen, was er wegen der Aufgeregtheit, die nun unweigerlich in Stockholm herrschte, jedoch weitgehend ausschloss.

Die menschliche Psyche tendierte in Situationen der Bedrohung dazu, dass sich jeder um sich selbst und – falls in der Nähe – allenfalls noch um Freunde oder Angehörige kümmerte, das war es dann aber auch mit dem menschlichen Altruismus.

Alle optischen Eindrücke wie etwa der von einer Frau, die von einem hünenhaften Mann an der Hand hinter sich hergezerrt wurde, wurden in den Gehirnen ausgeblendet und existierten somit nicht für die verängstigte Masse, was ihm sehr gelegen kam. Und falls sie doch jemand beobachtete, obwohl Lars Gustaffsson die Wahrsche3inlichkeit dafür angesichts der Umstände auf praktisch Null schätzte, nutzte es diesem Jemand nicht.

Nur noch wenige Häuserecken, dann würden sie außer Sichtweite sein. Falls er gesehen worden war, dann ein Mann mit schwarzen Haaren. Nun, die Perücke würde er sich gleich herunterreißen. Komisch nur, dass Kira nicht irritiert war, sie musste doch wissen, dass er eigentlich dunkelblond war. Vermutlich war ihr Blick getrübt, verfangen in den Nachwehen einer immer noch nicht ganz verklungenen Liebe.

„Komm, Kira (er ließ das *Kleine!* in der Anrede besser weg, nicht dass aus der verklungenen Liebe eine aufflammende wurde), wir haben es nicht mehr weit." Er deutete auf einen grauen Mercedes-Sprinter-Transporter am Ende der Gasse.

Die rechte Klapptür am Heck des Fahrzeugs stand offen, was Kira einen Ausdruck der Verwunderung ins Gesicht zauberte. Wartete dort etwa jemand auf sie? Die Fahrerkanzel des Mercedes-Sprinter war aus ihrer Perspektive nicht einsehbar.

„Wir sind gleich da", sagte Lars. Über ihnen war das Brummen schwerer Hubschrauberrotoren zu hören, und aus allen möglichen Richtungen erklang ein Crescendo in unterschiedlichsten Klangfarben jaulender Rettungswagen-, Polizei- und Feuerwehrsirenen.

Kira und Lars hatten den Mercedes-Sprinter beinahe erreicht, da wurde von innen nun auch die linke Hecktür aufgestoßen.

Ohne dass Kira dies gewollt hätte, verfestigte sich in ihr der Gedanke, dass die Geschehnisse der vergangenen 15 Minuten – die Bombenwarnung, die Explosion, Lars plötzliches Auftauchen – in einem Zusammenhang standen. Sie mochte ja immer noch ein wenig in Lars verliebt sein, aber naiv oder blöd war sie jedenfalls nicht. In den nächsten Minuten würde sich zeigen, worum es hier ging. Sie blickte zu Lars, der just in diesem Moment ihre Hand aus der festen Umklammerung losließ, was sie erleichtert zur Kenntnis nahm, ganz im Gegensatz zu dem Umstand, dass er mit zwei weit aus greifenden Schritten vor sie getreten war und ihr mit seinem breiten Rücken – ja, da erkannte sie wieder den Ruderer von einst, der an der Uni Bestnoten in dem Sport einfuhr – die Sicht auf das Innere des Mercedes Sprinter nahm. Stattdessen hörte sie nun eine weibliche Stimme *Es wird höchste Zeit, worauf wartet ihr eigentlich noch – braucht die Tussi vielleicht eine Extraeinladung?* sagen.

Kira dachte: Auch das noch, wieder ein Häschen von ihm!

Lars trat unvermittelt zur Seite, wodurch er die Sicht frei gab auf eine nicht unhübsche Frau, wie Kira neidlos anerkennen musste, nur hatte sie keine Zeit, sich deren Gesicht einzuprägen. Sie wurde von hinten unsanft in den Mercedes-Sprinter gestoßen. Kira wollte sich umdrehen, lauthals gegen die unsanfte Behandlung protestieren und Lars fragen, was hier eigentlich vor sich ging. Doch sie kam nicht mehr dazu.

Die Türen schlugen mit lautem Knall hinter ihr zu. Schlagartig wurde es dunkel um sie herum. Nachdem die Beifahrertür mit einem leichten Quietschen der Scharniere geöffnet und ebenso abrupt zugeschlagen wurde, setzte sich der Transporter in Bewegung. Das Getriebe gab mehrfach ein kreischend jaulendes Geräusch ab, wie es sonst nur Fahrschüler zustande bringen. Am Steuer musste ein Idiot sitzen, dachte Kira, als sie das Zischen eines Sprays wahrnahm. Sie verlor das Bewusstsein.

Norddeutschland, Stralsund.
Ob er gut aussah? Eher nicht. Ob er intelligent war? Vermutlich Mittelmaß. Gab es Aussichten auf eine gute Zukunft mit einer hübschen Freundin und so viel Geld, dass er ein paar große Reisen würde machen und sich dabei einen Lebenstraum erfüllen können, vielleicht an einem alten Indianerrastplatz am Grand Canyon? Mehr als unwahrscheinlich, dass dieser Traum in Erfüllung gehen würde, wie auch die anderen nicht.

Ricky, dessen richtiger Name Richard lautete, weil sein Vater Hans nach einem Robin Hood-Film beschlossen hatte, ihn so zu benennen, was dazu führte, dass Richard in der Schule aus unerfindlichen Gründen fortan Ricky genannt worden war, gab sich keinen Illusionen über die Zukunft hin.

Weder sah er gut aus (mit 21 noch Aknepickel, Vollmondgesicht und Knubbelnase). Noch würde er jemals viel Geld besitzen (die Schule zu früh geschmissen), was unweigerlich zu der Verneinung von Punkt drei führte, weshalb das mit dem Indianerrastplatz auch nichts werden würde, was er mehr als schade fand, denn in seiner Jugend hatte er alles Lesbare mit Bezug zur Welt der nordamerikanischen Indianer geradezu verschlungen.

Aktuell ging Ricky mal wieder einem Aushilfsjob nach, im Ozeaneum, dem Meeresmuseum am Hafen Stralsunds, falls die kleinen Kaianlagen die Bezeichnung Hafen überhaupt verdienten, er jedenfalls fand dies übertrieben.

Der Hafen von Stralsund war klein und überschaubar, wie der von Wismars. Aber ob klein oder groß – er war getürmt, geflüchtet, abgehauen.

Weil Hans im Suff Renate, seiner Mutter, mindestens einmal pro Woche, meist während der Bundesliga-Übertragungen, weil sie angeblich störte, eine *Lektion* erteilte. Irgendwann hatte Ricky dann Hans eine Lektion erteilt, die seinen Vater ins Krankenhaus beförderte, was aber auch bedeutete, dass das Hotel-Mutter-Modell (sie war arbeitslos) endgültig ausgedient hatte und der Ernst des Lebens begann, was unweigerlich den Schulabbruch nach sich zog – sowie zahlreich folgende Aushilfsjobs, deren Entlohnung gerade mal für Essen und wechselnde Unterkünfte ausreichten, in die viele seiner ehemaligen Klassenkameraden keinen Fuß gesetzt hätten. Na, und.

Seit ein paar Wochen wohnte Ricky in einem ehemaligen Appartementhaus am Hafen, wo es ungefähr so viele von ihnen gab wie Backfilialen und Drogeriemärkte in den Einkaufszentren und Fußgängerzonen der deutschen Großstädte.

Eine Zeit lang – Ricky wusste das aus Erzählungen einiger Anwohner, er gab sich gern unwissend, was oft Erstaunliches zu Tage förderte – hatte der Appartement-Eigentümer mangels ausreichend Touristen einige der Zimmer für Flüchtlinge aus Afrika und dem Nahen Osten vermietet, was die öffentliche Hand aberwitzig bezuschusste. Aber seit vielen Migranten eigene Wohnungen zugewiesen worden waren, hatte sich in den ehemaligen Übergangsquartieren ein kleiner Leerstand herausgebildet.

Ricky zog in eines der frei gewordenen Appartements (1 Zimmer, Kochnische, 1 ½-qm-Minibad). Reiner Zufall, eine Zeitungsannonce in der Ostsee-Zeitung, in einem Exemplar, das jemand auf einer Wartebank in Stralsunds Hauptbahnhof zurückgelassen hatte. Ricky nahm sie mit, er gab ungern Geld aus und schon gar nicht für bedrucktes Papier.

Ein Anruf, kurze Besichtigung – hatte er eine Wahl? – so kam eins zum anderen und er, Mister Akne, zu seiner ersten eigenen Behausung nach Hotel Mama, weil außer einem primitiven Bettgestell und einer bei Concorde im Dauerkundenfängerniedrigpreislockangebot angepriesenen Matratze (seine war noch billiger, weil ein Ausstellungsstück aus dem Schaufenster) das Appartement beim Bezug fast leer gewesen war. Wobei Ricky selbst diesem Umstand etwas abgewinnen konnte, denn so wirkte das *Loch* größer.

Aber bis er sich an diesem Tag wieder aufs Bett würde fallen lassen können, musste er noch drei Stunden ausharren und diesen dämlichen Touristen Tickets für das Ozeaneum, dem Meereskundemuseum, verkaufen. Wie sehr er ihre erwartbaren und dummen Fragen hasste, etwa die eines Paares vor wenigen Tagen. Er, Brillentyp, geringer, aber unübersehbarer Bauchansatz, schütteres Haar mit voranschreitenden Geheimratsecken sowie verklemmt wirkend, was Ricky aus dem von Brille bis unters Kinn hochgezogenen Reißverschluss der Jack-Wolfskin-Jacke schloss, der selbst oben in Kragenhöhe blieb, als das Paar das gut geheizte Ozeaneum bereits betreten hatte und vor der Ticket-Kanzel in der Lobby stand, den Blick fest auf den Preisaushang gerichtet. Auch das hasste Ricky. Es waren immer dieselben Blicke, nicht selten ergänzt um eine Bemerkung wie *Das ist aber teuer!* Zwar fand er, das ein Preis von um die 17 Euro pro Besucher tatsächlich nicht billig war, aber er lebte ja auch nicht in normalen Verhältnissen. Brille dagegen verdiente sicher viel mehr und deshalb konnte der verklemmte Typ es auch bezahlen.

Ricky schätzte Brille – ja, das war doch mal ein passender Name – auf um die 45. Seine Begleiterin mochte vielleicht Ende 30 sein, mit langem blonden Haar und unübersehbaren Kinderwunsch, das schlussfolgerte Ricky aus ihrem verträumten Blick, den sie einem Paar mit zwei Kleinkindern hinterher warf, die mit ihrem Gebrüll die Eingangshalle des Ozeaneums in eine Interimsphilharmonie hochoktaviger Dissonanzen verwandelte. Dass Brille ihr den Wunsch bald erfüllen würde, hielt Ricky für wenig plausibel. Brille war der geborene Spießer, ein noch größerer Versager als er selbst, denn wer es mit Mitte 40 noch nicht *geschafft* hatte, schaffte es Rickys Meinung nach nie.

Also endlich zum Kartenverkaufsgespräch, das verlief in etwa so, und Ricky bekam immer noch einen Hals, wenn er nur daran zurückdachte – Brille: „Ähm, entschuldigen Sie…, hallo?" Das *Hallo? Kam,* weil Ricky nicht gleich zu dem Paar geschaut hatte, da er Brille schon beim Eintreten als Versager identifiziert hatte. Und da er sich selbst für ein Weichei und Versager hielt, hasste er ältere Versager um so stärker. Niemals würde Brille der Sehnsuchtsprimel ein Kind machen!

Unter Aufbietung aller inneren Kraft und dem Niederkämpfen des Widerwillens presste Ricky schließlich ein *Wie kann ich Ihnen helfen?* heraus. Und das war eine verdammte Leistung, denn eigentlich hätte er Brille gern einen Baseballschläger über sein ausdünnendes Haar gezogen. Um den Spießer nicht seine Gedanken erraten zu lassen – die Menschen waren darin besser als gemeinhin gedacht – ließ Ricky seinen Blick kurz von Brille zu dem unter dem Dach der Empfangshalle als Zuschauerattraktion anmontierten Walfisch-Skelett gleiten, woraufhin Brilles Frust-Primelweib (Lehrerin?) Rickys Blick folgte und danach, ihm wieder zugewandt *Wiesooo ist das Skelett denn sooo h-e-ll?* plärrte.

„Eigentlich ist es gar nicht so hell, es ist nur ausgeblichen!", entgegnete Ricky und dachte: Jetzt könnte Brille sagen: *Warum sagen Sie so was?*

Brille: „Warum sagen Sie so was zu meiner Frau?"

Ricky in Gedanken: *Woher die wohl kommen?*

Brille: „Wir sind nicht extra aus Braunschweig angereist,„ *na, was kommt jetzt?* dachte Ricky und guckte Brille nicht ohne eine Spur erwartungsvoller Lust an, „um uns…"

Ricky: „Ja?"

Brille: „…, ach vergessen Sie es!"

„Soll ich auch die Tickets vergessen?" fragte Ricky, wobei er nun wieder die von allen Besuchern des Museums erwartete geschäftsmäßige

Mine ins Gesicht zauberte, die aus einer Mischung eines nicht zu anbiedernden, aber höflichen Schmunzelns und einem Wirklich-Helfen-Wollen-Gesicht bestand, dessen Abrufbereitschaft Ricky über sich selbst staunen ließ.

„Herrgott, natürlich nicht. Also zwei Tickets für Erwachsene", sagte Brille.

Ricky sah Brille an, dass der eigentlich hatte weiter ausholen wollen und vermutlich am liebsten etwas wie *Sagen Sie mal, was stimmt eigentlich mit Ihnen nicht?* gesagt hätte, sich aber im letzten Moment eines besseren besann.

Was mit mir nicht stimmt? Das kann ich dir heute nach Sonnenuntergang gern in einer der schummrigen Gassen im Hafenviertel zeigen, dachte Ricky.

Die Primel unterbrach Ricky in seinen Gedanken.

„Ja, sooo zwei Tickets", plärrte Primel in Hochfrequenz.

Die ist ja noch dümmer als ich dachte. Wie sie redet, kann sie wohl doch keine Studienrätin sein, vielleicht eine Friseurin oder so ein Dummbrot aus einem Long-Nail-Shop. Gleich fragt sie nach Ermäßigungen.

„Gibs denn auch Sonderangebote, sooone Aktion vielleicht?"

Ricky stellte sich vor, wie ein Hafenarbeiter am nächsten Morgen in der Nähe einer der Kais eine blonde Haarmähne im Wasser entdeckt, die Haare an der Wasseroberfläche stark ausgefächert auf seichten Miniwellen umherschaukelnd wie ein Geschöpf aus der Tiefsee, das sich in obere Gefilde verirrt hatte und nun seine Fangarme ausbreitete. Molluskengleich.

„Ähm", sagte Ricky, „wenn Sie nur für ein zwei Stunden das Ozeaneum besuchen wollen, dann kommt das reguläre Tagesticket für 17 Euro..."

„Wie bitte? Siebzeeeehn Euro", bellte das Primelweib und zerstörte damit endgültig Rickys Verkaufsprogramm, das er sonst runterschnurrte wie ein Lochkartenprogramm, nur musste ihm dieses Mal die Primel einen Strich durch die Rechnung machen. Vielleicht würden neben dem im Hafenbecken treibenden Haaren nach und nach auch andere Körperteile an die Wasseroberfläche nach oben treiben, ebenfalls auf den seichten Wellen treibend und eine Auszubildende der kriminaltechnischen Spurensicherung dazu bringen, auf die Kais zu kotzen, was einen Kriminaloberkommissar, der schon alles in seiner Laufbahn gesehen hatte und den Ruhestand herbeisehnte, ein leises *Tz-tz-tz* abringen würde, nur so laut, dass er es selbst hörte, denn der Kommissar erinnerte sich trotz aller Routine noch der ersten Leiche, die er im Job zu Gesicht bekam. Nach Fäulnis stinkend und klar aufzeigend, was mit Menschen nach dem Tod geschah.

„Siebzeeehn Euro, Peter, das geht ja gar nicht."
Du wirst schon sehen, was alles geht, dachte Ricky, der sich über Brilles Namen amüsierte und sich wieder das Bild mit den im Hafenbecken treibenden Haaren vorstellte. Vielleicht würde in den blonden Haaren ja auch die Brille treiben, was natürlich nur funktionierte, wenn Gestell und Gläser aus Kunststoff waren.
Ricky musterte die Frau unauffällig, immer noch das Lächeln eines um Pflichterfüllung bemühten Ticketverkäufers im Gesicht, er schlug sich aus seiner Sicht nicht schlecht. Wenn jetzt allerdings durch das dumme Verhalten des Langweilerpärchens eine längere Warteschlange entstand, konnte er für nichts garantieren. Irgendwann verlor schließlich jeder mal die Geduld.
„An den Preisen kann ich leider nichts ändern", sagte Ricky und deutete mit vielfach vollzogenem Fingerzeig auf den Tarifaushang an der Wand hinter ihm, wobei seine in nur zwei Metern Entfernung sitzende Kassiererkollegin kurz einen Blick zu ihm warf und leicht lächelte, oder bildete er sich das nur ein?
„Peter, komme jetzt", entgegnete die Primel und fasste Brille am Arm, „das zahlen wir nicht, dafür können wir ja eine ganze Tragetasche voll im Supermarkt einkaufen."
Treibende Haare, eine Kunststoffbrille und eine 10-Cent-Plastiktasche einer bekannten Discounterkette.
Brille erwiderte nichts, blickte kurz zu Ricky, dann noch mal zu dem an der Decke hängenden Walfischskelett, was Ricky dazu veranlasst, darüber nachzudenken, wie irgendwann zwei ausgeblichene menschliche Skelette an einem Strand nahe Stralsund gefunden werden.
Die Primel bugsierte Brille nun mit Erfolg Richtung Ausgang, der weiter nichts sagte, sondern lediglich mit dem Zeigefinger seine leicht herab gerutschte Brille in Clark-Kent-Manier wieder nach oben stupste.
Wenn das Wetter wieder besser ist (momentan regnete es), *werden sie wie alle anderen ihren Müll an den Ostseestränden hinterlassen. Vollgerotzte Taschentücher, ein Kondom vielleicht, einen unbeobachtet aus der Jackentasche gefallenen Lipglossstift, ein Brillenputztuch, und vielleicht muss Primel auch Kacken und stapft durch den Sand der Dünen*

*zu irgendwelchen Büschen, die die Naturschutzbehörde als natürlich
Barriere gegen die Erosion der Küstenlinie gepflanzt hat, und wischt
sich dann den Primelarsch ab und ihr kleines stinkendes Loch, das
nach ollem Hering riecht.*

Ricky beobachtete das Paar, bis es durch die Drehtür der Museumslobby nach draußen verschwunden war. Dann blickte er zu der Wanduhr auf der anderen Seite der Halle, wobei er kurz abcheckte, ob seine Kollegin ihm wieder ein Lächeln (falls es sich denn tatsächlich um eins handelte) zuwarf, was nicht der Fall war und was er dazu nutzte, den Zeigefinger der rechten Hand zwischen den unteren Knöpfen seines karierten und dringend einer Wäsche bedürfenden Kurzärmelhemds hindurchzuführen und im Bauchnabel zu pulen.

Die Kollegin am Nachbarschalter war damit beschäftigt, dem Paar mit den kreischenden Kindern Karten anzudrehen, weshalb Ricky den Zeigefinger noch zwei Kreisbewegungen an der Bauchnabelmulde ausführen ließ, bevor er ihn wieder aus dem Bereich unterhalb des Hemdes herauszog und unauffällig an ihm roch. Irgendwie erinnerte ihn der scharf-biestige Geruch an den zwischen dem kleinen Zeh und dem daneben. Auch so eine Stinkeregion.

Ricky spähte wieder zur Uhr hinüber. Nur noch zwei Stunden in diesem stumpfsinnigen Job, bevor er sich wieder im Loch aufs Bett fallen lassen, an die Decke starren und darüber nachdenken konnte, was aus dem Leben hätte werden können, wenn er ohne Vollmondgesicht und Dauerakne auf die Welt gekommen wäre.

Hätte. Wäre. Wenn. Wenn die Banane nicht krumm wär', dann. Wie ging der Spruch noch mal? Verdammt, konnte er sich denn nichts merken. Vielleicht forderte er sein Gehirn zu wenig. Endlos an die Decke zu starren und sich dann und wann die Rübe zu reiben, reichte vermutlich nicht, um die Synapsen ausreichend in Trab zu halten. Die genauen Abläufe im Kopf des Menschen waren ja noch nicht genau erforscht, wie Ricky in einer Wissenschaftssendung gelernt hatte. Er stellte sich das Gehirn wie den Motor eines Autos vor. Gewisse Teile mussten einfach bewegt werden, sonst funktionierten sie irgendwann nicht mehr. Und er bewegte sich definitiv zu wenig.

Ricky roch noch einmal an der Kuppe des Zeigefingers, wobei er ihn schnell wieder wegzog, das Grabungsresultat aus der Bauchnabelmulde roch schärfer als sonst. Er betrachtete den Finger, entdeckte ein kleines karamellfarbenes Bröckchen Dreck, schmierte es dann an seiner Jeans ab und bereute es sogleich, denn er spürte, dass er dabei beobachtet worden war. Wie zufällig fuhr er sich mit der Hand durchs Haar, drehte dabei den Kopf nach links und sah, dass seine Kollegin (das Kinderpaar war mit Karten versorgt) zu ihm hinüber schaute. Dieses Mal lächelte sie definitiv nicht. Es war unverkennbar der *Was-ist-das-nur-für-ein-Typ?*-Blick. Der Traum von einer Annäherung war also auch geplatzt, bevor er überhaupt geträumt werden konnte.

Mittlerweile hatte sich seine Kollegin wieder abgewandt und einer Gruppe von Senioren gewidmet, die nach einem Gruppenticket fragten, vor allem natürlich wegen der erwarteten Vergünstigung in diesem Tarif. Wie sehr ihn das alles ankotzte.

Nach dem Besuch des Ozeaneums – im Gegensatz zu den jüngeren Besuchern schauten ältere nur selten zu dem an der Decke baumelnden Walfischskelett, was Ricky auf verkalkte Wirbel zurückführte – würden auch sie die Deich-, Wander- und Radwege Rügens mit ihrem Müll versauen, was in der Konsequenz dazu führte, dass Außerirdische von Proxima Centauri oder sonst woher eine weitgehend kontaminierte Welt vorfänden. Immerhin würden sie die Erde dann nicht kolonialisieren wollen, dachte Ricky. Das Wort *kontaminiert* hatte er in einem Beitrag über Greenpeace aufgeschnappt, es klang verdammt wissend.

Ganz sicher bedurfte die Erde irgendwann eines mächtigeren Instruments als eines Baseballschlägers, um sie von den Hinterlassenschaften der Menschenaffen zu reinigen. Ricky dachte an eine gigantische Neutronenbombe, die allerdings nur Menschen ausrotten würde und keine Tiere, was noch nicht erfunden war. Aber scheiß drauf, irgendwann würde die Evolution ein neues diabolisches Forschergenie vom Format eines Edward Teller, Oppenheimer oder John van Neumann hervorbringen, das die Menschenaffenbombe konstruieren würde. Und er, Ricky Wodkowski (er hasste den polnischen Nachnamen seines Trinkervaters, auch weil wohl dessen Vater ein Säufer gewesen war) würde den roten Knopf drücken. FIVE, FOUR, THREE, TWO, ONE – IGNITION – FIRE !!!

Hätte er nicht Probleme, einen Ständer zu bekommen, so wäre das Drücken auf den Knopf der definitive Moment für einen Steifen. Was nach dem finalen Ereignis vom Homo sapiens affensiens zurückbliebe, wäre allenfalls eine dicke Bernsteinkruste. Und die Aliens, die irgendwann zwangsläufig die Erde besuchten (wegen der Atomblitze, ins All gestrahlten Pornofilme auf HDTV, kranken Radiosendungen u.a.), fänden dann an den Stränden der Ostsee kein Bernstein mehr mit Jahrmillionen alten Fliegen darin, sondern auf Minimaß geschrumpfte Menschen, die im Angesicht des finalen Blitzes die Miniärmchen vor die Miniaugen rissen, um nicht geblendet zu werden. Zumindest würden das die Aliens sehen, wenn sie einen der Bernsteine auf dem Objekttisch eines Mikroskops zu liegen hätten.

Ricky musste lachen, er hatte Fantasie, und es war ihm verdammt egal, dass seine Kollegin (die Rentnergruppe war nun ebenfalls mit Tickets versorgt) ihn dieses Mal nicht mit einem *Was-ist-das-nur-für-ein-Typ?*-Blick, sondern mit einem *Wann-ist-der-endlich-weg?*-Blick beschied, den er mit einem *Guck-wie-du-willst,-Zicke!*-Blick beantwortete. Und ihr Gesicht zeigte auch einen Anflug von leichtem Spott um die Mundwinkel. Und dann die tollen und dichten Augenbrauen, leicht nach oben gezogen, in Hallo-Kleiner-was-geht?-Manier.

Vielleicht würde auch kein globaler Atomschlag nötig sein, sondern einfach nur ein willkürlicher Akt kosmischen Poolbillards. Ein Asteroid stieß einen anderen an und änderte dessen Bahn, die schnurstracks zur Erde führte. BUMMS. AUS. VORBEI, Homo sapiens affensiensis, hehe. Ricky meinte sich zu erinnern, das mit der Bombe vor einiger Zeit auch geträumt zu haben, nur in welchem Zusammenhang?

„Richard, Richard!"

Ricky zuckte zusammen, so hatte ihn immer seine Mutter Renate gerufen, ein bisschen Kasernenhofton in der Stimme.

Dieses Mal war es Lara, seine Kollegin. Ob sie wusste, dass Sprachwissenschaftler – auch das eine Bildungsbrocken aus dem Nachmittagsfernsehen, wenn er im Loch auf dem Bett lag – den Namen Lara als die mit dem Lorbeer ausgezeichnete zurückführten?

„Unsere Schicht ist vorbei! Was ist los? Du wirkst so abwesend?" rief Lara, die sich die Windjacke überstreifte, die sie stets griffbereit über die Lehne ihres Sitzes hängte, obwohl die Leitung des Ozeaneums das nicht gern sah, weil dafür Schränke im Untergeschoss dienten.

Lara griff ihr Smartphone, das für die Besucher des Museums nicht sichtbar unterhalb der Scheibe für den Geld-Ticket-Transfer neben dem Tastenfeld des Ticketcomputers lag.

„Ich hab nur", antwortete Ricky endlich, „an meinen Dad (Lara wusste nichts über seinen Vater) gedacht. Er hat es nicht leicht, arbeitet hart."

Dabei tippte sich Ricky mit dem Finger ans Kinn, er fand dies eine gute Idee, denn die Geste verstärkte neben seinem Mondgesicht den Eindruck eines etwas tumben Typen, der nicht lügen konnte. Und unterschätzt zu werden war so ziemlich das Beste, das einem passieren konnte, wenn man auf der falschen Seite des Lebens stand, denn man hatte nichts zu verlieren, man konnte nur gewinnen. Und er wollte noch ein Stück vom Kuchen abhaben. Ein großes Stück. Verdammt, es stand ihm zu.

Flug Berlin – Catania.
Konnte man eigentlich noch komplizierter sein, noch anspruchsvoller, noch kapriziöser, sich noch prätentiöser verhalten?
Arndt Pötzow, leicht untersetzt und nicht mehr in seinen besten Jahren, bemühte sich, nicht zu auffällig an seinem Sitznachbarn vorbei zu der Frau auf dem Fensterplatz zu schauen, wobei das fast unmöglich war, denn es verging kaum eine Minute, in der Miss Etepetete – sie litt zweifelsohne an ADS oder dergleichen – nicht irgendwie auf sich aufmerksam machte. Schon beim Boarding der Boing 737-800 hatte die Zicke dafür gesorgt, dass sie die Beachtung erhielt, die sie sich erhoffte. Erst hantierte sie um Aufmerksamkeit heischend mit zwei übergroßen und nach Arndts Dafürhalten äußerst kitschigen Taschen herum (verziert mit lächerlichen goldfarbenen Schlössern am Ende des Reißverschlusses, der ähnlich falsch goldfarben war, russisch-arabischer Geschmack!), wobei eine der Taschen beim Herumhantieren fast das Gesicht von Arndts Nachbarn gestreift hätte. Als eine der Taschen endlich unter dem Sitz von Miss Etepetete verstaut war, winkte sie eine der Flugbegleiterinnen heran. Ob diese nicht so freundlich sein könne, die andere Tasche in das Fach auf der gegenüberliegenden Seite des Ganges zu legen, das Fach auf ihrer sei ja bereits *übervoll*! Die Stewardess nickte und kurz darauf schwebte Kitsch-Tasche Nr. 2. an Arndts Gesicht vorbei. Natürlich war das nicht das Ende der kleinen Liebessuchttheateraufführung. Da gab es ja noch den pinkfarbenen Mantel, der bisher in Päckchengröße, akkurat in der Mitte gefaltet, auf Miss Etepetetes Schoß geruht hatte. Auch er bedurfte besonderer Beachtung.
Stewardess, hallo, hallo, can you help, please!
Der Mantel wanderte in nahem Abstand an Arndts Nase vorbei in die Hand der Flugbegleiterin, die den Pinky-Mantel helfend entgegennahm und in seiner gefalteten Form oberhalb eines Rollikoffers in der Ablage über den Köpfen der Passagiere verstauen wollte.
Miss Etepetete riss die Augen auf und wurde laut: „Nein, nicht so! Den will ich noch mal tragen. I want to wear it again!", kreischte sie aufgebracht, klar machend, dass sie der Stewardess absprach, den Wert des Pinky-Mantels einschätzen zu können. Kabinenpersonal!

Also schwebte der Mantel wieder an Arndts Nase zurück zur Zicke, die ihn wieder auf ihren Schoß legte, was die Stewardess mit einem *Das-geht-eigentlich-nicht!*-Blick beschied, es aber dabei beließ, weil sie sah, dass die Zicke einer Aufforderung, den Mantel dann unterhalb des Sitzes zu verstauen, sowieso nicht nachkommen würde.

Miss Etepetete bekam auch als erste das vermutlich auf der Homepage der Fluglinie online vorbestellte Essen, dazu eine Miniflasche Rotwein, was sonst auch?

Die Stewardesse reichte das Essenstablett – Arndt, der Mann neben ihm sowie die Zicke saßen in der ersten Reihe mit gutem Abstand zu der Wand, die die Passagierkabine von der Catering-Nische der Kabinensklaven trennte – in respektvollem Abstand an ihnen vorbei. Miss Etepetete hatte den Pinky-Mantel nun doch unter ihrem Sitz, auf Kitschtasche zwei gelegt und die in der Armlehne des Sitzes verstaute Ablage für das Abstellen des Tabletts ausgeklappt.

Arndt, der dies als ein unausgesprochenes Friedensangebot der Zicke an das Bordpersonal bewertete, schloss die Augen und ging in Gedanken den Anfang seines Romans durch. Das Buch über die erste Liebe eines Einzelgängers – der schwer erkrankte und die Hoffnung auf die Liebe begrub, nach dem Auffinden eines neuen Medikaments jedoch wieder Hoffnung schöpfte – musste ein Erfolg werden. Sein Debütroman war gefloppt, also musste es der zweite Roman schaffen. Arndt kniff die Augen noch einen Tick fester zu, was er immer tat, wenn er angestrengt nachdachte und das Ziel in großer Entfernung wusste und dachte an die Eröffnungssequenz des Buches, es musste unverwechselbar werden, etwas Besonderes: *Er ging an vielen…?*

Ein Kreischen der Zicke riss Arndt – der mit Ende 40 seine letzte Chance auf den Durchbruch als Schriftsteller sah – mit der Unabänderlichkeit einer aufjaulenden Motorsäge in die Realität zurück, und selbst die hinter ihnen sitzenden und nicht eben schweigsamen Passagiere hielten in ihren Gesprächen über noch nicht bereiste Länder, Smartphone-Apps und neuste mit Bravour getestete Virenschutzprogramme inne.

Madame Etepetete hatte die Rotweinflasche auf ihrem Tablett umgekippt und einen Teil des Inhalts über ihre dunklen Strumpfhosen und Kitschtasche Nummer zwei geschüttet, die nicht in der Ablage über ihren Köpfen verstaut worden war. Immerhin war der Reißverschluss der Tasche zu, und hatte so den Inhalt vor einem Rotweinsturzbach bewahrt, was die Zicke mit einem in die Länge gezogenen *Wenigstens das!* quittierte.

Arndt schüttelte genervt den Kopf. Wenn das den restlichen Flug so weiterging…

„Haben Sie was abbekommen?", fragte Zicke den zwischen ihnen sitzenden Mann, ohne wirklich an der Antwort interessiert zu sein. Arndts Nachbar, der bisher geschwiegen hatte und gedankenverloren auf einen Kindle starrte (Arndt hätte einiges dafür gegeben, um herauszufinden, ob es ein Roman war und wenn ja welcher, der den Mann so faszinierte) antwortete der Mann Zicke nur mit einem *hm hm,* ohne sich seinerseits groß für das Geschehen in Miss Zickes Reich zu interessieren. Vielmehr lehnte er sich etwas mehr in Arndts Richtung. Bloß Abstand zu der Irren, schien er zu denken. Seine Nachbar beanspruchte nun die Armlehne für sich, was Arndt mit einem stillen Hochziehen der Augenbrauen beantwortete. Das Kleinkunsttheater endete damit nicht.

Zicke stand nun vielmehr auf, reichte der Stewardess das Tablett, tupfte dann die Rotweintropfen auf ihrer Strumpfhose mit der vom Tablett einbehaltenen Serviette ab und stieß sich dabei den Kopf an der auf der Fensterseite niedrigeren Kabinendecke – *Auuuutsch!* -, was ziemlich unvermeidlich schien.

Mein Gott, nervte die Frau. Arndt konnte sich des Eindrucks nicht erwehren, dass ihn Zicke in genau dem Moment seines frevelhaften Gedankens angeschaut hatte und ahnte, was er gedacht hatte. Zickes Ausdruck wechselte von verärgert zu bemüht freundlich mit einem gespielten Lächeln. Sie überspielte den Moment und nahm wieder Platz. Allerdings zog sie nun den unter ihrem Sitz verstauten Mantel hervor.

„Darf ich die bitte haben?", fragte die Stewardess mit einem Lächeln, wie es in Hotels und der Reisebranche üblich ist, und deutete auf die vor Zickes Füßen ruhende Tasche. „Die muss auch ins Fach. Wir landen bald. Da muss alles verstaut sein."

„Wenn Sie so freundlich wären und mir die Tasche oben im Fach geben, dann bekommen Sie im Gegenzug auch den Mantel dazu." Natürlich wusste Zicke, dass dann nur die größere gegen ihre kleinere Reisetasche getauscht würde, aber die größere konnte sie ja unter den Sitz stellen und die Jacke würde auf der kleinen Tasche im Einzugsbereich ihres Hoheitsgebietes in der Ablage ruhen und vermutlich nicht knittern.

„Okayyy", antwortete die Stewardess, es war eine andere als am Anfang des Fluges, offensichtlich hatten zwei Flugbegleiterinnen ihren Arbeitsbereich getauscht, was nicht verwunderlich gewesen wäre. Arndt war sich sicher, dass Zicke im Cateringbereich bereits Thema für einen kurzen oder vielleicht sogar längeren Smalltalk gewesen war, wenn die Gardine zur Passagierkabine zugezogen wurde, weil das Essen zubereitet wurde oder die Flugbegleiter die schmalen Roller-Wagen mit den Duty-Free-Utensilien bestückten. *Darf es eine Stange Marlboro Light sein? Zwei sind heute billiger – ein Angebot! Auch Absolut-Wodka gibt es im Sonderangebot so wie den Tanguray Sapphire Gin und den Baileys, hm, der schmeckt.*

Die Stewardess zog weiter, ohne auf das Austauschmanöver weiter zu bestehen und die Zicke weiter zu belagern, was Arndt verwunderte, ohne darüber länger nachdenken zu wollen.

Vielleicht war es das beständige Surren der an dem Paneel über ihren Köpfen angebrachten Luftdüsen, die Arndt Pötzow einnicken ließen, aber das spielte auch keine Rolle. Auf jeden Fall träumte er Merkwürdiges. Außerirdische spielten in dem Traum eine Rolle und Menschen mit unnatürlichen Kräften. Und ein Stoff, der kostbarer war als alles, was er kannte, denn das Elixier machte unsterblich. An viel mehr erinnerte sich Arndt nicht, als er durch die Lautsprecherdurchsage des Kabinenpersonals geweckt wurde, die die Passagiere bat sich anzuschnallen und die Rückenlehne in eine aufrechte Position zu bringen.

Aus den Augenwinkeln heraus wagte Arndt einen seitlichen Blick zur Zicke, die ihre Hände nun nicht mehr in Gebetshaltung gefaltet hatte, vielmehr ruhten sie passiv auf ihren Oberschenkeln. Sie selbst saß ruhig da mit einem Ausdruck unterdrückten Schmollens, es schien in ihr zu arbeiten. Ihre Mine erinnerte Arndt an das eines Kindes. Immerhin schlief sie nicht, vermutlich hätte sie sogar im Schlaf Geräusche des Heischens um Aufmerksamkeit abgesondert, wie Kleinkinder es bisweilen im Laufgitter tun, wenn sie sich mal ungeschickt haben hinplumpsen lassen und dann schreien, als würde die Welt untergehen. So manches Mal hatte Arndt darüber nachgedacht, ob er, der Kinderlose, dies vermisste, aber jedes Mal lautete die Antwort: nein.

Arndt atmete erleichtert auf. Die Landung – die Maschine war bereits im Sinkflug, die Anschnallzeichen über ihnen glimmten, und in den Ohren baute sich das bei Höhenwechseln typische Druckgefühl auf – würde wohl ohne weiteres Störfeuer der Zicke erfolgen. Und tatsächlich: Die Zicke schwieg, blickte lediglich ein paar mal kurz aus dem Fenster, strich sich über die Haare, zog einen Schminkspiegel zum Abchecken ihres Lipgloss hervor und presste dann die Handflächen gegeneinander, die Finger Richtung Kinn zeigend, als würde sie zu einem Gebet ansetzen. Falls es eines war, verlief es stumm. Arndt dankte es den himmlischen Mächten.

Im Kontinuum.
Elorels energetischer Projektionskörper driftete durchs Weltall. In diesem Zustand benötigt sie keinen Sauerstoff, denn ihr Körper war lediglich ein Avatar, ein Abbild ihres Erscheinungsbildes, mehr nicht.
Elorel wusste nun, was zu tun war, was sie tun *musste*, wenn sie den Zeitfluss in ihrem Sinne beeinflussen wollte. Zwar hatte sie mit dem Einsatz des Goldenen Stoffes zur Manipulation der Zeitlinie einen ersten wichtigen Schritt dazu getan, aber es bedurfte noch einer anderen Zutat. Die Menschen mussten sich in eine andere Wirklichkeit *träumen*. Und dabei würde sie ihnen behilflich sein, auch wenn ihr dies viel Kraft abverlangen würde. Aber sie besaß ja noch etwas vom Goldenen Stoff, dem letzten Element, mit dem man so ziemlich alles erreichen konnte, wenn man zu den Eingeweihten im Zirkel der Mächtigen gehörte. Und dazu zählte sie sich uneingeschränkt – trotz vieler anfänglicher Zweifel.

Stralsund. Norddeutschland.
Das Loch war sicher nichts Besonderes, aber es war Rickys kleines Reich. Axel Schubert, der Eigentümer der Appartementanlage, in der Ricky neben einigen anderen Bewohnern lebte, die er noch nie zu Gesicht bekommen hatte, ließ sich dort praktisch nie sehen. Schubert hatte dafür seine Leute. Den Hausmeister etwa, der so viele Wohnblocks betreute, das ihm abends nach getaner Arbeit vermutlich schwindlig war. Und die Putzkolonnen aus Ein-Euro-Minijobbern oder Polen, die über die nahe Grenze kamen, um sich etwas mehr als ein paar Slotys dazuzuverdienen. Schubert gehörte zu jenen Ostdeutschen, die die Gunst der Mauerfallzeit zu nutzen wussten und über Nacht zu Investoren wurden, weil sie Einblick in Unterlagen hatten, die Auskunft über Eigentumsverhältnisse und anderes gaben. Schubert wusste dies zu nutzen. Mit Kapital, über dessen Herkunft nur er selbst bescheid wusste. Manche sagten, es sei Stasi-Geld.
Ricky kannte die Spekulationen und Geschichten, die in Stralsund (einer kleinen Stadt mit wenig *wirklichen* Nachrichten) über Schubert im Umlauf waren, aber es interessierte ihn nicht. Schuberts Verwalter bekam am Monatsende von ihm die Miete für das Loch (180 Euro) und das war´s. Der Betrag war selbst für Stralsunder Verhältnisse gering, aber Schubert bekam das Geld von Ricky auch schwarz. Offiziell stand das Loch leer, weshalb Schubert beim Finanzamt Verluste aus Vermietung und Verpachtung geltend machte. Und das – wie Ricky aus zuver-

lässiger Quelle wusste – auch für andere Wohneinheiten in den Ferien-appartementblocks, die zu Schuberts ansehnlichem Immobilienreich gehörten, das beständig wuchs, weil Kapital sich ab einer gewissen Grenze fast von allein vermehrte, wenn man nicht zu dumm war, und das war Schubert nicht. Der Mann besaß einen untrüglichen Sinn zum Geldmachen. Aber auch das interessierte Ricky wenig, solange der Typ nur irgendwann an seiner Geldsucht krepierte.

Ricky zog es vor, möglichst wenig zu tun, auch wenn das kaum jemand verstand. *Wie kannst du nur, hast du denn keine Ziele? Warum schaffst du dir nichts an? Spiel doch ein bisschen an der Börse! Musst dazu nicht viel Geld haben, gibt Ramschaktien. Mach schon. Oder willst du immer so dahinvegetieren? Das ist doch kein Leben!*
Er kannte all die Sprüche und vorgeblich gut gemeinten Ratschläge in- und auswendig. Es interessierte ihn nicht.
Im Loch störte ihn niemand. Keiner nahm Anstoß daran, wenn er einen fahren ließ, an Laras dichte Augenbrauen dachte und dabei an sich he-rumspielte, oder wieder einmal den Zeigefinger eine kleine elliptische Kreisbahn an den Wänden der Bauchnabelmulde vollführen ließ und dabei immer tiefer hinab gleitend, fast wie ein Objekt, das in ein Schwarzes Loch hineintrudelte. Niemand störte all dies, selbst wenn er anschließend an der Fingerkuppe roch oder wenn sich gestreichelt hat-te, was er, so weit er zurückdenken konnte, in regelmäßigen Abständen tat. Irgendjemand hatte mal gesagt, dass man es sich regelmäßig ma-chen solle, das hielt gewisse Kanäle im Schwengel frei, so wie der Rotz immer aus der Nase musste. Außerdem hatte dieser irgendjemand auch gesagt, daran erinnerte sich Ricky ebenfalls, dass der Pimmel bei steti-gem Gebrauch größer wurde, was wiederum an den Blutgefäßen lag, die beim Wichsen geweitet wurden.
Da sich wegen der stets von Ricky zu Monatsbeginn akkurat begliche-nen Mietschuld (immer im Kuvert in abgezählten Banknoten) weder Schubert noch sein Verwalter sonst bei ihm vor der Wohnungstür bli-cken ließen, konnte er im Loch tun, was er wollte. Zumeist verlief die Zeit abends nach getaner Arbeit im Ozeaneum denkbar unspektakulär.
Oft hing Ricky vor der Glotze ab, wobei Abhängen in diesem Fall be-deutete, dass er auf seinem Bett lag. Der Fernseher war meist auf nied-rige Lautstärke eingestellt.
Ricky mochte es nicht, wenn Nachbarn (die er nie zu Gesicht bekam, was er etwas komisch fand, aber nicht so sehr, dass er Nachforschungen

anstellte) hörten, was bei ihm abging. Er mochte es *dezent*. Das Wort hatte er bei Lara aufgeschnappt, als sie ihn nach einem Ticketverkauf darauf hinwies, dass er manchmal zu laut mit den Besuchern im Ozeaneum spreche. So gehe das nicht, ob er denn niemals an den Schalleffekt der kahlen Wände in der Lobby denke. Seither redete er im Umgang mit Besuchern des Museums nur noch in gedämpfter Tonlage.

Das *dezent* hatte er in seinen Wortschatz integriert. So verhielt es sich immer. Er schnappte etwas auf, sog es gleichsam wie ein gieriger Staubsauger in sich hinein, und wenn er es cool fand, übernahm er es, was durchaus Sinn ergab, da er selbst kaum las und sich so Wissen aneignen konnte, ohne etwas dafür tun zu müssen. Er hatte es drauf.

Die zweite Quelle seiner Wissenserweiterung lag in den Dokus, die in regelmäßigen Abständen über die Nachrichtenkanäle der Glotze flimmerten und die er wie ein ausgemergeltes Tier, das im letzten Moment die Wasser spendende Oase erreicht, in sich hineingierte.

Sein Vater und seine Mutter waren verblichene Erinnerungen, nicht viel mehr als vergilbte, in den rückwärtigsten Bereichen seines Gehirns abgespeicherte Bilder. Ricky fragte sich nicht, warum dies so war, die Natur würde die Gründe wissen, das reichte ihm.

Gott sei Dank war die Arbeitswoche im Ozeaneum geschafft, und an diesem Samstag – Brille und dessen Begleiterin waren längst vergessen – würde er gar nichts tun, sondern *Müßiggang* pflegen. Das Wort hatte er aus einem Film über einen Schriftsteller. Er hatte den Begriff sorgsam in eines der vielen noch leeren Regale seines Wortschatzschrankes integriert. Irgendwann würde er es gegenüber Lara verwenden, es abfeuern wie eine Silvesterrakete – er musste nur auf die passende Gelegenheit warten. Hoffentlich versagte dann seine Stimme nicht, was sie manchmal tat, wenn er sehr aufgeregt war. Dann wurde er rot, und das durfte nicht passieren. Ein rotes, von Akne gesprenkeltes Vollmondgesicht mit weit auseinander stehenden Augen – weiter als die von Will Smith – nicht auszudenken.

Der Gedanke an Laras buschige Augenbrauen, akkurat konturiert und wild und buschig wie bei einer persischen Prinzessin machte ihn geil. Sehr geil sogar.

Ricky musste sich ablenken. Er langte nach der Fernbedienung, die immer in Reichweite neben seinem Bett lag. Er schaltete die Glotze an und zappte durch die Kanäle. Auf den ersten Blick gab es nichts, das ihn interessierte. Hoppla, da war doch was. Er schaltete einen Kanal zurück auf CNN. Unter den Bildern lief ein rotes BREAKING NEWS-

Band durch. Der Halbbruder eines asiatischen Diktators war – soviel verstand Ricky, denn es handelte sich um die amerikanische und nicht ins Deutsche übersetzte Variante des Nachrichtensenders, und Englisch gehörte gewiss nicht zu seinen Stärken – einem Attentat zum Opfer gefallen. Zwei als harmlose Touristinnen verkleidete Frauen, hatten dem Speckwursttypen im Ankunftsbereich eines Airports offenbar einen mit tödlichen Substanzen voll gesogenen Lappen ins Gesicht geknallt. TOTALLY LETHAL flimmerte in einer Endlosschlaufe durch das rot unterlegte Breaking-News-Band.

Die rote Farbe des Nachrichtenbalkens löste irgendetwas in den hinteren Regionen seines Gehirns aus. Er fand sie hammerhart, sie machte ihn ebenfalls ein bisschen geil, ja, das machte sie, so wie Laras Augenbrauen und ihre Art, ihn statt Ricky mit seinem echten Namen Richard zu rufen. Er stellte sich dabei immer eine schmutzige Nonne vor.

Rickys linke Hand, in der rechten ruhte die TV-Fernbedienung, wanderte zu seiner Unterhose, die bis zur Mitte der Oberschenkel reichte und die er schon etwas zu lange trug, weshalb sie minimal pipifischig roch. Vielleicht sollte er eine Klamottenwäsche angehen, wenn er nur nicht so faul wäre. Außerdem hasste Ricky das Waschen. Er besaß keine eigene Waschmaschine, weshalb er immer, wenn sich genügend Schmutzwäsche angesammelt hatte, was bei ihm eigentlich immer der Fall war, in die einen Stockwerk tiefer gelegenen Waschküche der Appartementanlage gehen musste. Dabei musste er das nüchtern und rein funktional gestaltete Treppenhaus mit dem kalten Treppenhausgeländer im 50er-Jahre-Wiederaufbau-Style und dem ekligen Pseudosteingutboden durchqueren. Ricky hasste das Treppenhaus, denn es gab darin keine Fenster und man hörte jeden verdammten Schritt. Selbst von ganz unten konnte man Schritte aus dem obersten Stockwerk hören, dieses Ding hätte jedem Geheimdienstagenten auf Überwachungsmission gefallen. Pieppiep. Der Gesuchte ist eingetroffen.

Rickys linke Hand hatte das Terrain des pipi-fischigen Baumwollstoffes seiner Unterhosen erreicht, wo sie kurz stoppte, um dann durch die ausgesparte Schwanzherausholpinkelöffnung in das immer leicht feuchte Ich-machs-mir-selbst-bis-zum-Tod-Biotop vorzudringen. Er rieb den Schwanz. Schneller und schneller. Es dauerte nur Sekunden, bis eine ansehnliche Beule im Feinripp der Pipi-Fische-Unterhose entstand.

Ricky stellte sich Laras Augenbrauen vor, wie sie diese leicht spöttisch nach oben zog und *Na, Mondgesicht, mach ich dich an? Aber du wirst mich nie kriegen!* dachte. Und wenn schon, das machte ihn an.

Er legte die Fernbedienung auf den Minitisch (Ikea, 19 Euro, irgendein Blöfftegröllschmäckloe-Modell), drückte die Tonlostaste und massierte den Unterhosenbuckel, dessen Gipfel an Höhe weiter zugelegte, nun mit der rechten Hand, weil das als Rechtshänder nun mal besser ging. Die Nerven in den Handballen funktionierten anders, man spürte den Schwanz *besser*.

Laras Augenbrauenwinkel wetteiferte mit der Berg-und-Tal-Kurve eines Aktienindexkurve bei CNN um seine Aufmerksamkeit.

Laras Augenbraue gewann, und der Kolben wurde härter. Ricky dachte an Laras persisches Prinzessinnengesicht, die dichten dunklen und sehr gut geschwungenen vollen Augenbrauen, (seine ähnelten nur dünnen Strichen und das in einem Vollmondgesicht!) und ihre ausrasierten Achselhöhlen. Im Sommer hatte sie eine rote Bluse ohne Ärmel getragen, als sie wie er hinter dem Ticketschalter saß, und die Arme hinter dem Kopf verschränkt und verträumt zu dem Walfischskelett an der Decke des Ozeaneums geschaut und nicht bemerkt, dass er nur auf ihre ausrasierten Achselhöhlen starrte, sie sahen so geil aus. Es war fast der perfekte Moment, wenn er sich nicht hätte fragen müssen, was Lara so verträumt aussehen ließ.

Ricky, der immer noch auf dem Rücken im Bett lag, verstärkte den Druck auf die Unterhose. Den Ton von CNN hatte er komplett heruntergeregelt, so dass nur ein leises, aber an Geschwindigkeit zunehmendes Baumwollfeinripp-*Flappflappflapp-Geräusch* die Stille durchbrach. Ricky richtete sich auf. Zum Ende richtete er sich immer auf. Er steigerte die Wichsbewegung seines Schwanzes um ein paar weitere Einheiten. Bloß nicht ablenken lassen – *flappflappflapp* – ja, das war es … schön. Laras Augenbrauen hatten es wieder gebracht.

Wo sie sich wohl gerade herumtrieb? Ob sie es trieb? Und falls ja: mit wem? Ricky machte es unruhig, allzu lange darüber nachzudenken, weshalb er beschloss, Lara für diesen Nachmittag aus dem Gedankenreich seiner Festung der Einsamkeit zu verdrängen – selbst wenn sie hier nur als Wichsvorlage diente. Er richtete sich auf und schlurfte müde in das winzige Duschbad seines Appartements. Zum Duschen war er zu faul, weshalb er seinen Schwanz über den Beckenrand des Waschbeckens hängte. Er schaufelte etwas Wasser über die zurückgezogene Vorhaut des bereits wieder schrumpfenden Schwanzes und entfernte die glibberige Wichsmasse aus der Mulde der rechten Hand, der Rest steckte noch in der Pipifischi-Unterhose, die er mit einem mehrfachen Schaukeln der Hüften nach unten rutschen ließ. Ein bisschen lauwarmes Wasser und der Schwanz würde ausreichend sauber sein für ein Nachmittagsschläfchen. Niemand störte ihn. Was gab es Besseres?

Wenn er nur wüsste, wo Lara wohl gerade steckte, dann könnte er besser einschlafen. Oder auch nicht.

Stockholm.

Nein, schön war anders. Die Lagerhalle, in der der Ford Transit gehalten hatte, entstammte keinem Wettbewerb für ästhetisch besonders gelungene Architektur. Grau angestrichene vertikal aufragende Fertigbauelemente aus Beton, auf denen unverkleidete Stahlträger in ungefähr zehn Meter Höhe bar jedweden Zierrats lagen und die ein Dach aus Wellblech trugen, das nicht so aussah, als würde es einem Sturm oder dergleichen standhalten. Aber all das durfte nach Lars Gusstaffssons Meinung in ihrer Situation keine Rolle spielen. Worauf es einzig und allein ankam, war, dass sie in der Halle vor den Blicken der Polizei geschützt waren. Dass diese die Attentäter des Bombenanschlags suchen würde, war unzweifelhaft. Auf der wilden Fahrt von der Stockholmer Innenstadt bis zu der Halle, hatten sie kurz Radio gehört. Mehrere Sender berichteten, dass die Ausfallstraßen ins Umland gesperrt worden waren. Auch hatten sie mehrfach nach Erreichen der Halle Hubschrauber über sich hinweg rauschen gehört. Um ein Haar wären sie den Häschern ins Netz gegangen. Aber sie hatten es geschafft, nur darauf kam es an.

Das wie eine Jalousie nach oben gezogene Rolltor, das der Ford Transit wenige Minuten zuvor mit erheblichem Tempo unterquert hatte, um dann mit quietschenden Reifen vor einer Palette mit Zementsäcken zu halten, hatte sich mittlerweile wieder geschlossen. Gustaffsson machte dafür eine Frau in US-Army-Camouflage-Uniform für Wüsteneinsätze verantwortlich, die in dem Moment, als er zu ihr hinüberschaute, ein an einem Kabel befestigtes, vielleicht 40 Zentimeter langes und rechteckiges Steuermodul losließ, das danach etwas nutzlos von einer neben dem Tor angebrachten Führungsschiene herabbaumelte.

Das Modul, darauf hätte Gustaffsson wetten können, wies bestimmt drei dicke und mit durchsichtiger Kunststofffolie überzogene Druckknöpfe (hoch, runter, stopp) auf, mit denen man das Rollgittertor steuern konnte. Gustaffsson kannte so etwas noch aus seinem Studium, als er in den Semesterferien in einer Chemiefabrik arbeitete, um sich ein paar Kronen hinzuzuverdienen.

Die Frau in Camouflage, ungefähr 1,70 Meter groß und höchstens 35, bemerkte seinen Blick und warf ihm in Croupier-Manier ein *Na, Kleiner, wie groß ist dein Einsatz?*-Lächeln zu. Lars Gusstaffsson erinnerte sie irgendwie auch an weibliche Spinnen, die die männlichen Exemplare fraßen. Auch hätte die Fremde gut auf die Bühne einer Varieté-Show gepasst. Der Part, in dem sie die Wurfmesser rausholt, um eine körpernahe Silhouette in das Brett hinter der Versuchsperson zu tackern, zoing zoing zoing. Nur dass diese Frau hier, die zu der Desert-Storm-Tarnkleidung kakifarbene Kampfstiefel trug, wohl nicht daneben werfen würde. Spinnenfrauen machten keine Fehler und lächelten nicht wirklich.

Sie hatte ihn fast erreicht, und Gustaffsson ertappte sich dabei, dass er wie angewurzelt und etwas bedeppert dastand, unbeholfen, fast wie ein Junge, der als einziger keine Schultüte zur Einschulung bekommen hatte.

Gustaffsson wusste nicht mehr über seinen Auftrag, als dass Kira hierher zu bringen war. Er überlegte: Warum wusste er nicht mehr? Unsicher fuhr sich Gustaffsson über das Kinn. Er musste sich irgendwann rasieren. Ob die Fremde das auch so sah? Aber warum dachte er derart Unplatziertes?

Die Spinnenfrau nahm von seiner desorientiert wirkenden Art keine Notiz, oder sie ließ sich es sich nicht anmerken. Manchmal im Leben war das, was nicht gesagt wurde, auch eine Aussage.

„Hallo (das Hallo klang extrem selbstbewusst), ich bin Rafaela, mehr musst du nicht wissen", sie streckte ihre Hand aus, „und wir gucken jetzt mal, was ihr da Nettes mit gebracht habt."

Gustaffsson nickte verdutzt. Ihm blieb keine Zeit, um sich über den ungewöhnlich starken Händedruck Rafaelas zu wundern, denn sie war schon bei Teil zwei ihres kleinen oscarreifen Auftritts. Sie ging schnurstracks auf das Heck des Ford Sprinter zu und langte nach dem Griff, als die Tür plötzlich von innen aufgestoßen wurde. Kiras Reisebegleiterin stand in der Tür. Kira selbst lag neben ihrer Bewacherin auf der metallenen, ungepolsterten Ladefläche des Ford Transit und hätte auf Gustaffsson unter anderen Umständen den Eindruck eines friedlich schlummernden Wesens gemacht, doch das Wort Frieden hatte ausrangiert.

Es war klar, dass Kira im Wageninnern irgendwie ausgeknockt worden war, und Lars Gustaffsson bezweifelte, dass dies durch physische Einwirkung geschehen war. Vermutlich hatte man ihr ein Betäubungsmittel verabreicht. Er wusste, dass es eine Zeit gegeben hatte, in der ihn das maßlos aufgeregt und zu einer spontanen Handlung angetrieben hätte. Aber diese Zeit lag lange zurück, sie war ersetzt worden. Durch was und von wem? Er wusste keine Antwort auf die Fragen. Nur dass er sich weit von diesem Ort fort wünschte, aber es gab kein Entrinnen. Jemand hatte ihn angesprochen und gefragt – die genaueren Umstände des Wie und Wo erinnerte er nicht -, ob er dabei helfen würde, seiner ehemaligen Freundin einen Streich zu spielen. Und er hatte in einem Zustand geistiger Ohnmacht eingewilligt, was er nicht mehr ändern konnte.

Wie in einem Traum. Immer wieder hallte dieser Gedanke durch seinen Kopf. Was hatte es damit auf sich? Er wusste es nicht.

Er wusste nur, dass er vor all dem hier ein anderes Leben gelebt hatte, eines in Frieden, mit einem normalen Job (wo eigentlich?), aber es gehörte der Vergangenheit an. Unwiederbringlich verloren. Nach dem Traum, der eines nachts über ihn gekommen war wie ein unangekündigter Nebel, hatte sich alles verändert und in einen realen Albtraum verwandelt.

Mit einem herrischen *Na los, Beata!* und einer dazu passenden Kopfbewegung – immerhin kannte Lars Gustaffsson nun auch den Namen der anderen Frau – wies Rafaela an, Kira aufzuwecken.

Beata rüttelte ein paar Mal vorsichtig an Kiras linker Schulter, die reagierte zunächst gar nicht, sondern verharrte in ihrem weggetretenen Zustand. Als sie schließlich erste Aufwachzeichen signalisierte, verzog sie das Gesicht, als sträubte sich alles in ihr aufzuwachen, wobei Kiras Augen geschlossen blieben. Sie wälzte sich nach einem weiteren Aufweckversuch Beatas mit dem mürrischen Grunzen eines Kleinkindes auf die andere Seite.

„Wie soll ich …?“, fragte Beata mit zitternder Stimme und ängstlichem Seitenblick zu Rafaela, wie jemand, der die kommende Strafe erahnt und deshalb vorher genau sondiert, was es tun soll.

Nachfragen war bei der Spinnenfrau jedoch nicht angesagt. Ohne auf eine weiteren Aufweckversuch zu warten, schnappte sich die immer ungehaltener drein schauende Rafaela Kiras Fußgelenke und beförderte deren Körpermitte mit einem einzigen starken Ruck bis zur Ladekante des Ford Transit, was ein hässlich reibendes Geräusch auf der metallenen Oberfläche erzeugte und Kiras dünne Windjacke bis auf Höhe ihrer Schultern nach oben rollte.

Rafaela ließ Kiras Fußgelenke los, woraufhin deren Unterschenkel schlaff nach unten kippten. Die Spinnenfrau gab Kira, deren Oberkör-

per immer noch flach auf der Ladefläche lag, ein paar Klapse auf die Wangen. Kiras Gesicht, immer noch wie das eines Kleinkindes wirkend, das sich beharrlich weigerte aus dem Reich des Schlafes in die Wirklichkeit zurückzukehren, vollführte ein paar knautschige Bewegungen, dann blinzelte das rechte Augenlid, gefolgt von dem linken.
Rafaela holte schon aus, um ein paar härtere Ohrfeigen anzubringen, als Kira die Augen aufschlug. Sie starrte den Halbkreis der vor ihr Stehenden an wie eine Fiebernde, die wochenlang unter einem Moskitonetz gelegen hatte. Nicht mehr wissend, wo sie war und wer sie war, die allenfalls gedacht haben mochte, nicht mehr unter den Lebenden zu weilen. Und die nun darüber staunte, dass sie es doch tat.

Lars Gustaffsson verfolgte – und nicht ohne eine gewisse emotionale Anteilnahme, wie er erstaunt feststellte -, wie Kiras Blick zwischen der Hallendecke und den vor ihr stehenden Menschen unstet hin und herwanderte, wobei sie jeden kurz einzeln taxierte und in irgendein verborgenes Schächtelchen ihrer Erinnerung einzuordnen schien. Auf ihm blieb ihr Blick etwas länger ruhen, wenn er sich das nicht einbildete, und er glaubte sogar, kurz ein Zucken um Kiras Mundwinkel gesehen zu haben. Der Anklang eines Lächelns?

Kiras Blick wanderte weiter zu der Frau, von der sie mit einem Spray ausgeschaltet worden war und die unsicher zu der Uniformierten schaute, als warte sie auf Anordnungen.
Und dann war da noch der Mann, der sie anschaute, als würde er ihr etwas sagen wollen, dessen Lippen ein unausgesprochenes *Wie geht es Dir?* formten.
„Wo…?", setzte Kira zum Sprechen an, doch ihre Stimme spielte nicht mit. Zunge und Rachen fühlten sich wie ein Reibeisen an. Trocken und nach etwas Trinkbarem gierend, wie nach einer Nacht unruhigen Schlafes mit offenem Mund, wenn man zuallererst nach einer Flasche Mineralwasser Ausschau hält, um den schalen Geschmack loszuwerden.
Sie verspürte ein starkes Kratzen in der Kehle, nahm dennoch Anlauf zu einem neuen Sprechversuch, diesmal klappte es besser.
„Wo… bin ich?", fragte Kira mit zittrig dünner Stimme, den Blick nun wieder auf Lars Gustaffsson gerichtet.

Er registrierte den Kontaktversuch zu seiner eigenen Überraschung mit einem Gefühl der Erleichterung. Was hatte ihm Kira bedeutet, bevor er *geträumt* hatte und von Unbekannten unter mysteriösen Umständen in diese Lage gebracht worden war, und warum zum Teufel begehrte er nicht gegen seine/ihrer beider Lage auf? War das typisch für ihn? Er konnte sich nicht erinnern. Konnte Kira es?

„Das ist schon mal ein Anfang", sagte Rafaela, ohne auf Kiras Frage nach ihrem Aufenthaltsort einzugehen. Einen Moment lang zeigte ihr Gesicht so etwas wie einen Ausdruck von Zufriedenheit, was aber sogleich endete, als Beata eingeschüchtert ein leises *Darf ich jetzt...?* hinausquetschte. Sie hatte den Satz noch nicht beendet, da machte Rafaela mit einem bissig und gefährlich kalt gesagten *Nein!* die Machtverhältnisse in der Fabrikhalle unmissverständlich klar. Beata erstarrte und blickte zum Boden, die Hände ineinander verhakt.

Aus dem im Halbdunkeln liegenden hinteren Teil der Lagerhalle – lediglich über dem Ford Transit hingen ein paar Neonröhren, die Licht spendeten -, drangen klappernde Geräusche hinüber. Metall auf Metall, dann das Rutschen einer Plane, gefolgt von dem wuchtigen Bullern eines großvolumigen Automotors.

Gustaffsson sollte gleich darauf die Bestätigung für seine Annahme erhalten, als im Halbdunkel des hinteren Hallenbereichs zwei grelle Scheinwerfer aufleuchteten, deren kaltes Halogenlicht typisch war für Fahrzeuge aus neuerer Produktion. Gustaffsson fand es furchtbar, nur ging es hier nicht um einen Autokauf, sondern um etwas, dessen Tragweite er noch nicht erfasste. Aber er war sich ziemlich sicher, dass dies nicht so bleiben würde.

Und tatsächlich: Aus dem Dunkel der Halle schälte sich die Silhouette eines stattlichen Mercedes. Mit der für sehr große Wagen dieser Firma typischen Eleganz kam die Limousine einen Meter vor ihnen ohne nennenswerte Geräuschentwicklung zum Halten. Lediglich die Reifen erzeugten auf dem glatten, fast gummiert wirkenden Hallenboden ein kurzes Quietschen, weil der Fahrer – er war nur als dunkler Schemen zu erkennen – das Lenkrad beim Bremsen leicht eingeschlagen hatte. Die Reifenstellung wies zum Hallentor. Sie würden also nicht lange an diesem Ort bleiben, schlussfolgerte Gustaffsson. Die Limousine hatte vermutlich längere Zeit unter der Plane gestanden, das legten die Spuren feinsten Staubs nahe, der auf dem Dach lag und sich klar vom schwarzen Lack des Mercedes abhob. Schwarz war nun mal eine heikle Farbe, das wusste jede Mutter, die ihren Söhnen einen Konfirmationsanzug schenkte, auf denen der kleinste Fleck zur Belastung wurde,

Rafaela war nun wieder am Zug. In Richtung Beata, aber ohne diese wirklich anzusehen, antwortete sie nun erst auf deren Frage: *„Jetzt darfst Du! Du gehst zum Hallentor und öffnest es. Die Steuerung hängt links neben dem Tor an einem Kabel, du wirst es sehen. Du drückst den grünen Knopf! Hast du verstanden?"*

„Ja."

„Welchen Knopf drückst du?"

Beata guckte nun wie ein Hund, der die meiste Zeit seines Lebens an einer Kette verbracht hatte. Leise presste sie zwischen den schmalen Lippen ein *Den grünen* heraus. Beatas Antwort war kaum mehr zu hören. Mit hängendem Kopf und kraftlosen Schritten schlurfte sie, ohne eine Erwiderung abzuwarten, zum Hallentor. Rafaela nickte zufrieden, öffnete die hinteren Türen der Limousine und bedeutete Gustaffsson und Kira mit einer energischen Handbewegung, im Fond des Mercedes Platz zu nehmen. Rafaela wählte den Beifahrersitz.

Lars Gustaffsson war gespannt, wo Beata sitzen würde. Auf der Rückbank war durchaus Platz für drei Personen, aber ob Rafaela… Die Antwort auf Gustaffssons unausgesprochene Frage lieferte Rafaela, die sich auf den Beifahrersitz neben dem Fahrer setzte, von dem Gustaffsson nicht viel mehr sehen konnte als einen akkuraten Schnitt schwarzen Männerhaares sowie eine Pilotenbrille (langer Bügel ohne den typischen bogenförmigen Hakenschlag am Ohr, ein Airforce-Modell).

Als die Mercedes-Limousine, langsam und kaum Abriebgeräusche auf dem glatten Hallenboden erzeugend, auf das im Schneckentempo nach oben rollende Hallentor zusteuerte, ließ Rafaela das Fenster der Beifahrertür herunter. Lars Gustaffsson nutzte den Moment, um sich schnell noch einmal umzuschauen und einen Blick durch das Heckfenster zu riskieren. Er glaubte im Halbdunkel der Halle zwei Schemen zu sehen, war sich dessen aber nicht sicher. Nur was Kira anlangte, die stumm neben ihm saß, den Körper in das weiche beigefarbene Nappaleder der Limousine gepresst und unwirklich müde geradeaus starrte, traute er sich eine Beurteilung zu. Sie war von Angst wie gelähmt, unfähig, einen Gedanken zu formulieren oder eine Art von Gegenwehr zu ergreifen. Alles würde wohl auf ihn ankommen … nur was – und vor allem: warum? Lars Gustaffsson wurde in seinen Gedanken unterbrochen.

„DU bleibst hier!", sagte Rafaela in schneidendem Befehlston, als der Mercedes in Gehtempo an dem schlackernden Häufchen namens Rafaela vorbeirollte.

Immerhin darf sie weiterleben, dachte Gustaffsson und: Dass Rafaela noch einige Zeit in Reichweite sein würde, das zu ändern. Mit jedem Meter, den sie Abstand zu Beata gewannen, durfte diese hoffen. Wenn daraus mehr als eine Hoffnung werden sollte, musste er Rafaela ablenken. Lars Gustaffsson quälte ein laues *Wohin fahren wir eigentlich?* heraus. Es klang alles andere als selbstsicher, hätte er doch bloß den Mund gehalten.

Rafaela antwortete nicht. Vielmehr drehte sie sich langsam wie ein Kaltblüterreptil auf dem Vordersitz um, sah zunächst nur die eingeschüchtert und stumm dasitzende Kira, die dem Blick durch noch konzentriertes Starren nach vorne auswich. Rafaelas Augen krochen etwas weiter, um Lars Gustaffsson sehen zu können. Er spürte das unausgesprochene *Was sollte denn diese Frage?*, als habe er den Verstand verloren. Gustaffsson ging nicht darauf ein und guckte zur Seite.
Auf jeden Fall, und das nahm er mit einem Blick aus dem leicht abgedunkelten Seitenfenster erleichtert zur Kenntnis, hatte die schwere Limousine die Halle nun deutlich hinter sich gelassen. Fast lautlos beschleunigte der Mercedes, vermutlich ein sprintstarker V12. Offenbar genoss der Fahrer eine gewisse Autonomie, denn er hatte Rafaela um keine Anweisungen gebeten und erhielt auch keine von ihr, was einmal mehr bewies, dass es nach einem genau ausbaldowerten Plan voranging. Was aus Beata werden würde. Nun ja, vielleicht nahmen sich ihrer ja die beiden Schatten an, die er im rückwärtigen Halbdunkel der Halle gesehen zu haben glaubte. Immerhin hatte sein kleines Ablenkungsmanöver Rafaela davon abgehalten, den Fahrer bremsen zu lassen und Beata eine weitere, vielleicht tödliche Rüge zu erteilen. Gustaffsson hielt es für sehr wahrscheinlich, dass sie unter der Uniformjacke eine Waffe trug. Auch an ihrem rechten Oberschenkel befand sich ein Halfter mit einer Pistole, die nicht wie eine Spielzeugwaffe aussah. Immerhin: Diese Situation war überstanden. Gustaffsson atmete erleichtert aus.
Rafaela hatte sich mittlerweile wieder nach vorn gedreht. Sie neigte den Kopf leicht nach rechts, und kurz darauf steuerte die Limousine in eine Rechtskurve auf einen Autobahnzubringer zu, der in eine sanft ansteigende Rampe überging. Die Autobahn war hier von Ingenieuren auf mächtige Betonsäulen gestellt worden. Nichts, das eine Stadt verschönerte, aber einen Blick von oben verschaffte, was Lars Gustaffsson begrüßte. Er musste sich den Fahrweg einprägen, das war verdammt wichtig.

Aus der erhöhten Position erkannte er, dass sie mit dem Kleintransporter in ein Industriegebiet gebracht worden waren, in dem ein gutes Dutzend Hallen stand, wie jener, in der sie zum Umsteigen kurz pausiert hatten. Die Polizei würde es schwer haben, in einem solch unübersichtlichen Areal irgendetwas von Wert für eine erfolgreiche Fahndung zu finden.

Als der Mercedes weiter beschleunigte, geriet das Gewerbegebiet schnell außer Sichtweite.

Gustaffsson wandte sich wieder nach vorn, der Fahrer wirkte, sah man einmal von den routiniert wirkenden Lenk- und Schaltbewegungen ab, fast teilnahmslos. Sein Kopf mit der wie angeklebt aussehenden Pilotenbrille vollführte kaum Bewegungen, während Rafaela ihren Kopf immer leicht nach links oder rechts neigte, wenn sie auf eine Kurve zufuhren. Sie kannte also den Weg. Die Neigung ihres Kopfes war ein verlässlicher Kompass für die in kurzem zeitlichen Abstand darauf jeweils eingeschlagene Fahrtrichtung.

„Wenn wir mal anhalten könnten, ich müsste nämlich mal …" , meldete sich für alle im Mercedes überraschend Kira aus dem off zurück, leise zwar, aber unüberhörbar, weil außer dem extrem gut abgeschirmten Motorengeräusch, das nur lauter wurde, wenn der Pilotenchauffeur das Gaspedal ruckartig tiefer trat, im Wagen eine unheimliche und angespannte Stille herrschte – die sprichwörtliche Ruhe vor dem Sturm, so empfand es Gustaffsson.

Kira wirkte auf ihn immer noch angeschlagen, schien sich aber einen Tick weit aus der Schockstarre gelöst zu haben.

Rafaelas Kopf, der gerade dabei gewesen war, sich nach links zu neigen und damit einen erneuten Richtungswechsel anzuzeigen, stoppte abrupt. Dann drehte sie sich rasend schnell zu Kira um.

„Du wirst dich zusammen reißen, bis wir am Zielort ankommen."

„Aber…"

„Kein aber, du wirst gehorchen." Rafaela dehnte das Wort unnatürlich in die Länge. Kira sackte noch mehr in sich zusammen und sah aus, als würde sie im nächsten Moment anfangen zu weinen.

„Es hat doch keinen Sinn, wenn sie hier im Auto…", erwiderte Lars Gustaffsson, aber Rafaela ließ ihn nicht aussprechen. Eine Nuance milder im Ton sagte sie mit einem kurzen Blick zu dem Fahrer: „Es ist nicht mehr weit, allenfalls fünf Minuten."

Der Pilotdriver schwieg weiterhin beharrlich. Nur ein leichtes Nicken deutete an, dass er zugehört hatte. Die Limousine beschleunigte, was

Gustaffsson daraus schloss, dass er ruckartig tiefer in das Leder der Rückbank gedrückt wurde.

Dann drehte sich Rafaela wieder zu ihnen um. Ihre Haltung wirkte aus Gustaffssons Sicht irgendwie unnatürlich, verdreht, als hielte sie etwas zurück. Er fragte sich, was ihn zu dieser Einschätzung brachte, dann bemerkte er es. Es war der rechte Arm, den Rafaela mit der Körperdrehung zu ihnen hin nicht in gleicher Weise mit bewegt hatte, vielmehr hielt sie ihn leicht hinter dem Rücken verdeckt. Kurz danach sah Lars Gustaffsson auch, warum. Rafaela zog nun die rechte Hand, die bisher durch die Hüfte verborgen gewesen war, nach vorn. In der Hand hielt sie einen länglichen Stab, an dessen vorderem – auf Lars Gustaffsson und Kira Soestergaard ausgerichteten – Ende ein rötliches Licht aufglimmte. Dann verfolgte Gustaffsson, halb verwundert, halb verängstigt, wie ein Vorhang aus waberndem Licht auf sie zu schwebte. Es erinnerte ihn an Polarlichter, nur dass diese meist blau oder grün waren, zumindest glaubte er das.

„Wir halten gleich…", hörte er Rafaela wie aus der Ferne sagen. Die Spinnenfrau grinste sie jetzt wie eine Piratenbraut unverschämt an, nur dass sich das Piratengesicht in ein pulsierendes Weiß verwandelte.

Konnte weiße Farbe pulsieren? Gustaffsson fand darauf keine Antwort, ebenso wenig wie auf das Verschwinden aller Gegenstände und Menschen um ihn herum. Immerhin konnte er denken. Und vor allem: Er konnte *träumen*. Ja, er würde träumen. Lange.

Stralsund.

Es war fast Mitternacht und die Geräusche aus der Stadt, das Hintergrundbrummen des Straßenverkehrs, die Stimmen aus dem Hof, waren verklungen. Ricky überlegte, noch einmal das Loch zu verlassen, aber was sollte das bringen? Er würde ohnehin keine Frau ansprechen und schon gar keine mit zu sich nehmen. Mit Pickelaknejungs wollte kein Mädchen mitgehen. So onanierte er noch einmal, überlegte danach, ob er sich den Pimmel waschen sollte, beließ es aber dabei und schlief übergangslos ein. Nicht ohne ein verträumtes Schmunzeln im Gesicht, weil er an Laras dichte Augenbrauen und die ausrasierten Achselhöhlen gedacht hatte, was öfter vorkam. Das waren seine letzten bewussten Gedanken.

Ricky strampelte unruhig im Bett umher, manchmal zuckten seine Arme, hin und wieder stieß er einen kurzen Schrei aus, der wie ein *mhhh* klang, obwohl er schlief. Dann wurde er ruhiger. Es war der Moment, als auch er zu träumen begann. Einen langen, anhaltenden Traum.

Im Traumland.
Der Polarlichtervorhang war verschwunden. Und das anfangs pulsierende Weiß war einem Raum ohne klar auszumachende Begrenzungen gewichen.

Lars Gusstaffsson schien es, als ob er sich durch das Leben schob. Wie ein fast toter Rentner, der nichts mehr als interessant und erlebenswert ansah. Neben sich eine Keksschachtel und Fernbedienung auf dem Tisch, vor sich ein viel zu großer TV-Flachbildschirm, über den ein Champions-League-Spiel flimmerte. Er thronte auf einem fast waagerechten eingestellten Fernsehsessel, mit offenem Mund, aus dem Gerüche kamen, die anzeigten, das es mit einer Zahnprophylaxe längst nicht mehr getan war. Und wenn er sich doch einmal erhob, geriet das zu einem Abenteuer, weil er nicht wusste, ob es den letzten Gang einläutete.
Ein Schritt vor den anderen setzend wie ein Roboter, wenn er zum Kühlschrank wollte, um Nachschub zum Fressen zu holen, ja Fressen. Ein unbeseeltes Ding, das eigentlich längst ausgeschaltet sein sollte, aber immer noch weiter ratterte, weil jemand den Ausschaltknopf nicht gedrückt hatte. Morgens duschen, rasieren, Zähne putzen, und abends dasselbe, was für ein Stumpfsinn. Das konnte doch nicht bis ans Lebensende so weitergehen. Nur war er keine 60 oder 70, sondern 35 und sollte in bester körperlicher Verfassung sein. Eigentlich. Was stimmte hier nicht? Was war vor dem weißen Raum gewesen?
Er hatte mit Immobilien gehandelt und ein kleines Vermögen angespart. Das Geschäft verlief nach immer denselben Routinen. Verkaufsobjekt besichtigen, Exposé schreiben („ein herrschaftliches Objekt mit Park, die Innenstadt fußläufig zu erreichen"), es in Online-Rubriken inserieren oder in ausgewählten Sonntagszeitungen, was sich vor allem bei teuren Häusern oder Villen anbot. Wohlhabende Käufer, das war Gustaffsson Erfahrung, trafen Entscheidungen häufig am sonntäglichen Frühstückstisch. Bei einem frisch gepressten O-Saft, sich in die Zeitung vertiefend oder: hinter ihr versteckend, um nicht die Ehefrauen in ihren viel zu teuren und überflüssigen Kleidern sehen zu müssen, die sie längst nicht mehr sehen wollten, weil sie deren Anblick nicht mehr ertrugen.

Umso erfreuter war Gustaffsson, als etwas Neues in sein Leben trat und den stumpfsinnigen Kreislauf aus Routinen und Endlosschleifen einge-übter Handlungen durchbrach. Eine Frau oder etwas, das aussah wie eine Frau, denn irgendwie zweifelte er an der menschlichen Erschei-nung. Allerdings nicht an ihrem Angebot. Nein, sie offerierte keinen Sex, sondern Träume.

Er nahm an und der weiße Raum machte einem anderen Bild Platz.

Gustaffsson lief durch eine Stadt, alles aus Backstein. Begriffe prassel-ten auf ihn ein: die Wenden, die Hanse, an einem alten Wall entlang, dann ein Mehrgenerationenhaus, die Reste einer Stadtmauer, aber es war nicht sein Traum, sondern der eines unansehnlichen Jungen, der ihn wieder hinauswarf in das grelle und unmenschliche Weiß des grenzen-losen Raums, der das Traumland war. Woher er das wusste? – er ahnte es nur.

Rennes, Frankreich

„Was um alles in der…"

Arjen Bleurejes kam nicht mehr dazu, den Satz zu vollenden. Der gol-dene Fleck, den er zwischen den dunklen Überresten des Raptoren-Fossils entdeckt hatte und der sich dann rasend schnell und entgegen aller Logik aus dem steinernen Bett gelöst hatte, als sei dies ein Leich-tes nach all den Millionen Jahren des Eingeschlossenseins, war mit irrwitziger Geschwindigkeit auf ihn zugeflogen und dann unscharf ge-worden. Wie ein Insekt, das einem zu nahe kommt und dass wegen der begrenzten Fokussierungsmöglichkeit des menschlichen Auges schließ-lich aus dessen Sehbereich verschwindet oder zu einem kaum mehr wahrnehmbaren Schemen wird.

Bleurejes dachte im ersten Augenblick, einem Scherz aufzusitzen, den andere Wissenschaftler mit ihm trieben. Die irgendwo hinter einer Ab-bruchkante des Steinbruchs hockten und sich in diesem Augenblick köstlich über den hilflos drein blickenden Kollegen amüsierten, dessen Veröffentlichungen in Wissenschaftsmagazinen sie leid waren und dem sie deshalb allzu gern einen Streich spielten.

Obwohl das nicht leicht war, wie ihm Besucher seines Museums in Arnhem stets versicherten.

Da sich aber kein Schelm zeigte, besann sich Bleurejes darauf, was er sah. Er war allein in dem Steinbruch. Fakt. Der Fleck war authentisch, auch Fakt. Aber wie hatte der Fleck sich bewegen können? Bei ihm handelte es sich schließlich nicht um ein Insekt. Der Fleck konnte nicht fliegen, das stand im krassen Gegensatz zu allen physikalischen Gesetzen. Doch es war geschehen – und schlimmer.

Da das *Ding*, wie Bleurejes den Fleck nun nannte, nicht mehr zu sehen war, musste er sich entweder aufgelöst haben, was er für unwahrscheinlich hielt angesichts der Ewigkeit, den das Ding im Stein des Karbon ausgeharrt hatte. Oder, und das war die unangenehmere Vorstellung, das Ding befand sich nun in ihm. Arjen Bleurejes fröstelte es bei der Annahme, dass sich etwas vollkommen Unbekanntes in seinem Körper aufhalten und dort unabsehbare Reaktionen herbeiführte. Wenn die mineralischen Bestandteile des Flecks auf Nervenbahnen und Lymphsystem trafen. Nein, das war gar nicht gut.

Er hatte den Gedanken noch nicht zu Ende gedacht, ganz zu schweigen von einer logischen und ihm aus Forschersicht somit würdigen Schlussfolgerung, als sein bewusstes Denken plötzlich für einige Sekunden aussetzte, ohne dass er davon Kenntnis nahm. In dieser kurzen Zeit besetzte das Ding einen Bereich im vorderen Stirnlappen von Arjen Bleurejes Gehirn und ließ ihn träumen. So tief wie nie zuvor.

US-Base Chapman, Pakistan

Nein, lustig war es nicht und ein Abenteuer schon gar nicht. Aber danach fragte auch niemand. Es ging darum, den Job so gut wie möglich zu machen, auch wenn er schon mal den Tod anderer bedeutete. Aber das gehörte zu ihrem Job, das wusste Jennifer Cole nur zu gut.

Die 37-jährige Tochter eines ehemaligen Kongressabgeordneten (das Parlament Nordamerikas war aufgelöst worden) leitete den Stützpunkt im Norden Pakistans mit einer Stammbesatzung von rund 150 Mann.

Das Wort Mannschaft, das sie mehr schätzte, hätte es nicht getroffen. Denn das Gros der um sie herum versammelten Offiziere der pakistanischen Armee akzeptierte sie nur widerwillig. Eine Frau, wo kommen wir denn da hin, unmöglich! Dafür sprachen die stechenden Blicke, als ob sie diese nicht bemerkte. Vielleicht wollten sie das ja sogar. Egal. Ob sie wollten oder nicht: Die Pakistani hatten sie als Vorgesetzte zu respektieren, denn die Spielregel lautete nun mal auf der ganzen Welt: Wer zahlt, hat das Sagen. Und Washington zahlte nicht nur, sondern stellte auch die gesamte Hightech-Ausrüstung. Und die war ihr anvertraut worden und niemand anderem.

Als Leiterin des von der CIA geführten Camps nahe der Grenze zu Afghanistan hatte sie die Befehlsgewalt inne, auch weil sie als intime Kennerin der angrenzenden Stammesgebiete galt.

Cole, Brillenträgerin, um die 1,65 Meter groß und von insgesamt unauffälliger Gestalt, stand mit zwei amerikanischen Kollegen und drei Pakistanis in dem Lageraum der Basis. Sie starrte auf die steckbriefähnlichen Fotos an der Pinnwand vor ihr. Es war die Art von Pinnwand, wie sie manchmal auch in Schulen hingen, auf denen die Klassen- oder Jahrgangsbesten bekannt gegeben werden oder ein Schulfest angekündigt wird, oder auch mal auf einem auffälligen Zettel von Unbekannt ein *Betty geht mit Julian* angeheftet wurde.

In Camp Chapman jedoch markierte die Pinnwand das absolute Ende jeder Spaßzone. Die an ihr befestigten Fotos zeigten von der CIA gesuchte Terroristen, allesamt Männer mit levantinischem Einschlag, die Mehrheit mit Bart, die die CIA aus dem Verkehr ziehen sollte und wollte.

Aktuell hafteten an der Wand neun Fotos von Männern unterschiedlichen Alters. Acht Gesichter waren als erledigte Hit-Jobs durchgekreuzt, eines noch nicht. Es zeigte einen der wenigen Bartlosen unter den Gesuchten. Unter ihm klebte ein Schriftzug, den jemand aus weißem Papier ausgeschnitten hatte, die Schrift war zuvor auf einem PC vergrößert worden – sie lautete: Abu Jouseff.

Cole brabbelte ein *Bald, sehr bald.* In ihrer rechten Hand hielt sie einen Bleistift, der am Ende in einen Radiergummi überging. Der Bleistift vollführte mit dem gummierten Ende einen kleinen nervösen Trommelwirbel auf Jouseffs Bild.

Tapp-tapp-tapp, tappatapp, tapp-tapp.

Coles Gesicht wurde mit jedem Moment angespannter, in dem sie auf das Bild starrte. Abu Jouseff war wie ein Schatten. Mehrfach hatten sie Mobilfunktelefonate abgehört, seine Stimme identifiziert und die Koordinaten sofort an das Air-Force-Kommando auf der anderen Seite der Welt, in Arizona, durchgegeben, das fast immer eine einsatzbereite Drohne über der Region von Afghanistan und Pakistan in der Luft zum Zuschlagen bereit hielt. Aber Jouseff spielte einfach nicht mit.

Immer wenn sie eines seiner Gespräche abgehört hatten, markierte ein Air-Force-Officer das Ziel per Laser. Dann klinkte eine Global-Hawk-Drohne wenige Minuten später ließ die Rakete aus. Das Ziel war jedes Mal vernichtet worden, nur hatten Stunden später zu dem Ort entsandte Einsatztrupps nie genetisches Material von Jouseff einsammeln können. *Wie narrt er uns?*

Coles Radiergummibleistift steigerte noch mal die Geschwindigkeit des Trommelwirbels – tapp-tapp-tapp, tappatapp, tapp-tapp -,
was die pakistanischen Soldaten um sie herum ein paar wortlose Blicke austauschen ließ.
Glauben sie, ich sehe das nicht?
Jennifer Cole strich sich eine Strähne ihres blondes Haars aus dem Gesicht. Normalerweise hielt eine Spange das Haar perfekt zu einem Knoten zusammen, aber an diesem Morgen hatte sie es eilig gehabt und nicht allzu viel Zeit auf Aussehen verschwendet. Die Pakistani nervten sie. Viele von ihnen trieben ein doppeltes Spiel und paktierten mit dem Feind – mit Typen wie Abu Jouseff. Aber sie sollten sich nicht täuschen. Sie würde auch ihn kriegen und mit einer Beförderung nach Langley zurückkehren. Wie sie das Camp Chapman hasste, das Klima, die eingeschränkten Möglichkeiten, einfach alles.
Wenn die pakistanischen Offiziere auf Einstellung der Suche nach Jouseff hofften, dann täuschten sie sich gründlich. Der Job besaß oberste Priorität, und sie galt als absolute Kennerin der terroristischen Netzwerke. Cole war auch eine Meisterin im Beobachten und Interpretieren. Sie wusste, dass das die um sie herum stehenden Verbindungsoffiziere der pakistanischen Armee auch wussten, an der abweisenden Haltung ihr gegenüber änderte das jedoch nichts.
Jennifer Cole versuchte, das Wissen darüber aus ihren Gedanken zu verbannen, wenn sie wieder mal von einem der Pakistani-Offiziere angestarrt wurde, mit dem so typisch bohrenden Blick.
Wie sehr sehnte sie sich manchmal zurück zu dem Feriengrundstück ihres Vaters in Maine, der Ruhe, der Möglichkeit abzuschalten. Aber all dies musste warten. Zumindest bis Hit Nummer neun erledigt war.
Sie konzentrierte sich wieder auf Jouseffs Bild an der Wand.
Wo steckst du nur, glaubst du wirklich, mir entkommen zu können?
Falls ja, liegst du falsch. Und das wirst du bald zu spüren bekommen.

Weit entfernt – im Kontinuum.
Jeffrey Tesla wusste, dass er sich schon ziemlich lang in dem Zustand der Körperlosigkeit befand. Er konnte es spüren. Wo er sich befand, wusste er dagegen nicht. Und es gab anderes, das ihn, ja was eigentlich? In Aufregung versetzte?
Er fühlte wieder, was das letzte Mal der Fall gewesen war, kurz bevor seine Mutter bei einem Autounfall ums Leben kam. Danach war er

durchs Leben gezogen wie... ein *unbeseelter* Mensch, das traf es wohl am besten.

Immerhin konnte er noch denken, was angesichts seines absurden körperlosen Zustandes, der allen Naturgesetzen widersprach, merkwürdig genug war. Und dann diese Gefühle, die mit der selben Unabänderlichkeit in sein bewusstes Denken brachen, wie es Luftblasen tun, die aus den dunklen Gefilden eines Sees nach oben steigen. Und die sein Denken veränderten. Zunächst hatte er sich dagegen gesträubt, dann aber die Sinnlosigkeit dieses Unterfangens eingesehen und die Gefühle zugelassen.
Voller Scham erinnerte er die schlimmen Dinge, die er getan oder befohlen hatte zu tun. Morde, Folterungen und dergleichen. Träte in diesem Moment ein Richter vor ihn, vielleicht mit so einer gepuderten Perücke, England, 17. Jahrhundert – und fragte ihn: Empfinden Sie Reue? -, dann würde er nicken und alles rückgängig machen wollen.
Schwupps!
Was war das?
Tesla hatte das Gefühl, eine Drehung vollführt zu haben. Natürlich machte das keinen Sinn, er hatte ja keinen Körper, wie also, sollte er sich dann drehen?
Die Empfindung jedoch blieb und nicht nur diese.
Tesla sah sich plötzlich mit einer anderen Umgebung konfrontiert. Er stand vor einer Informationstafel, die an einem rostigen Metallgestell, etwa auf Höhe seiner Hüften, angebracht war. Auf der Tafel war ein unter einer Plexiglasscheibe angebrachter Lageplan zu sehen. Paläopolis und MON REPOS lautete die Schrift über dem Plan. Letzteres bedeutete frei übersetzt ungefähr soviel wie Meine Ruhe.
Einige Symbole wie Säulen auf der Karte deuteten auf Grabungsstätten auf dem Areal hin. Schwarze Flecken, die sich zwischen der Plexiglasscheibe und der Karte gebildet hatten, ein Resultat von Feuchtigkeit und anschließender Pilzbildung, verdeckten weitere Details.
Tesla dachte darüber nach, ob sich unter dem stark bewaldeten Areal eine antike Ausgrabungsstätte befand. Das würde einen Sinn ergeben. Denn auf der Karte vor ihm waren Wege verzeichnet, manche in Grün, andere in Rot, einige gestrichelt, andere wiederum mit durch gezogenen Linien.
Jeffrey Tesla vermutete, dass die unterschiedliche Farbgebung die Qualität der Wege bezeichnete. Etwa frei nach dem Motto: Hier sehen Sie

etwas ganz Besonderes. Oder: Dieser Weg ist nur etwas für gut Trainierte! Und dort finden sie gute Fotomotive für ihre Kamera!

Tesla drehte sich um die eigene Achse. Und jetzt war das *drehen* durchaus begründet, denn mittlerweile besaß er wieder einen Körper, obgleich er das für ein Trugbild hielt, wie alle anderen Eindrücke, die auf ihn einprasselten.

Er glaubte, einen Vogelschrei gehört zu haben, sah aber keinen, stattdessen entdeckte er in nicht allzu weiter Entfernung einen Torbogen. Ungefähr zwei mal so hoch wie ein erwachsener Mensch, klassisch gemauert, mit ockerfarbenem Putz verkleidet. Warum nur hatte er ihn nicht schon früher wahrgenommen? Wurde seine Aufmerksamkeit gelenkt?

Jeffrey Tesla ging mit seinem neu gewonnenen Körper, er entsprach im Aussehen seinem alten, zu dem Torbogen und betrachtete ihn eingehend. An der Rückseite, die den Eingang zu dem weitläufigen Areal bildete, haftete ein wappenförmiges Schild. Es informierte darüber, dass Prince Philip, der Duke of Edinburgh, 1921 an diesem Ort geboren worden war, neben einigen Angehörigen des griechischen Hochadels.

Tesla interessierte dies nicht. Er drehte sich wieder um und wählte aus dem Angebot mehrerer Wege den breitesten. Der Weg schlängelte sich sanft ansteigend durch den Park, der auf Tesla einen ungepflegten und sehr verwilderten Eindruck machte. Auf dem Weg lag Bruchwerk aus dem Geäst der Bäume, das ein letzter Sturm dort hingeweht haben mochte. Lose Zweige, Blätter in Massen, von keinem Gärtner beiseite gefegt.

Aus den Büschen längsseits des Weges stieg der Geruch von verrottendem Laub hoch und, wenn er sich nicht sehr täuschte, auch von verwesenden Tierkadavern.

Akazien, Pinien, Roteichen, Magnolienbäume, Riesenfarne, Zypressen, Yucca- und Dattelpalmen säumten seinen Weg, sie erschienen ihm irgendwie ausnahmslos eine Nummer zu groß geraten.

Der Weg stieg nun stärker an. Mal ging es nach links, dann wieder nach rechts, manches Mal versperrten herabhängende Zweige die Sicht nach vorn. Tesla schob das Blattwerk vorsichtig beiseite oder schlüpfte vorsichtig unter ihnen hindurch.

Der Duke of Edinburgh… Sollte ihm die Schrifttafel an dem Torbogen etwas sagen? Hielt sie einen verdeckten Hinweis bereit?

Tesla hatte sich immer für Geschichte interessiert, insbesondere für die Großbritanniens. Er meinte sich zu erinnern, dass Prince Philip auf Korfu aufwuchs, auch das Österreichs Kaiserin Sissi dort eine Villa besaß. Aber was nutzte ihm sein Wissen, wenn er die geheime Botschaft, so es sich wirklich um eine handelte, nicht entschlüsseln konnte? Gar nichts.

Tesla verdrängte den Gedanken.

Nach einem halben Dutzend Kurven tauchte am Ende des Weges eine im klassizistischen Stil errichtete Villa auf, die auch als kleines Schloss herhalten konnte. Tesla wähnte sich auf dem richtigen Weg, dann entstand abrupt und völlig übergangslos ein anderes Bild vor ihm. Vielmehr schien es eine Erinnerung zu sein.

Schwer atmend, gezeichnet von einem längeren Marsch, lief Tesla einen Weg entlang, der über und über mit Bimssteinbrocken bedeckt war. Manche klein wie ein Fingernagel, andere von der Größe eines Fußballs, wobei die großen Brocken an der Seite des Weges lagen.

Jeder Tritt auf die Steinkugeln erzeugte eine art Popcorn-Krispelgeräusch. Tesla stellte sich vor, dass in den Bimssteinkugeln tausende Minikavernen existierten, in denen kleine Luftblasen eingeschlossen waren, vielleicht seit Millionen Jahren. Und er, Jeffrey Tesla, befreite sie durch unachtsame tollpatschige Schritte. An den Füßen merkwürdig moderne, für die Umgebung völlig ungeeignete Schuhe. Und setzte so die urzeitliche Luft in die Atmosphäre frei. Bei jedem Auftreten ein nicht hörbares *Pff* erzeugend.

Tesla musste laut lachen. Pff – fast wie der Methan frei setzende Furz eines Rinds. Die Klimabilanz schädigend.

Keiner hörte das Lachen und Glucksen, und falls doch – aber wer sollte es hören, in dieser Einöde? Weit und breit war niemand zu sehen.

Zwischen den Pinien linkerhand des Wanderweges funkelte in einem beinahe unirdische erscheinenden Blau das Meer – nur welches?

Tesla wischte sich über den Nacken, wo kleine Sturzbäche von Schweiß ihren Anfang nahmen, um sich mit anderen Ministrömen zwischen den Schulterblättern zu vereinen und dann weiter den Weg zum Hosenbund gemeinsam zurückzulegen.

Seine Hände waren geschwollen, ein Blutstau, was war nur los mit ihm? Tesla stolperte, rappelte sich wieder auf und lief weiter. Stoisch, ohne viel nachzudenken. Hügel hoch, Hügel runter. Die Bimssteine verschwanden und machten Vulkanasche Platz, ein paar Serpentinen weiter geschmolzene Basaltlava. Immer wieder bemerkte Tesla am Boden kleine dunkle nasse Flecken. Vermutlich stammten sie von der Pisse irgendwelcher Tiere.

An der nächsten Wegbiegung tauchte der Schädel eines toten Tieres auf. Mahnend staken die gedrechselten Hörner des Geweihs in die Luft. Es mussten die Überreste eines Schafes sein, welch anderes Tier sollte sonst soweit oben über dem Wasser und in einer so kargen Umgebung überleben? Ein paar Büsche, ein paar Gräser, das war alles, was diese Gegend zu bieten hatte, dachte Tesla und blieb wie angewurzelt stehen. Vor ihm stand plötzlich ein Schafsbock, der genauso erstaunt zu sein schien wie er selbst, auf diesem verlassenen Weg jemanden anzutreffen.

Du links und ich rechts, oder andersrum? Tesla überlegte, dann entschied er sich für die rechte Seite. Der Schafsbock blieb noch ein paar Sekunden stehen, in denen er Tesla aus müden Augen argwöhnisch beobachtete, dann trottete er langsam weiter. Das Tier verhielt sich wie ein ängstlicher Ausgestoßener, es besaß nur noch eines seiner Hörner, das andere war direkt am Kopfansatz abgebrochen. Ob bei einem Kampf mit einem Rivalen? Tesla blickte dem Tier hinterher und bemerkte eine weitere Auffälligkeit. Zwischen den Beinen des Bocks baumelte nur ein Hoden. War dies Zufall oder wieder ein Zeichen, das er enträtseln sollte?

Der Bimsstein unter seinen Füßen knackte wie mürber, poröser Koks. Es mussten die Hinterlassenschaften eines Vulkanausbruchs sein, in den Miniaturhohlräumen des Gesteins war tatsächlich Luft eingeschlossen. Irgendwann hatte er gehört, dass dies charakteristisch für Vulkangestein sei, neben einem halben Dutzend anderer Gesteinsarten.

Die vor Hitze flirrende Luft war, nachdem Tesla den Saum des Pinienwalds hinter sich gelassen hatte, von Insektensummen erfüllt, auch ein paar Eidechsen huschten über den Weg. Ansonsten war es unnatürlich still, kein Rauschen eines Windes war zu hören. Und selbst dem Knacken des Bimssteins unter seinen Schuhen – merkwürdiger Weise trug er an den Füßen Straßenschuhe – haftete etwa Künstliches und *Falsches* an.

Tesla entschied sich, für etwas Abwechselung in dieser trüben Umgebung zu sorgen. Ihm fiel ein Lied ein, das Peter O'Toole in Lawrence of Arabia gesungen hatte, als der, auf einem Kamel sitzend und durch die Wüste reitend, sich die Einsamkeit vertrieb.

Ohne dass Tesla sich an den Text erinnerte, fing er an, die Melodie nachzuahmen. *„Hammba-dummda bumda bumm, Dideldi-dummda-dummda-dumm, Hallo-lummla-lummlalumm...“*

Die erstarrte Lava an den Hängen des Berges rechts des Wanderweges warf ein Echo zurück, aber merkwürdiger Weise nur das *Hallo-lumm lalummlalumm.*

Tesla wiederholte ein paar mal die Strophen, dann blieb er stehen. Das Echo, wenn es denn eines gewesen war, wiederholte sich nicht. In was für einem Raum war er nur gelandet, wer erlaubte sich hier Scherze auf seine Kosten? Er bemühte sich, die aufkommende Angst zu unterdrücken. Diese verdammten Gefühle. Er war stark gewesen, als er durch keine Gefühle behindert worden war.

„Wenn jemand mich hört, und ich weiß, dass da jemand ist, dann melden Sie sich. BITTE."

Tesla lauschte angestrengt in alle Richtungen, es antwortete niemand. Litt er an Wahnvorstellungen? Jeder Psychiater hätte für Patienten in vergleichbarer Lage Verständnis gehabt.

Tesla wischte sich den Schweiß von der Stirn. Er gestand es sich nur ungern ein, aber er war vollkommen fertig, erledigt, futsch, hinüber. Da gab es nichts zu beschönigen. Wenn er nicht bald etwas zu trinken bekam, würde er auf diesem gottverdammten Weg elendig zugrunde gehen. Seine Hände wirkten mittlerweile noch geschwollener, wie aufgepumpt, ein Blutstau oder die ersten warnenden Hinweise vor dem Dehydrieren, ein Wassermangel, der unweigerlich in den kommenden Stunden zum körperlichen Zusammenbruch führen würde.

Vielleicht würden nachkommende Wanderer irgendwann an seinem Totenschädel vorbeigehen, schön sichtlich auf einem Felsen drapiert, über den mit bunten Farbtupfern aufgemalten Zeichen, die zeigten, dass man noch auf dem richtigen Weg war. Aber was nutzte das, wenn man keine Kraft mehr besaß, weiterzugehen?

Der richtige Weg, aber so gut wie tot, dachte Tesla, dann verließen ihn die Kräfte, er sackte in sich zusammen und blieb auf der Seite liegen. Was sollten ihm die Bilder sagen? Der Hinweis auf den Prinzen oder der Hoden des Tieres? Er konnte sich keinen Reim darauf machen.

Kurz bevor er das Bewusstsein verlor, glaubte er, aus weiter Ferne ein höhnisches Lachen zu hören. Unter Aufbäumung aller Kraft schaffte er es noch einmal, sich leicht aufzurichten und umzuschauen, aber er sah niemanden.

Als Tesla wieder zu sich kam, blickte er auf weiße Bänder, die ihn an *Verbände* erinnerten. Zwischen den Verbänden gab es nur kleine Lücken. Wenn er durch das Hindernis hindurch blicken wollte, schob sich zwischen ihn und dem Verband ein grelles Licht, das ihn blendete und jegliche Sicht aus seinem Gefängnis verhinderte. Das Licht wanderte umher. Irrlichternd. Wie etwas, das ihn in den Wahnsinn treiben sollte. Er musste wegschauen, den Anblick des Lichts meiden.

Was Jeffrey Tesla nicht wusste: Er befand sich in einem hyperenergetischen Kokon. Aus dem es kein Entrinnen gab. Wo Zeit und Raum keine Rolle spielten. Ein Ort zum Träumen und Vergessen.

Istanbul.

Dass sich das Wetter wie ein störrisches Pferd verhalten konnte, wusste Emine Debürkan nur zu gut, immerhin arbeitete sie nun schon seit zwei Jahren als morgendliche Wetterfee bei Turk 1, einer der größten Fernseh-Stationen des Landes, und hatte dabei so ziemlich alles angesagt, was der Himmel bereit hielt, Hochs und Tiefs, Flauten und Orkane. Aber in diesem November benahm sich das Wetter völlig unberechenbar. So sehr, dass selbst die kurzfristigen Vorhersagen nicht zutrafen und hunderte Anrufe wütender Zuschauer zur Folge hatten. Wie dieses Mal.

Gestern noch schien die Sonne über dem Goldenen Horn und bescherte der 15-Millionen-Einwohner-Metropole für November ungewöhnlich milde 19 Grad. Doch irgendwann gegen Mitternacht hatte der Wettergott verrückt gespielt und Emine Debürkan, die in ihrer Dreitagewettervorausschau weitere sonnige Aussichten in Aussicht gestellt hatte, einen Strich durch die Rechnung gemacht. Schlagartig und ohne eine rationale Erklärung wechselte das Wetter von warm auf kalt. Morgens gegen 5 Uhr, sie lag noch im Bett, klingelte ihr Smartphone Sturm.

Schlaftrunken und vollkommen übermüdet, am Abend zuvor hatte sie mit Freunden eine Hochzeit in einem Club mit Blick auf den Bosporus gefeiert, hob sie ab und wurde mit der bellenden Stimme des Morgenmagazin-Chefs konfrontiert. Und wie sie bellte!

Was sie sich eigentlich denke und ob sie überhaupt denken könne.

Ein Sturmtief grandiosen Ausmaßes sei im Anmarsch!!! Und sie, hm?

Es schneie und sie habe Sonne vorausgesagt, einen heiteren Tag. Wie sie denn so einen Mist habe ansagen können? (Ihr Chef hatte tatsächlich *Mist* gesagt, das war ihr noch nicht untergekommen.) Ob sie sich vorstellen könne, wie die Zuschauer reagierten? Die Telefone stünden nicht mehr still in der Redaktion, und das sei ihre Schuld. Sie werde jetzt sofort für eine Live-Schalte raus fahren zu den Kollegen, die bereits in Besiktas, Istanbuls angesagtes Viertel auf der europäischen Seite, an der

Brücke der Märtyrer des 15. Juli auf sie warteten (was für ein Vorwurf!). Die Zufahrtsstraßen zur Bosporus-Brücke seien wegen anhaltendes starker Schneeschauer blockiert und vereist, die Fahrzeuge stünden Stoßstange an Stoßstange, kein Vorankommen.

Schnee fiel schon mal in Istanbul, aber vereiste Straßen? Die Journalistin glaubte sich verhört zu haben, aber ihr Chef wiederholte das Wort noch zwei Mal. In 45 Minuten habe sie mit ihrem Team sendebereit zu sein für den Livebericht – von der Brückenzufahrt. Ob das klar sei? Und nach Ende des Morgenmagazins habe sie sich in der Redaktion einzufinden. Dann unterbrach ihr Chef das Gespräch, ohne eine Antwort von ihr abzuwarten.

Emine Debürkan hatte das Gefühl, dass der Boden unter ihren Füßen nachgab, aber sie handelte, wie sie es immer tat, wenn sie unter Druck stand: Sie schob die Gefühle bei Seite und agierte wie programmiert. Vielleicht konnte sie es, weil sie als Kind bereits gelernt hatte selbstständig zu handeln, weil Vater selten zuhause war und wenn, dann ausgelaugt und apathisch gestimmt von seinem Job als Taxifahrer. Und weil Mutter immer arbeitete, um vier Kinder durchzubringen.

Die Journalistin rannte ins Bad, überprüfte ihr Aussehen (es ging), sprintete in die Diele, schlüpfte in das dunkelblaue Sakko mit weißer Bluse, das vom Vorabend immer noch etwas nach Rauch roch, aber sich ihrer Meinung nach ganz gut vor der Kamera machen würde.

Du schaffst das, Emine!

Debürkan war schon fast aus ihrer Wohnung (sie lag ebenfalls in Besiktas, was ihr nun wegen des kurzen Anfahrtsweges zum Dreh entgegen kam), als sie noch einmal kurz inne hielt und aus dem Fenster ihres Balkonzimmers blickte. Und tatsächlich: Es schneite – und wie!

Sie musste also noch etwas Warmes überziehen – nur was? Natürlich, im letzten Winter hatte Erol, der Ex, ihr diese Jacke mit dem Fell rund um den Kapuzerand geschenkt, die sie seither nicht mehr getragen hatte, weil die Jacke an ihn erinnerte und weil sie immer Dinge mied, die sie an ehemalige Freunde erinnerten, Schluss bedeutete nun mal Schluss!

Nur, wo hatte sie die Jacke hingetan? Die 27-jährige Journalistin eilte zu ihrem Kleiderschrank. Sein Inhalt präsentierte sich übersichtlich, akkurat gestapelte T-Shirts in Schubladen, Blusen und Jacken auf Kleiderbügeln,

nur die Jacke fehlte. Emine überlegte fieberhaft, wo Erols Geschenk sein konnte, sie blickte auf ihre Armbanduhr. Von den 45 Minuten, die ihr der Chef genannt hatte, waren 12 bereits vergangen, blieben 33, der Stau, der morgendliche Berufsverkehr, sie würde es gerade so noch schaffen, wenn sie sich sputete. Noch fünf Minuten in der Wohnung, spätestens dann musste sie los, ob mit oder ohne Kapuzenjacke.

Aber natürlich, jetzt fiel es ihr wieder ein. Die kleine Kammer hinter der Eingangstür, in der neben Hammer, Schraubenzieher und Zange (besser für Männer), auch ein Staubsauger, Wischeimer, Betriebsanleitungen für ausrangierte oder noch genutzte Elektrogeräte lagen, spannte sich auch eine Kleiderstange (ausziehbares Teleskopmodell), an der ein paar nie oder kaum getragene Anziehsachen hingen, vermutlich auch die Erol-Jacke. Warum bloß hatte sie nicht eher daran gedacht? Es musste die Aufregung sein, der Druck, den ihr Chef auf sie ausübte. Aber Gott sei dank funktionierte sie in heiklen Situationen wie ein Roboter. Druck setzte bei ihr ungeahnte Energien frei, eine Rückversicherung in diesem nervenaufreibenden Job.

Eine Minute später steckte sie in der Jacke. In der Kammer lag passend auch ein Paar kleiner Fellbesatzstiefel (ebenfalls eine Erol-Hinterlassenschaft und deshalb in der Kämmerchenverbannung), das sie jetzt gut gebrauchen konnte. Emine schlüpfte in die Stiefel, was ihr nicht leicht fiel, da sie recht eng saßen, weshalb sie ein paar mal auf einem Bein umherhüpfte, bis ihre Füße in den Stiefeln nach unten rutschten. Wobei es Emine egal war, dass die Hosen ihres Anzugs an der Oberseite der Stiefel aufbauschten und dort ein paar Falten schlugen. Das war dann halt der Emine-Winter-Look, Chic de la Bosporus.

Debürkan warf einen letzten prüfenden Blick in den kleinen Spiegel an der Hinterseite der Wohnungstür. Haare okay? Ja. Lippen gut konturiert? Ja. Augen genügend mit dem dezenten Etwas fürs Fernsehen betont? Ja.

Der Fahrstuhl war nicht da, natürlich nicht, der Morgen hatte ja schon übel angefangen, warum sollte man es ihr auch leicht machen, nein, einfach durfte es nicht sein. Schließlich hatte sie ja keine Festanstellung bei TURK 1, Schätzchen bewähre dich! Sie korrigierte sich in Gedanken: Jetzt hieß es wohl eher: Koste deinen letzten Auftrag noch aus, Schätzchen, bevor wir dich feuern!

Sie stellte sich den Blick ihres Chefs vor, dessen Alter nicht so leicht zu schätzen war. Um die Augen herum sah er aus wie Mitte 30. Aber er besaß schon ein ansehnliches Bäuchlein sowie eine Glatze, die bei weiterem Voranschreiten irgendwann die Tonsur eines mittelalterlichen christlichen Mönches oder japanischen Samurais annehmen würde, wenn er nichts unternahm. Und Istanbul bot in dieser Hinsicht einiges, überlegte Emine, während sie mit Schwung um die letzte Wendung des Treppenhausgeländers wirbelte. Sie hatte als Kind mit den Jungs aus der Nachbarschaft *Wer ist als Erster unten?* gespielt, sich aufs Geländer gesetzt, es als Rutsche genutzt und oft gewonnen.

Verdammt, sie hatte es immer noch drauf.

Erdgeschoss, nichts wie raus ins Schneegestöber. Als Debürkan die Haustür öffnete, stoben ihr haufenweise Schneeflocken ins Gesicht, aber es störte sie nicht so sehr, wie sie gedacht hatte, als sie aus dem Fenster ihrer Wohnung blickte und angesichts des Anblicks erschrak.

Vielleicht hatte ja die Feuerwehr eine Stelle für sie, wenn ihr Chef sie feuerte. Egal. Sie musste sich dem Unvermeidlichen stellen.

Nur musste ihr Toyota Corolla anspringen. Hoffentlich machte die Batterie mit. Debürkan schätzte die Außentemperatur auf minus 5 Grad. Mehr als 20 Grad unter der Temperatur des Vortages, wie war das möglich? Aber darüber konnte sie später nachdenken, vielleicht sogar im Büro ihres Chefs, wenn sie die Moralpredigt über sich würde ergehen lassen müssen und dabei mit einem einsichtigen, aber lieben Blick, nein treuherzig traf es eher, zu ihm würde aufschauen müssen.

Emine sprintete über den Hof zum Parkplatz. Einmal knickte sie mit dem linken Fuß leicht um, aber nicht so heftig. Die Pelzbesatzstiefelchen waren definitiv zu klein, aber wenigstens wärmten sie die Füße. Dann stand sie vor ihrem Auto. Der Corolla sprang an.

Knapp 20 Minuten später hatte sie ihr Fernsehteam erreicht, nicht ohne ein kleines Malheur. Der Übertragungswagen mit den Satellitenschüsseln auf dem Dach stand nicht an einer der Zufahrtsstraßen zu der Brücke der Märtyrer des 15. Juli, wie ihr Chef gesagt hatte, sondern am Rand einer Zufahrtsstraße zu der Brücke, weshalb sie am Ende drei Minuten später kam und sich einen vorwurfsvollen Blick der Crew einhandelte. Sie war sendebereit.

Emine blickte zu dem Techniker hinter der Kamera, der ihr leicht genervt zunickte. Es konnte also losgehen. Debürkan zog das in einer wattebauschfellähnlichen Hülle steckende Mikrofon, an dem ein Button des Senders TURK 1 hing, näher an ihr Kinn. Der Wind stürmte heftig, Emine Debürkan hoffte, dass die Zuschauer sie hören konnten. Aber das mussten die Techniker im Ü-Wagen regeln. Ihre Sache war es, sich eine kleine Dramaturgie einfallen zu lassen. Etwas leichtes Buntes zum Anfang, so wie ein paar Pandabären gern in der Society-Sendung auftauchten, wenn die neusten Eklats der Royals abgefrühstückt waren.

Sie würde erst ein wenig über das Wetter reden. Ein Hospitant aus dem Team hatte ihr einen Zettel mit den Daten des meteorologischen Dienstes von Istanbul in die Hand gedrückt, den ihr der Wind, gerade als sie sich die Fakten einprägen wollte, aus den Händen riss. An diesem Tag ging nichts glatt.

Immer mit der Ruhe, Schätzchen! Denk nach, aber verlier nicht die Kontrolle, sonst bist du geliefert. Improvisiere, das kannst du!

Sie drehte sich um, ignorierte dabei die fragenden Gesichter des Kameramannes sowie Produktionsleiters, und deutete auf die im Stau stehenden Fahrzeuge auf der Brückenzufahrt, von denen nicht wenige Besitzer hupten, was nur teilweise vom Pfeifen und Orgeln des Windes übertönt wurde. Emine gelang es nicht, ihre Aufregung unter Kontrolle zu bekommen. Sie blickte zu dem Produktionsleiter, lächelte ihn unbeholfen an und vollführte gleichzeitig ein paar rudernde Armbewegungen, die im Schneegestöber auf ihr Team wie die Bewegungen einer zum Leben erweckten Vogelscheuche wirken mussten. Eigentlich hatte sie als Einstieg zu ihrem Beitrag nur auf die im Stau stehende Fahrzeuge deuten wollen.

Reiß dich zusammen! Es wird schon nicht so schlimm ausgesehen haben.

Sie überlegte fieberhaft, ob sie den Bericht mit ein paar allgemeinen Bemerkungen über den Wettergott und meteorologische Standards beginnen wollte, verwarf die Idee aber sogleich. Der Chef hasste dergleichen und er schaute sicher zu. Das Brückendrama würde er sich sicher nicht entgehen lassen.

Schlimmer kann es nicht werden, dachte Emine Debürkan. Vielleicht sah ihr Chef ja auch so und überlegte sich den Rausschmiss noch mal. Als sie sich zur Kamera zurückdrehte, sah sie den Tonmann den Kopf schütteln. Sie fasste sich ans rechte Ohr. Der Miniatur-Ohrknopf für die Regieweisungen war weg, kein Wunder, dass sie nichts hörte.

War ich nicht zu verstehen gewesen? Emine, du bist gut, es wird schon. Glaub an dich, Täubchen! Das war doch nur die Probe. Gleich gehst du auf On.

Täubchen – Erol hatte die Bezeichnung nach einem ihrer Wochenenden, das sich fast ausschließlich im Bett abspielte, kreiert. Nun, sie hatte ihn nach einem Seitensprung ausrangiert, aber die kleine verbale Neckerei blieb in ihren Vokabelstamm als Andenken.

Als der Techniker vor dem Ü-Wagen den Daumen nach oben streckte, begann Emine mit ihrem Livebericht – oder vielmehr: Sie versuchte es. Nach einigen Sätzen zu der Wettersituation (Temperatur, Namen des

Tiefdruckgebietes, sie liebte das Wort „schaufelt" im Zusammenhang mit starken Winden) drehte sie sich, wie zuvor geprobt, mit ausgestreckter Hand in Richtung der Autofahrer und kommentierte das Hupkonzert auf der Brücke mit einigen allgemeinen Bemerkungen. Sie war so gut.

Als sie sich wieder der Kamera zuwandte, klatschte der immer noch an Kraft zulegende Wind ihr eine kleine Fuhre Schnee ins Gesicht, der sich fast im selben Augenblick zu Schmelzwasser verwandelte und in kleinen tränengleichen Rinnsalen die Wangen hinunterkullerte.

Ihr Gesicht glühte sogleich rötlich auf, weshalb sie nun aus Zuschauersicht einen ziemlich verheulten Eindruck abliefern musste. Sie spürte die aufwallende Wärme, die, wie durch enge Kamine gepresst, ihr Gesicht in wenigen Sekunden karminrot färben würde, so wie es immer geschehen war, wenn sie von den Jungs in ihrer Nachbarschaft eingeseift wurde, wenn ein paar Flocken Schnee gefallen waren. Sie hatten sich einen Heidenspaß daraus gemacht.

Dumme Kuh! Denkst wie ein Schulmädchen!

Wie schön das heulende Täubchen zu dem Bild passen musste, das sich ihr Chef von ihr gemacht hatte. Nicht nur unfähig, sondern obendrein eine Heulsuse.

Konnte denn an diesem Morgen nichts einigermaßen normal laufen, hatte sich die ganze Welt plötzlich gegen sie verschworen? Dass eine Sache mal nicht auf Anhieb glückte, konnte passieren, aber musste es denn gleich eine ganze Kette von Missgeschicken sein.

Emine blickte in die Kamera, doch plötzlich sah sie nichts mehr. Eine Windböe hatte ihr eine weitere Minifuhre Schnee ins Gesicht geblasen. Und mit jedem weiteren Aufheulen des Windes, der sich in eine Art Orkan zu verwandeln schien, als dessen tragischer Zeuge sie fungierte, wurde ihre journalistische Mission ein Stück unmöglicher.

Mit der linken Hand wischte sie die Schneepampe aus dem Gesicht und bemühte sich darum, weiter in Richtung Kamera zu lächeln, was ihr nicht gelang.

Der Hospitant, der ihr den Zettel mit den Wetternachrichten gegeben hatte, und der nun neben der Kamera stand, schaute mit einem Ausdruck kaum zu steigender Hoffnungslosigkeit zu ihr, was das Fünkchen Hoffnung in ihr auf einen guten Ausgang dieses Jobs vollends zum erlöschen brachte.

Sie spürte kaum noch ihre Lippen, die sie sich zwei Wochen zuvor in einer unter Showstars angesagten Istanbuler Schönheitsklinik mit

Eigenfett hatte aufpolstern lassen. Zwar nahmen die Zuschauer angesichts ihres roten Gesichts davon sicher keine Notiz, aber vielleicht... Sie musste alle Kraft aufbieten, um nicht drauf los zu heulen. Wer gern hätte sie einfach losgelassen, den kleinen Riegel weggezogen, der den Stausee ihrer Gefühle zurückhielt. Aber das konnte sie nicht zulassen. Niemals eine Blöße geben, nicht vor ihrem voyeuristischen Chef und dem nach Sensationen gierendem Publikum.

Als stünde sie neben sich, hörte Emine sich Standardsätze über das Wetter herunterplärren. „Ist dieses Tiefdruckgebiet... Die extremen Isobarenwerte... und der Niederschlag. Eine Superzelle, wie sie in diesem unwirklichen Ausmaß nur in außerordentlichen...!"

Würden die Zuschauer ihr den aus dem Notfall-Bereich ihres Gehirns abgerufenen Hiwi-Meteorologenschmus abkaufen? Sie suchte nicht nach einer Antwort, weil der Hospitant neben der Kamera nur noch verschämt zum Boden blickte, ihr entging dies nicht. Sie hatte es gründlich vergeigt. Aus und vorbei mit der Fernseherfahrung. Vielleicht ein Job bei einer Werbeagentur, Arbeitsplatz zuhause, keine Sozialabgaben, aber davon konnte niemand leben. Oder ein Escortjob. Eine Bekannte von ihr...

Emine verfiel in haltloses Weinen, obwohl die Kamera da immer noch auf sie gerichtet war und das grüne Lämpchen über dem Feld für den Teleprromptertext noch auf grün stand.

Erst Sekunden später wurde von der Regie im Sendezentrum ein Einspieler mit Allgemeinheiten über das Wetter, gefolgt von den Ziehungsergebnissen im Lotto zwischengeschaltet, während Emine kraftlos und mit gesenktem Kopf zum Abschminken neben dem Ü-Wagen trottete. Der Schnee hatte die Spur des Kajalstifts um ihren Augen in tragisch über die Wangen nach unten laufende Linien verwischt.

„Wie bei einem irren Clown, über den jemand einen Wasserkübel ausgeschüttet hat", sagte der Techniker zu dem Kameramann. Als die beiden Männer bemerkten, dass Emine sie gehört haben musste, wechselten sie thematisch zu Chemtrails, den Entartungen des Wetters, der Manipulation von Ernten und der Grundwasserversorgung, was sich in einem hochkomplexen Prozess auch auf die Atmosphäre auswirke und die Wetterprognose zu einem Glücksspiel mache.

Sie lebten in so einer verrückten Welt.

Was soll nur werden?, dachte Emine. Sie wünschte sich, nicht mehr denken zu müssen. Vielleicht ein Traum, aus dem man nicht mehr aufwachen musste. Manchmal war ein Traum besser als das Leben.

Vandenberg, Air Force Base, Kalifornien

Niemals glauben oder vertrauen, sondern möglichst immer wissen, und wenn das nicht ging, sich zumindest rückversichern, Doppelcheck und zweite Meinung! So ging das. Nur so.

Joe Steltner hatte die Lehrsätze seiner Ausbilder verinnerlicht, ihre nimmer endenden Appelle, die Lösung eines Problems nicht dem Zufall zu überlassen und niemals ins Interpretieren zu verfallen. Sondern nur dem Wissen zu vertrauen und wenn es daran mal fehlte, Informationen einzuholen.

Jahre lag dies alles zurück, die Ausbildung beim U.S. Cyber Command. Seine Aufgabe war es, die Starts amerikanischer Militärsatelliten vor gegnerischen *Hacker-Angriffen* zu sichern, wobei er sich seit einiger Zeit immer öfter fragte, was noch als gegnerisch galt in einer Zeit, in der die Grenzen zwischen Gut und Böse verschwammen und so ununterscheidbar geworden waren wie eine einzelne Qualle in einem Schwarm von Artgenossen.

Wie einfach musste es in den Zeiten des Kalten Krieges gewesen sein, mit nur zwei Machtblöcken? Er kannte die Machtkonstellation aus Erzählungen, Geschichtsbüchern und Vorträgen an der Militärakademie. Der so genannte Ost-West-Konflikt lag lange zurück. Damals hatte er noch geglaubt, niemals das elterliche Haus jemals zu verlassen (in einem Kaff in Kansas, ohne Hoffnung auf einen Verdienst, der einem erlauben würde, eine Frau und ein Kind durchzubringen und sich nebenher auch noch den einen oder anderen Traum zu erfüllen, vielleicht in Form einer alten Corvette oder eines Pontiac Firebird). Bis Steltner mit 17 Jahren einem Recruitment-Sergeant der US Army geradewegs in die Arme gerannt war. Vor einem Shoppingcenter, eine Waffel mit Pistazien-Eis schwenkend, sich nach einer Schulkameradin mit Zukunft versprechendem Hüftschwung umschauend und dabei fast die akkurat sitzende und mit Orden übersäte Uniform des Sergeants um einen Pistazienfleck bereichernd, wäre der ihm nicht geistesgegenwärtig ausgewichen.

Nun füllte der Kalte Krieg nur noch die Lehrstunden mancher Vorlesungen oder die Spalten und Rubriken historischer Rückblicke in Zeitungen, deren Herausgeber sich so etwas trotz des Internet-Hypes noch leisteten.

Joe Steltner blickte an seiner Uniform hinunter. Die in Höhe der Unterarme schräg aufgenähten Balken, die sich mit ihrer gelben Farbe deutlich vom dunkelblauen Untergrund der Jacke abhoben, standen für die geleisteten Dienstjahre. Und da waren noch die an der Brust angehefteten Medaillen und Truppenabzeichen. Bedeutete ihm dies alles noch etwas? Er konnte es nicht sagen und wusste nur: Die Uniform *hatte* ihm mal etwas bedeutet, so stolz war er gewesen, wenn er sie in den ersten Jahren nach seiner Ausbildung angezogen hatte und in einem Supermarkt vielleicht das Lächeln einen Mädchens oder Kindes geschenkt bekam (Schau mal Papa, so eine will ich später auch mal tragen!). Doch seit einiger Zeit galt das nicht mehr. Wen wunderte es, wenn man das Gefühl hatte, dass die eigene Arbeit nicht wertgeschätzt oder beachtet wurde?

Mehrfach hatte er seinen Vorgesetzten über merkwürdige Beobachtungen berichtet. Von Cyberangriffen auf Nordamerika, deren Ursprung nicht feststellbar waren, obwohl er die beste Ausrüstung zum Feststellen solcher Attacken besaß. Doch niemand nahm dies ernst.

Ihm kam es sogar so vor, als würden seine Vorgesetzten weghören, wenn er ihnen von all dem berichtete. Wie zwei Wochen zuvor, als das Unglaubliche geschah, das ihn an seinem Job und dem ganzen Gerede über Karriere und Dienst an der Nation und Ehre und so weiter zweifeln ließ. Kurz nach einer Meldung über neuerliche Hackerangriffe aufs Pentagon und auf die Firewalls einiger militärstrategisch bedeutsamer Einrichtungen der US-Streitkräfte, die er an eine vorgesetzte Stelle weitergeleitet hatte, war er versetzt worden, auf seinen jetzigen Einsatzort. Eine Basis nahe Vandenberg in Kalifornien, auf der man nur Karriere machen konnte, wenn man der Air Force angehörte, aber nicht, wenn man zum Cyber Command gehörte. Es gab immer irgendwo einen Sesselpupser, der Erlebnisse aus der analen Kindheitsphase auf irgendeine Art und Weise abarbeiten musste, oder der ganz einfach anderen keinen Erfolg gönnte, auch in den Streitkräften. Gut möglich, dass ihn ein solcher Kollege angeschwärzt hatte. Futterneid oder etwas in der Art.

Nun saß Steltner vor einem der Kontrollschirme, beobachtete die darüber flirrenden Datenkolonnen, wobei Steltner, wenn er ehrlich war, nur mit halber Aufmerksamkeit bei der Sache war. Er stand nicht mehr hinter dem, was er tat. Nicht erst seit den Enthüllungen verschiedener Netzaktivisten und Blogger über das ganze Ausmaß der an vielerlei Schauplätzen verdeckt geführten schmutzigen Kriege gegen unliebsame Rebellen oder Regierungen, die die amerikanische Regierung einst unterstützt hatte, dann aber abrupt fallen ließ und ihnen als kleines Gastgeschenk eine von einer Drohne abgefeuerte Hellfire-Rakete sandte. Ausgeklinkt und nicht einmal zehn Sekunden später am Ziel. Mit den Folgen, dass fast immer auch Unschuldige mit in die Luft gesprengt wurden. Tote ohne Statistik.

In den Köpfen der Verantwortlichen existierte nicht mal mehr eine Spur von Realitätskörnchen.

Joe Steltner ertrug den Wahnsinn nicht mehr, denn sein Dienst und der aller Kameraden hatte nichts mit Ehre und sauberem Krieg oder mit Verteidigung zu tun, es war die Fortsetzung der Politik mit anderen Mitteln. Warum saß nie einer der Fettsäcke aus dem Weißen Haus an seinem Platz und bediente die Knöpfe und Hebel, um einmal hautnah die Folgen mitzuerleben, aber das würde nie passieren. Die Herrschaften würden sich niemals die Hände schmutzig machen und immer eine reine Weste bewahren, selbst wenn sie irgendwann vor die Fernsehkameras traten und wieder mal einen von ihnen angezettelten schmutzigen Krieg mit einem Fake-Video (am besten eine weinende Alte, die um ihre von den bösen Jungs getötete Tochter und deren Kind weinte oder aus den Brutkästen gerissene Frühchen, Opfer eines grimmig dreinblickenden Diktators). Dreckjobs wie seinen würden die hohen Herren immer den unter Chargen überlassen.

Joe Seltner ließ seinen Blick über die Bildschirme gleiten, untergebracht in einem stickigen Container, zu viel Wärme produzierend und erfüllt vom Surren überlasteter Klimapacks.

Die Bilder auf den Monitoren – manche aus hoch auflösenden Satellitenkameras, andere von Drohnen aufgenommen – zerpurzelten von einem Moment zum anderen vor seinen Augen, unerwartet und von keinem Alarmton begleitet, in kleine grüne Quadrate, fast wie die eines Schachbrettes, nur losgelöst aus jedem Sinn gebenden System. Bis auch die grünen Quadrate nicht mehr zu sehen waren, sondern nur noch farblose Pixel wie bei uneingestellten Röhrenfernsehern, die das Hintergrundrauschen des Urknalls abbildeten. Nur dass die Pixel vor Steltners Augen die Gestalt von Sternen, Sonnensystem und Galaxien annahmen, ein wundersamer Traum.

Denn es konnte ja nur ein Traum sein, was sonst auch? Wäre das kein Traum, so wäre er verrückt, und das hätten die Luftwaffenärzte bei der jährlich anstehenden Routineuntersuchung sicher festgestellt. Also träumte er wirklich und konnte sogar über seinen Traum nachdenken, was ihn verwunderte, aber nicht so sehr, dass er es für unmöglich hielt. Fasziniert realisierte Steltner, der stets ein Faible für Astronomie, die Veröffentlichungen der NASA und die grandiosen Bilder des Hubble-

Space-Telescopes gehabt hatte, dass es sich *wirklich* um Sterne handelte, nur solche aus dem Traum eines anderen Wesens. Wie sollte es auch anders sein? Kein Mensch vor ihm hatte gesehen, was er sah. Wie sich Galaxien formierten, kollidierten, vergingen und manchmal zu ganz neuen Sternenverbünden formierten.

Er sah einen Kugelsternhaufen am Rande der Milchstraße mit Milliarden Jahren alten Sonnen, viel älter als die heimatliche Sol.

Und noch merkwürdiger: Aus dem Wissen des mutmaßlichen Überwesens, von dessen Existenz er nun sicher ausging, flossen ihm auch Namen zu, ebenso exotisch wie die mancher Planetensysteme: Gabriensis, Caschell und Pheniensis. Vermutlich Namen von Wesen aus der selben Spezies des Wesens. Steltner fröstelte es.

Er blickte zu den Monitoren, aber keines der üblichen Bilder kehrte zurück, stattdessen nur ein graues Wabern. Und noch schlimmer: Er sah auch nicht mehr den leichten Schatten seiner Silhouette auf den Bildschirmen, die dadurch entstand, dass hinter ihm eine Lampe montiert war. Er blickte an sich herunter und erschrak. Da war keine Uniformjacke mehr, keine gelben Balken für die geleisteten Dienstjahre.

Verlor er vollends den Verstand? Hatte er zu viele Schichten absolviert? Oder war er gestorben, ohne dies zu bemerken? Einfach so. Ohne Schmerz. Vor der Bildschirmreihe des Air-Force-Stützpunktes in Vandenberg, ein Arbeitsunfall wie viele andere. Vielleicht ein Sekundentod, der auch schon manchen jungen Fußballspieler Mitte 20 ins Jenseits katapultierte. Weit vor dem Elfmeterpunkt. Im Laufen. Aus und vorbei. Mit einem Nachruf in den Celebrity-Blättern.

Und in seinem Fall? Eine zusammengefaltete amerikanische Flagge für die Angehörigen, vielleicht garniert mit etwas theatralischer Musik und dem Gemurmel eines Priesters („Mit Gottes Segen…“) – und tschüss.

Das konnte sein, aber warum war er sich dann seiner noch bewusst und empfing all diese verrückten Informationen, die für einen Menschen mit beschränkter Aufnahmefähigkeit einfach ein paar Stufen zu hoch angesiedelt waren? Vielleicht würde er es noch herausfinden, wenn er lang genug ausharrte in diesem unbegreiflichen Zustand der Körperlosigkeit. Aber erst einmal wollte er träumen, nein, er musste träumen. Es wurde gewünscht. Wer widersetzte sich schon den Wünschen höherer Wesen?

Libysche Küste.
Muhammat Feissal blickte hinaus aufs Meer, wo sich am Horizont die Wellen zu kleinen Bergen auftürmten und immer neue Linien gekräuselter Linien von Gischt Richtung Strand schoben. Nein, heute war ganz sicher nicht der beste Tag für eine Bootsfahrt, nur interessierte das Abdul Hassan, seinen Chef, einen Scheiß.

Hassan kassierte für jedes Boot, das Richtung Europa in See stach, einige zehntausend Euro von den illegalen Migranten, und so würde es auch bei dem übergroßen Schlauchboot sein, eines der Rafting-Modelle, das bereits seit einer Stunde am Strand lag – den Bug seewärts gerichtet und voll bepackt mit verängstigt dreinblickenden Menschen aus Mali, Niger, Kongo, Äthiopien, Sudan und Tschad. Alle in orangefarbenen Schwimmwesten. Klamme Gestalten, in deren stumpf dreinblickenden Augen Muhammat Feissal nichts außer Angst und einer diffusen Hoffnung auf ein besseres Leben entdeckte, obgleich letzteres wohl eine Hoffnung bleiben würde, wie Feissal von Freunden in Südspanien wusste. Ihnen zufolge betrug die Jugendarbeitslosigkeit dort bei mehr als 40 Prozent – und das selbst bei gut ausgebildeten jungen Leuten, was er anfangs nicht glauben wollte, bis er es auch von anderen Menschen mit besserem Allgemeinwissen bestätigt bekam. In Italien und Griechenland war es nicht viel besser.

Die rund 90 Leute in dem Rafting-Boot (konzipiert war es für maximal 50, weshalb es bedenklich tief im Wasser lag) konnten teilweise nicht einmal ihre eigene Sprache lesen. Was wollen sie nur in Europa?, fragte sich Feissal. Dort würden sie immer Außenseiter bleiben, Kostgänger, gehasst von den anderen, auch von denen, die vor ihnen geflüchtet waren, weil die um ihren Anteil am Kuchen bangten.

„Na, worüber denkst du wieder nach?"

Feissal drehte sich um, er hatte das Kommen seines Chefs nicht gehört. Doch Abdul Hassan ließ ihm keine Zeit zu antworten, herrisch wie immer schnurrte er Fragen runter, ohne die Andeutung eines Wie geht´s? oder ein Salam Aleikum, nichts dergleichen.

„Ist das Boot startklar und genug Benzin im Tank?"

„Ja", antwortete Feissal hastig. *Das Genug heißt bei dir doch, dass das Boot außer Sichtweite ist. Ob danach auf See der Motor verreckt, ist dir doch scheißegal*, dachte Feissal, nicht ohne einen hastigen Seitenblick auf den Gürtel seines Chefs, an dem immer eine geladene Pistole im Halfter steckte. Hassan grinste finster, als er Feissals Blick sah, dann deutete er mit hämisch-abfälliger Mine auf das Schlauchboot. „Dann müssen wir hier auch keine Zeit mehr verschwenden. Der General (gemeint war einer der von Feissal geschmierten Offiziere im zerfallenen Libyen) wird zwar an diesem Strandabschnitt innerhalb der nächsten Stunden nicht mit seinen Leuten vorbeikommen, aber wir wollen nichts provozieren."

„Natürlich, Boss."

Feissal winkte zweien seiner Männer zu, die bisher in Wartestellung hinter dem am Strand liegenden Boot gewartet hatten. Einer der Männer, etwas größer und jünger wirkend als der andere, nickte. Dann ging er zu dem Boot. Der Mann scheuchte einen schwarzen Jungen fort, der neben dem Motor am Heck gesessen hatte und sich nun mit Schwung an eine Frau presste, die darum bemüht war, nicht das Gleichgewicht zu verlieren, denn sie saß auf dem runden Seitenstück des Schlauchbootes, das wenig Halt bot

Feissals Mann interessierte das nicht. Er zog an dem Anlasserkabel. Erst tat sich nichts, ein zweites Mal: wieder nichts, dann aber sprang die Maschine mit einem bissigen Kreischen an. Feissals Helfer ließ den Außenbordmotor herunter. Er winkte den jungen Mann heran, der mit einigem Zögern der Aufforderung folgte und das Steuer des Motors ergriff, mit dem man die Richtung und Geschwindigkeit des Bootes regelte. Der Mann sagte etwas zu dem Jungen, das Feissal wegen des aufjohlenden Motorenlärms nicht verstand. Er sah nur, dass der Ausgemergelte wie von einer Tarantel gestochen zusammenzuckte. Feissal bezweifelte, dass der Afrikaner das Arabisch verstanden hatte. Die Klappergestalt sah nicht einmal so aus, als ob sie die eigene Sprache beherrschte.

Aber er hatte die Bewegung richtig interpretiert, das verriet der Ausdruck seines Gesichts, das nun noch ängstlicher wirkte, weil eine Aufgabe auf die Klappergestalt zukam, von deren korrekter Erfüllung die weitere Existenz aller im Boot Sitzenden abhing, Herrscher zu sein über das Leben eines Haufens zitternder dürrer Gestalten, unter denen auch Frauen mit Kindern waren, alle bekleidet mit den orangefarbenen Schwimmwesten, die Hassan ihnen als *kostenlose Zugabe* für die an ihn von jedem zu entrichtenden 3000 US-Dollar überlassen hatte.

Das Boot war startklar, die Ware abfahrbereit.

Feissal hob den Daumen der rechten Hand. Seine beiden Handlanger schoben das Heck des Bootes Richtung Meer, bis sie beide knietief im Wasser standen. Danach zog der kleinere der beiden noch einen dunklen Gegenstand aus der Hosentasche und drückte sie der Klappergestalt am Steuer in die freie Hand. Es war das Handy mit voreingestellter Seenotrufnummer, die sie jedem ihrer Boote mitgaben. In der Regel wurden die Boote bereits innerhalb libyscher Hoheitsgewässer von Europäern aufgebracht. Der Marine oder Hilfsorganisationen wie Ärzte ohne Grenzen und anderen Gutmenschen, die nicht verstanden, das sie einen Shuttleservice auf dem Mittelmeer bedienten, der Schlepper wie Hassan immer reicher machte.

„Sehr gut, sehr gut", sagte Hassan lächelnd, als das Boot endlich abgelegt hatte und langsam aufs Meer hinaustuckerte. Es war höchste Zeit zu verschwinden, auch wenn von Seiten der libyschen Küstenwache beziehungsweise ihrem kümmerlichen Überbleibsel aus Ghaddafi-Zeiten kein Ungemach drohte.
Hassan kaute auf einem Kokablatt herum und beobachtete gelangweilt, wie einer seiner Männer noch etwas in Richtung des Mannes am Steuer rief, der nun Gas gab. Langsam, aber mit zunehmender Geschwindigkeit entfernte sich das Rafting-Boot vom Strand, nicht ohne dass einige der auf dem rollenartigen Rand des Bootes den Eindruck machten, gleich ins Wasser zufallen. Doch es geschah nicht, weil nun ein Ruck durch die Menge der Passagiere ging, ein unausgesprochenes *Wir müssen uns an den Händen nehmen und gegenseitig festhalten,* was sie auch taten.
In Abständen verschwand das Boot hinter einem Wellenkamm, um danach wieder aufzutauchen und dann dem nächsten Wellental entgegenzutrudeln. Wie zerbrechlich es aussah.
Hassan musterte den Himmel, am Horizont zogen dunkle Wolken auf. Das verdammte Boot wirkte heillos überfrachtet. Auf dem Meer tanzende Schlackergestalten. Einige von ihnen würden sicher über Bord gehen. Der übliche Schwund.
„Diese Narren."
Feissal zuckte zusammen angesichts der Kälte, mit der Hassan die Worte ausgesprochen hatte.

„Wenn sie den Notruf rechtzeitig senden, werden sie schon innerhalb der Zehn-Meilen-Zone aufgefischt. Hoffentlich", sagte Feissal und zog sich einen abfälligen und unangenehm lang auf ihm ruhenden Blick seines Bosses zu.
„Als wenn das wichtig wäre. Solln sie absaufen. Vielleicht versenken die Retter das Boot dieses Mal nicht (was oft getan wurde im Kampf gegen Schlepper). Dann bekommen wir es möglicher Weise wieder."

Hassan kaufte so ziemlich alle Boote auf, die an Libyens Küste zu haben waren, nicht selten mit etwas Druck auf die oft unwilligen Bootseigner, die ihre Boote zum Fischen brauchten, eine der wenigen Möglichkeiten, sich in dem von Kämpfen rivalisierender Banden zerrütteten Land etwas legal hinzuzuverdienen.

„Da wäre noch eine Kleinigkeit", entgegnete Hassan unvermittelt.

Feissal, der die ganze Zeit über dem sich stetig entfernenden Schlauchboot hinterher geblickt hatte, schaute zu seinem Chef. Er blickte in die Mündung einer Pistole. Das war das Letzte, was Feissal sah.

Ängstliche Leute und Versager kann ich in meiner Mannschaft nicht gebrauchen, dachte Hassan. Er schob die Pistole in das Halfter an seiner Hüfte zurück. Dann gab er den Männern am Strand das Signal zum Aufbrechen. Aus ihren Augen sprach Furcht und blankes Entsetzen, was aber nicht schlecht war. In Zukunft würden sie ihm noch treuer dienen.

Heute Abend würde er sich revanchieren und in Tripolis eine kleine Party geben. Es gab Sklavenfrauen, das hatte ihm ein Freund gesagt. Und auch zu trinken. Reichlich.

Hassan hatte schon fast seinen Jeep erreicht, als er plötzlich einen bestialischen Schmerz im Kopf verspürte. Er griff sich mit den Händen an die Stirn und fiel kopfüber Richtung Jeep. Bewusstlos lag er am Boden. Eine mächtige geistige Präsenz hatte die Kontrolle über ihn übernommen. Sie ließ ihn träumen, wie es exotischer nicht sein konnte. Genau so erging es Tausenden anderen Menschen auf der Erde. Und so veränderte die Präsenz, die dies alles zu verantworten hatte, einen Abschnitt der Erdgeschichte.

Istanbul.

Natürlich wusste Emine Debürkan, dass sie die Reportage an der Brücke der Märtyrer vergeigt hatte. *Ordentlich verkackt* hatte ihr Chef es genannt.

Aber was zum Teufel konnte sie dafür, dass sich der Wettergott gegen sie und ihr Team verschworen hatte? Dass er ihr Hagel ins Gesicht fegen ließ, als sei dies eine persönliche Sache zwischen ihm und ihr. Und es war ihm scheißegal, dass ihr aufwendiges Make-up innerhalb von Sekunden in ein dramatisches Schreckensgemälde aus schwarzen lang gezogenen Tropfenspuren zerfloss, die ihr Gesicht zu einer Fratze machten, die sich gut für das Cover eines Stephen-King-Romans geeignet hätte. Nur war das nicht nach dem Geschmack ihres Chefs, der sie eine knappe Stunde nach dem katastrophalen Einsatz – der als harmlose Wetterreportage, als Service für all die zwangsweise wegen des Schnees und Hagels im Stau stehenden Auto- und Lastwagen angelegt war – zu sich rief. Keine Begrüßung, keine Fragen für die Gründe der vermasselten Live-Schalte. Nichts. Bis auf das *verkackt*, herausgebrüllt in allen erdenklichen Varianten. Ordentlich verkackt, total verkackt, zum letzten Mal verkackt, ja zum verkackten letzten Mal. Weil sie sich nämlich nun nach einem anderen Job umschauen könne, aber bitte sehr nicht beim Fernsehen oder einem anderen Medium, das überstünden die Menschen nämlich nicht.

Debürkan fühlte sich wie ein begossener Pudel, als sie Stunden später in ihre Wohnung zurückkehrte. Zuvor war sie zwei Stunden lang ziellos durch Istanbuls Altstadt gelaufen, ohne auch nur einen der Läden, die Auslagen oder Händler zu beachten.

Sie blickte in dem großen Wandspiegel in ihrer Diele und sah nur ein Häufchen Elend. Bitter enttäuscht von sich selbst schlurfte Debürkan in das Schlafzimmer und ließ sich mit dem Gesicht nach vorne aufs Bett fallen. Einst war die in Indien aus Tropenholz gefertigte Schlafstatt so etwas wie ein Traum für sie, eine Hoffnung auf ein Leben mit einem Mann wie Erol. Etwas, das es einzulösen galt wie ein Versprechen an sich selbst. Nun würdigte Debürkan das Bett keines Blickes.

Nachdem sie sich zahllose Male voller Unruhe hin und hergewälzt und den Kopf zermartert hatte, wie es zu ihrem Versagen im Job kommen konnte, schlief sie schließlich ein, das Haar verwuschelt und immer noch nass vom Schneeregen. Sie träumte von seltsamen Wesen.

Wien, spanische Hofreitschule.
Elevin Maria Tschiedert konnte auch Tage nach ihrem ersten Reiten in der berühmten Schule die Aufregung nicht verdrängen, dazu war der Ruf, den die Schule in Fachkreisen und darüber hinaus genoss, einfach zu groß. Und sie, eine junge Frau von Anfang 20, mitten drin in dem altehrwürdigen Gebäude mit dem lang gezogenen sandigen Oval, auf dem sie sich neben anderen jungen Reitern ihres Alters nun zu bewähren hatte, und das immer unter den strengen Augen von Hans Strasser, ihrem Lehrer, der in Sachen Reiten eine Instanz weit über die Grenzen Wiens hinaus war. Und mindestens ebenso schillernd wie der golden

schimmernde Metallbesatz am Zaumzeug der Pferde, das sie in regelmäßigen Abständen zusammen mit den anderen Eleven polieren musste.

Hans Strasser legte größten Wert auf ein einwandfreies Erscheinungsbild der Pferde und Reiter. Das wussten alle Eleven nur zu gut und gaben sich deshalb größte Mühe bei dem Nebenjob in der Reitschule, denn niemand wollte sich Strassers Groll aussetzen, denn der hielt mitunter Wochen an.

Maria Tschiedert blickte in das Hallenoval der Hofreitschule und verspürte so etwas wie Stolz. Sie war nicht oft stolz gewesen in ihrem Leben, aber seit sie Elevin war, hatte sich das geändert. Verdammt noch mal, sie hatte es allen gezeigt. Ihren Eltern, ihren Freunden und denen, die ihr nie etwas zugetraut hatten. Ja, das hatte sie.
Siehst du mal, was man alles erreichen kann, wenn man sich anstrengt, hatte Peter Gärtner gesagt, ihr Reitfreund, aber wo steckte er eigentlich? Sie hatte den Eleven, der nicht nur ein verdammt netter Typ war und ihrer Meinung nach obendrein verdammt süß aussah, was die anderen Elevinnen ähnlich sahen, schon eine Zeit lang nicht mehr gesehen.
Sie erinnerte sich noch gut, wie sie Peter zum ersten Mal gesehen hatte, vor drei Monaten, als sie zu einem ersten Vorreiten kurz nach ihm antreten musste, eingeschüchtert wie er auch von der barocken Architektur der Schule und ihrem Ruf, die hohe Kunst des Dressurreitens in Perfektion zu verkörpern.
Peter!
Fast wie in einem Stoßgebet dachte Maria Tschiedert an den jungen Mann, den sie nun schon seit zehn Tagen als ihren Freund bezeichnete, weil sie da nach dem Reitunterricht, einem langen Spaziergang am Wiener Ring und den Pracht- und Prunkbauten der K & K-Monarchie entlang und der folgenden noch längeren Straßenbahnfahrt schließlich in ihrer Einzimmerwohnung aus den 1920er-Jahren gelandet waren, wo sie sich, nun ja, näher gekommen waren. Nach langem Reden und einer Flasche Rotwein, die noch auf der kleinen Küchenanrichte gestanden hatte. Ein Geschenk ihrer Mutter dafür, dass sie in der Reitschule durchgehalten hatte.
Maria Tschiederts Wohnung maß zwar nur 27 Quadratmeter, aber sie gehörten unangefochten ihr. Ihr kleines Reich.
Peter dagegen wohnte in einer WG mit zwei ebenso jungen Männern, was das unerwünschte Mithören gewisser akustischer Geräusche nicht

ausschloss, und das musste doch nicht sein. Also waren sie zu ihr gefahren. Na ja, etwas geplant hatte sie es ja schon. Maria musste kichern, als sie daran dachte. Beim Lachen hielt sie sich immer die Hand vor den Mund. Die Ecken ihrer Schneidezähne standen leicht nach vorn über, was sie nicht mochte. Aber was sollte man machen. Eine Laune der Natur. Mit 16 hatte sie die kleine Fehlstellung noch genervt, aber entgegen den Wünschen ihrer Eltern wollte sie die nicht korrigieren lassen. Denn irgendwie machte die Abweichung sie doch auch besonders, oder, wie Peter es formulierte: bezaubernd.

Maria beschloss, es für heute gut sein zu lassen mit dem Dienst in der Schule, die anderen Eleven waren längst nach Hause gegangen. Sie verstaute das Zaumzeug in ihrem Schrank, ging dann an den Ställen der Pferde vorbei und schwenkte danach auf den kürzesten Weg von der Schule zur Straßenbahn ein.

In der Tram setzte sie sich auf die letzte Bank des Waggons und lehnte ihren Kopf an die Scheibe, während die Bilder des kaiserlichen Wiens an ihr vorüber glitten. Nach wenigen Minuten hatte sie mit Sekundenschlaf zu kämpfen. Der Tag war wirklich anstrengend gewesen. Strasser verlangte fiel von ihnen. Fehlte Peter entschuldigt? Bisher hatte er ihr immer bescheid gegeben, wenn er verhindert war. Sie würde ihn später anrufen. Wenn sie wieder fit war.

Maria Tschiedert nickte ein. Sie träumte zunächst von Pferden, einem begeistert klatschenden Publikum auf den Rängen der Hofreitschule, dann schoben sich andere, vollkommen fremde Bilder in den Vordergrund. So exotisch, dass man sie kaum beschreiben konnte. Mit vollkommen fremden Wesen und fremden Gedanken. Die Sache mit Peter musste halt noch etwas warten.

Atom U-Boot Tomsk.
Wladimir Kadyrow hatte es sich nicht nehmen lassen, auf die Brücke zu gehen. Wenn nicht jetzt, wann sonst hätte der Kommandant des U-Boots Präsenz zeigen müssen? Er dachte kurz daran, eine Schaltung zum Flottenkommando herstellen zu lassen, aber vermutlich weilte der Oberkommandierende zu dieser schicksalsträchtigen Zeit sowieso im Kreml und war nicht zu sprechen. Genauso gut hätte man ein Interview mit dem Präsidenten höchstpersönlich anfragen können. Wann hatte der eigentlich zuletzt von sich hören oder sehen lassen? Kadyrow konnte sich nicht daran erinnern. Natürlich, das Staatsfernsehen verbreitete in

Abständen Meldungen über den Besuch des immer fit aussehenden Präsidenten in einer Fabrik, bei Bürgern, die sich ungerecht von ihrem zuständigen Bürgermeister oder Gouverneur behandelt fühlten. Auch mal, wie der Präsident den mächtigen Oligarchen sagte, was ging und was nicht. Aber wirklich gesehen hatte man ihn schon lange nicht.

„T minus 1", schallte es aus dem rückwärtigen Bereich der Tomsk. Jetzt war es also soweit. Die Würfel waren gefallen.
Wladimir Kadyrow blickte zu seinem Stellvertreter, Oleg Ramirow. Das *Gespenst*, wie Ramirov wegen seiner blassen Haut von der Besatzung genannt wurde, sah nun mindestens zwei Stufen blasser aus, fast kalkig, wie Kadyrow mit einem kurzen, wie zufällig wirkenden Seitenblick feststellte. Aber vermutlich kam es darauf nun auch nicht mehr an. Die Rebellen, denen sie in wenigen Sekunden ein paar Raketen vor den Latz knallen würden, besaßen vertraulichen Geheimdienstinformationen zufolge zwar keine Waffen, die von Land aus ein U-Boot treffen konnten, aber ihre Helfershelfer sehr wohl, auch wenn die Vertreter Nordamerikas, die die Rebellen unterstützten, das abstreiten würden. Kadyrow wusste es. Die Luftbildauswertung hoch auflösender Aufnahmen russischer Satelliten ließ daran keinen Zweifel aufkommen. Auf den Bildern waren einwandfrei Lastwagen zu sehen, die in der Türkei von Nordamerika nahe stehenden Subjekten mit Waffen beladen worden waren.
Kadyrow überlegte, ob er seiner Frau Svetlana in Murmansk eine letzte Nachricht zukommen lassen sollte. Irgendetwas in der Art von *Mach dir keine Sorgen, Schatz* oder *Ich musste meine Pflicht tun*.
Was sie wohl gerade machte? Saß sie vielleicht mit den Frauen der anderen Kommandanten zusammen, was sie wöchentlich mindestens einmal tat. In der kleinen Bar ein paar Ecken von dem Marinestützpunkt in Murmansk entfernt, mit einem Glas Sekt oder einem Tschai?
Oder war sie zuhause und paukte mit ihrem gemeinsamen Sohn Kyrill gerade Mathematik, ein Fach, das Kyrill mitunter Probleme bereitete, obwohl er langsam besser wurde.
Aber was für eine Nachricht konnte er in dieser Situation guten Gewissens absenden, ohne sich wie ein Lügner zu fühlen oder Svetlana beim Lesen der Botschaft das Gefühl gegeben zu haben, dass er sie nicht für voll nahm. Kadyrow blickte zu dem Nachrichtenoffizier, der nur drei Meter von ihm entfernt in der U-Bootzentrale vor der mit zahlreichen elektronischen Geräten gespickten Wand saß.

Noch könntest du es tun, Wladimir…
Die Entscheidung wurde Kadyrow durch die unbarmherzig voranschreitende Zeit abgenommen.

„T minus 30 Sekunden", erklärte Ramirow, dessen Stimme nun einen unmenschlichen, ja mechanischen Ton angenommen hatte.

Kadyrow blickte seinen Stellvertreter an, der auf ihn wie ein lebender Toter wirkte. Waren sie auf einem Totenschiff? Ramirow erwiderte den Blick ohne das für ihn typische Plinkern der Augenlider, das Unsicherheit signalisierte, wenn Kadyrow ihn direkt anstarrte. Stattdessen sagte Ramirow: „Herr Kommandant, ich bitte um die Abschussfreigabe."

„Erteilt."

Kadyrow stellte sich den Vorgang aus der Perspektive eines Tauchers vor. Wie das riesige U-Boot geräuschlos vorbeizog, einen mächtigen Strudel aufgewirbelten Wassers hinter sich herschleppend. Mit geöffneten Klappen an der Oberseite, aus denen plötzlich Raketen schossen. Ein stählerner Lindwurm, unaufhaltsam und Tod bringend.

Dem Kommandanten kam es so vor, als würde er alle Gerüche und Töne in der Zentrale von einem Moment auf den anderen stärker wahrnehmen – die stets leicht ölig wirkende Luft, das Summen der Elektronik und die Ausdünstungen der Mannschaft. Täuschte er sich oder stank Ramirow?

Angstschweiß. So ist es, wenn das Tier sich fürchtet. Und nichts anderes ist der Mensch. Es tut mir leid, Svetlana, dass uns kein Abschied vergönnt war.

Komischerweise fiel ihm just in diesem Moment eine Reise ein, die er Jahre zuvor mit Svetlana nach Sankt Petersburg unternommen hatte. Ein Hauch von Schnee lag über den Brücken und Palästen, und die Eremitage zeigte die Schau eines berühmten britischen Bildhauers. Kadyrow konnte sich nicht an den Namen des Künstlers erinnern, nur das dieser in Deutschland wohnte. Warum kam ihm ausgerechnet dieses Detail in den Sinn, jetzt, vor einem möglichen Armageddon?

„T minus 15 Sekunden", brabbelte Ramirow.

Kadyrow spürte die Blicke der Männer auf sich ruhen. Er musste etwas sagen, aber was? Dann fiel es ihm ein, er musste grinsen.

„Zeit, um etwas zu träumen."

Ein leichtes Vibrieren des U-Bootkörpers signalisierte den Abschuss der Raketen.

Zwischen Jupiter und Saturn.

Elorel schwebte bewegungslos über einem der hunderttausenden Himmelskörper im Asteroidengürtel zwischen den beiden Gasgiganten Jupiter und Saturn. Einige der Brocken hatten die Ausmaße von Manhattan oder sogar eines Kleinstplaneten, andere maßen nur wenige Meter. Alle vereint in ihrem lautlosen Trudelkurs rund um die Sonne, ein ewig währender Tanz.

Die Außerirdische vom Volke der Gibb verfolgte das Geschehen eine Zeit lang, doch nach nur wenigen Minuten langweilte es sie. Ihr fehlte für Beobachtungen dieser Art die Muße, ganz anders als in ihrer Jugend, als sie mit Enthusiasmus die Vielfalt der Erscheinungen im All betrachtet hatte. Aber diese Jugend war selbst ihr, die die Zeit wie ihre Artgenossen in Jahrzehntausenden bemaß, fremd geworden. Sie hatte sich verändert. Vielleicht hätte ihr ein anderer aus dem Volk der Gibb sogar Verrat vorgeworfen, etwa nach der Art eines *Wie konntest du nur, Elorel?* Oder: *Warum hast du dich gegen Qaishen, den obersten Anführer und Hüter unseres kollektiven Bewusstseins, gestellt?*

Sie war am Gletscher der Zeit gewesen, soweit zurück in der Vergangenheit, dass die Zeit selbst keine unbeeinflussbare Größe, sondern noch manipulierbar war.

Goldfarben hob sich der Gletscher vom Hintergrundglühen des Alls ab. Das von den atomaren Teilchen stammte, die sich erst noch zu Atomen zusammenfinden mussten. Der Gletscher driftete durch das Geschehen. Wie ein Monument.

Elorel hatte den Gletscher mit einer Probe des Goldenen Stoffes geimpft und zum Kalben einer Zeitscholle veranlasst. Mit ihr konnte sie den Ablauf der Zeit in einer bestimmten Epoche beeinflussen – und das hatte sie getan. Der Zeitfluss der Menschheit würde nun anders verlaufen. Es musste sein.

Qaishen, der Vorsteher der Gibb und einer der mächtigsten innerhalb der Raumfahrergilde, hatte etwas Ungeheures getan und den Erdlingen eine Aufgabe angetragen, die Suche nach dem Letzten Element. Der Goldene Stoff, der seinen Besitzern nicht nur ein ewiges Leben verschaffte, sondern auch ungeheure Macht. Eine Aufgabe, für die Menschen schlicht nicht reif und *rein* genug waren. Deshalb hatte sie eingreifen und die Zeitlinie im Sinne der Gibb korrigieren müssen, zum Wohle ihres Volkes und der kosmischen Ordnung.

Elorel wusste: Qaishen würde ihren Eingriff in die Raumzeit niemals hinnehmen, deshalb hatte sie sich vom Geisteskollektiv der Gibb abnabeln müssen. Vom Kollektiv getrennt konnte sie zwar nicht mehr die Gedanken ihrer Brüder und Schwestern empfangen, aber die auch nicht die ihren. Sogar Qaishen, der über besondere Machtmittel verfügte, konnte dies nicht ändern. Aber er würde alles daran setzen, dass dies nicht so blieb.

Elorel blickte von dem Asteroiden, über den sie driftete, Richtung Erde. Aus der gewaltigen Entfernung von einigen hunderttausend Kilometern war die Heimatwelt der Menschen nicht mehr als ein schwach glimmernder Punkt innerhalb eines Ozeans von Sternen. Elorel griff zu dem Köcher an ihrem Hüftgurt. Sie überlegte kurz, dann griff sie hinein und förderte ein winziges golden schimmerndes Teilchen ans Licht. Nachdenklich betrachtete sie es, wendete es mehrfach, dann dachte sie: *Eanu reh katane, katane eh.*
Das Teilchen verschwand vor ihren Augen, ohne dass etwas von seiner kurzfristigen Anwesenheit kündete. Nichts blieb zurück.
Elorel war zufrieden. Sie hatte das Sonnensystem der Menschen mit weiteren Traumsporen des Letzten Elements geimpft. Sollten sie sich in eine andere Gegenwart träumen.

New Mexico, Albuquerque.
Wie schön wäre es, jetzt einfach ganz spontan in ein Flugzeug zu steigen und irgendwohin zu fliegen, bloß weg von diesem Ort, der nichts Gutes verhieß und allenfalls eine Portion Verlogenheit abverlangte.
Albert MacFarlane, von seinen Angestellten kurz Al genannt, wusste jedoch, dass Flucht ein frommer Wunsch bleiben würde. Zumindest innerhalb der nächsten drei Stunden.
Er hatte hier und jetzt, an diesem elenden Dezembertag, an dem die Temperaturen selbst in der größten Stadt New Mexicos warme Kleidung erforderlich machten, einen wenig gottesfürchtigen Auftrag zu erfüllen.
Er, der Chef der Neu-Evangelische-Erweckungskirche (NEE), einer der weltweit größten Glaubensgemeinschaften, musste auf die Bühne einer dieser öden und immer gleich aussehenden Hallen mit miesem Mobiliar, kalten Fluchtgängen hinter der Bühne und nervtötenden Deckenlicht. Und von dort zu seinen spirituell ausgehungerten Anhängern

sprechen. Die es nicht erwarten konnten, in ihm eine Art Ersatz-Messias zu finden. Ja, die sogar danach gierten.

Live-Auftritt, wie immer gebucht vom Tour-Management, ohne das er, zugegeben, aufgeschmissen wäre. Manchmal verfluchte er den Umstand. Aber das Management spülte halt Geld in die Kasse.

Ein bisschen verhielt es sich mit den Predigten wie mit Musiklabels, nur der Live-Auftritt zählte. So wie Rockmusiker auf die Bühne mussten, weil die Tonträger wegen der massenhaften Kopien im Netz kaum noch Gewinn abwarfen, die Konzerttickets jedoch schon. Warum also sollte es ihm besser gehen, hier in dieser widerlichen Veranstaltungshalle am Rande Albuquerques, in der man genauso gut Kühlschränke bei einer Haushaltsgerätemesse hätte präsentieren können oder Goldhamster bei einer Zuchtmesse. Und vermutlich wurde die Halle auch so genutzt, wenn nicht gerade ein Idiot wie er vorbeischaute, um Gott vor einer Schar von Dumpfbacken zu preisen.

MacFarlane saß in der in einem Container untergebrachten Maske, die hinter der aus einem Wald von Stahlstangen und Brettern zusammengebauten Bühne untergebracht war. Er hatte die dort arbeitenden Frauen in die Pause geschickt (klang besser als verjagt), weil ihm schlecht geworden war, als er daran dachte, was er bei seinem Bühnenauftritt dieses Mal verkünden sollte. Er musste seine Anhänger – weltweit zählte die NEE rund 120 Millionen – auf nicht weniger als das Jenseits einschwören. Der größte Spender seiner Kirche, das Wort Anteilseigner hätte es auch getroffen, wollte es so. Und er war davon nicht abzubringen gewesen.

Du musst überzeugen, Albert. Du kannst es. Du machst nichts Falsches. Immer wieder hämmerten die drei Sätze durch MacFarlanes Kopf und er setzte sich ihrer suggestiven Wirkung nur allzu gern aus. Sie lenkten ihn auf das Gleis der Unschuld. So musste er hinterher nicht zugeben, er habe das Kommende verschuldet, sondern konnte die Schuld einem anderen geben, dem Großspender im Hintergrund der NEE.

Im Selbst-Dopen machte ihm ohnehin niemand etwas vor. Etwa bei seinen Einschlafproblemen, die sich oft einstellten, wenn er zulange auf der Bühne gestanden hatte und danach in einer Bar versuchte, das Endorphinlevel mit Hilfe einiger hochprozentiger Drinks zuviel nach unten zu bringen.

Wenn er nur ausreichend oft *Relax!* dachte, dauerte es nicht lange und er döste ein. Ob es auch an diesem Abend gelang, würde sich zeigen.

Er hoffte, dass Gertrud, seine Frau, alles für einen schnellen Abschied

aus Albuquerque vorbereitet hatte. AL MacFarlane wollte schleunigst weg von diesem Ort. Wenn die Show vorbei war – und um nichts anderes handelte es sich, schließlich war das ganze Leben nichts weiter als eine Show, eine Aneinanderreihung von Clips, manche besser, manche schlechter -, würden sie schnellstens zum Flughafen von Albuquerque fahren, wo eine Gulfstream IV startbereit wartete. Das war einer der Vorteile, den ihm sein Job verschaffte, finanzielle Unabhängigkeit, gesponsert durch die Gemeindemitgliederschäfchen der NEE.
Ein Klopfen an der Tür zur Maske lenkte Al MacFarlane ab.
Eine Mitarbeiterin von ihm steckte den Kopf durch den Türspalt und lugte zu ihm hinüber, fast witternd, als müsste sie zunächst sondieren, wie der Chef drauf war, um loszulegen.
„Mister MacFarlane. Die Bühnenvorbereitung ist abgeschlossen und die ersten Mitglieder strömen bereits in den Veranstaltungssaal...“
„Aha, ja, sehr gut“, knurrte MacFarlane, „ich brauche hier nur noch einen kurzen Moment. Für die Konzentration.“
Die Frau nickte. „Natürlich. Ich...“
„Das wäre es dann. Ich komme raus, wenn ich fertig bin. Aber nicht bevor der Saal brummt. Meine Anhänger müssen es nicht mehr erwarten können, mich zu sehen. Das erkennen Sie an den Gesichtern, an diesem gewissen Glanz in den Augen. Wenn es soweit ist, holen Sie mich. Erst dann. Haben Sie verstanden?“
„Ja, Sir, natürlich. Wenn die Gesichter es mir sagen“, stotterte die Frau. Flugs verschwand ihr Kopf aus dem Türspalt.
MacFarlane warf einen prüfenden Blick auf den Spiegel in der Maske. Er sah gut genug aus für die Gaffer. Geliftet zwar, aber das war doch fast jeder im Showgewerbe. Ein bisschen Vegas halt, selbst wenn der Messias Kajalstift im Gesicht hätte, na und, was machte das schon. Nur eine kurze Probe vor seinem Auftritt, dann würde es gehen. Auch weil er seine Anhänger mit seinem Charisma überwältigen wollte, wie er es immer hielt. Dramatisch in Szene gesetzt durch die vor der Bühne aufgebaute Scheinwerferphalanx, die ihn schräg von unten anstrahlen würde und einen riesenhaften Schatten von ihm an die Wand werfen würden. Ein Hulk der Verheißung. Ein Steve Jobbs des Himmlischen. Kein Zuschauer konnte sich ihm entziehen.
Die Tür zur Maske knarrte in den Scharnieren. Die Nervensäge äugte erneut durch den Türspalt.
„Sir..“
„Ja, doch...“

„Äh, die Gesichter…, ich meine, äh, die Menschen, sie sind jetzt so weit."
„Danke!"
MacFarlane warf der Mitarbeiterin einen genervten Blick zu, die daraufhin blitzartig verschwand.
Al MacFarlane machte sich auf den Weg. Durch einige Flure, an denen Bündel von Kabeln auf den Böden lagen, so wie überall hinter den Bühnen von Theatern, Casinos und Zirkusarenen. Ein schönes Bild bekamen immer nur die Zuschauer zu sehen. Hinter der Bühne sah es dagegen meist räudig, funktional und kalt aus. Götter wie er mussten durch Angestellten-Gänge. MacFarlane sah es als eine Prüfung an.
Noch eine kleine metallene Treppe, dann hatte er das Bühnenniveau erreicht. Er wartete kurz hinter einem riesigen Vorhang und blickte zu einem der Bühnencoaches, der ihm ein Zeichen geben würde. Im Hintergrund dröhnte ein Lautsprecher mit einer wie bei Boxkämpfen in die Länge gedehnten Männerstimme. „Und jetzt", die Lautstärke der Meute hob ein weiteres Mal an, „kommt…", erneute Kunstpause, „deeer unglaubliche Revereeend Alberrrrt MaaaacFarlane!"
Seine Jünger in der Veranstaltungshalle tobten. Der Coach hob den Daumen und grinste zu MacFarlane hinüber. Es war das Zeichen, um hinauszugehen. MacFarlane erwiderte das Grinsen mit einem aufgesetzten mechanischen Lächeln, dann gab er sich einen Ruck und trat aus dem Schatten des Vorhangs in das grelle Licht der Scheinwerferbatterie.
Der Reverend – den Titel hatte sich McFarlane (ebenso wie den Zusatz THE GREAT AL) selbst zugelegt, ohne dass dies je von anderen in Frage gestellt worden war – hob in einer beschwörend theatralischen Geste die Arme: „Liebe Mitglieder meiner, ähm, unserer Gemeinde. Danke, dass ihr so zahlreich erschienen seid." MacFarlane schätzte die Zahl auf rund 12.000 Besucher.
„Satan", ja dieses Mal musste er das ganz große Geschütz auffahren, „ist keine Erzählung von Märchenonkels. Der Antichrist ist Wirklichkeit. Er ist aus seinem dunklen Reich hinaufgekommen, um uns zu bestrafen…"
Ein Raunen ging durch die Menschenmasse. Es blieb nicht das letzte.

Eine Stunde später bestieg MacFarlane – das Hemd schweißdurchtränkt – mit seiner Frau Gertrud die auf dem Flughafen von Albuquerque im General-Aviation-Bereich geparkte Gulfstream. Jasper, der Pilot, saß bereits im Cockpit, ging mit dem Kopiloten die Checklisten durch und fuhr dann die Triebwerke hoch. MacFarlane, der an dem schmalen Durchgang zum Cockpit stehen geblieben war und mit Missfallen verfolgt hatte, wie sich Gertrud an ihm vorbeizwängte, um auf einen der vorderen geräumigen Ledersitze zu fallen (es gab nur vier, dafür aber mit extremer Beinfreiheit und allem Komfort), räusperte sich laut. Jasper warf MacFarlane einen kurzen Schulterblick zu, mit dem für ihn typisch geschäftsmäßigen Ausdruck, der Startbereitschaft signalisierte. MacFarlane nickte, dann wandte er sich Gertrud zu. Irgendwann in nicht allzu ferner Zukunft musste er sich auch diesem Problem widmen. Dem Entsorgungsproblem. Aber immer eins nach dem anderen. Er hatte den Auftritt in Albuquerque ohne Patzer hingelegt und den Schäfchen eine unvergessliche Geschichte mit auf den Heimweg gegeben – dass das Jüngste Gericht in Reichweite lag. Und dass der Teufel bereits über die Erde wandelte, um die Schwachen und Anfälligen zu versuchen. Das musste erst einmal einer der altersschwachen Fernsehprediger, die sich als ernsthafte Konkurrenz zu Great Al sahen, toppen.

Du hast es wieder einmal geschafft, Al, dachte MacFarlane und steuerte die Toilette im linken Heckbereich des Jets an, rechts war eine Cateringecke untergebracht, die nicht einsehbar durch eine Trennwand vom Rest der Kabine getrennt war.
Der WC-Trakt barg keineswegs nur eine Toilette, sondern ebenso ein schmales Kleiderregal, das MacFarlane nach den Gottesdiensten und einer warmen Dusche stets ein sauberes Hemd und eine Hose offerierte. Meist sorgte die Flugbegleiterin dafür (es war seit Jahren dieselbe, Nicole, eine etwas pummlige, aber verlässliche Mittvierzigerin), dass in den Schubladen des Regals sogar drei Hemden und Hosen zum Wechseln bereit lagen.
MacFarlane hatte das frische Maßhemd, weiß und akkurat gebügelt, wie immer, gerade übergestreift, als es an der WC-Tür klopfte.
Nicole konnte es nicht sein, sie wusste, was er *nicht* wollte. Also Gertrud. Konnte ihn die Nervensäge nicht einmal in Ruhe lassen? Wie er seine Frau hasste, vor allem, weil er bereits wusste, was sie sagen würde, wenn sie den Mund öffnete, aus dem irgendein dümmliches Plappern erschallen würde. Erwartbare Gesprächsbrockenabsonderungen, deren wahre Trostlosigkeit nicht allein in der Wiederholung der immer selben Floskeln, Worte und Satzbausteine lag, sondern in deren Dürftigkeit. MacFarlane sah sich nach einem weiteren Klopfen an der Tür sogleich bestätigt.

„Scha-hatz…“
„Ja doch.“
Jetzt kommt das: Wo bleibst du denn?
„Wo bleibst du denn?“
„Einen Moment, ich wechsele doch nur mein Hemd. Gönn doch einem alten Mann die seltenen Augenblicke von Intimität.“ *Enttäusch mich nicht Gööörtruud. Komm, schnatter: Ich warte schon so lange.*
„Ich habe schon so lange auf dich gewartet.“
Oh, eine kleine Abweichung aus dem Lochkartenprogramm ihres Erbsenhirns, sollte darin doch noch etwas Kreativität stecken? Wenn nein, folgt jetzt: Ich möchte mit dir anstoßen.
„Ich möchte doooch mit dir anstoßen, Scha-hatz.“
„Ja, sicher. Einen Moment nur noch, ich bin doch gleich fertig.“
„Bitte beeil dich.“
Auf diese Feststellung brachte Al MacFarlane nicht mehr als ein tiefes, Resignation wider spiegelndes Brummen hervor, das von dem Geräusch der Triebwerke übertönt wurde.
Das Entsorgungsproblem muss gelöst werden. Kann sie jemand erschlagen? Oder sollte ich den Piloten anweisen, irgendwo über dem Atlantik eine scharfe Linkskurve zu fliegen und irgendwie zuvor die Kabinentür zu öffnen? Und tschüss, Gertrud. Aber das mit der Tür klappt sicher nur in Bond-Filmen.
„Scha-hatz. Ich habe uns etwas zum Trinken hinstellen lassen, ähm, das heißt: Nicole hat uns…“ Es folgte eine kurze Pause. „Wie lange soll ich noch auf dich warten, Scha-hatz? Bitteee beeil dich.“
Al MacFarlanes Blick verfinsterte sich. Er warf einen letzten prüfenden Blick in den Spiegel, das Hemd saß gut, was er bei einem 150-Pfund-Maßhemd auch voraussetzte, dann verließ er den WC-Umkleidetrakt. Gööörtruuuds Kuhaugen schauten erwartungsvoll und schlecht geschminkt. Fast trotzig, natürlich war ihr sein Blick nicht entgangen, bot sie ihm ein halb mit Cremant gefülltes Glas an, nicht ahnen könnend, dass eine kleine Turbulenz die Gulfstream just in diesem Moment nach unten durchsacken lassen würde, was dazu führte, dass der Cremant den Gesetzen der Massenträgheit folgend im Glas nach oben stieg und ein paar Spritzer auf Al MacFarlanes ungetragenes Maßhemdes beförderte.
„Herrgott, kannst du denn nicht aufpassen? Muss denn *alles* misslingen, was du machst?“ MacFarlane bedauerte seinen Ausspruch bereits in der Sekunde, in der dieser seinen Rachen verlassen hatte, aber da war es zu

spät. Er wusste mit der selben Sicherheit, mit der er Görtruuds Sätze voraussagen konnte, was nun folgen würde.

Sie ließ ihr Glas mit dem Cremant achtlos auf den Teppichoden fallen, der das Muster der französischen Könige, eine silberfarbene und abstrakt gehaltene Lilie auf blauem Grund, zeigte. Dann drehte sich seine Frau um und schlurfte mit hängenden Schultern auf ihren Komfortsitz zu. Sie ließ sich plump auf den Sessel fallen und vergrub das Gesicht hinter den Händen.

Jetzt geht es erst richtig los – wie immer ..., dachte Albert MacFarlane. Nebenbei realisierte er, dass Nicole, die am Ende der Kabine bei der Catering-Nische stand, sie die ganze Zeit über beobachtet hatte und nun versuchte, die peinliche Situation für ihn etwas weniger peinlich zu gestalten, in dem sie mit ausgestrecktem Finger auf sein Glas deutete und signalisierte, es ihm abnehmen zu wollen.

MacFarlane nickte, scheiß was drauf!, die Situation war sowieso hoffnungslos vergeigt. Und als hätte es nur dieses einen Gedanken bedurft, um dem Elend noch ein weiteres Quäntchen Elend hinzuzufügen, begann Gertrud nun mit Part II. des Unvermeidlichen. Was dieses Mal ein von aller Scham befreites und angestrengt kehliges Schluchzen beinhaltete, wobei Gertrud das Gesicht noch tiefer hinter den Händen vergrub. Was sollte sie auch sonst tun, ihr ganzes Leben war ja eine Aufführung, Dauergeplärre im Hinterhoftheater, Kleinkunst, ein einziges Geheule, abgegeben aus einer Luxusstellung, einem von ihm finanzierten Neuschwanstein des Seins. Sah sie das denn nicht? Begriff sie nicht, dass sie privilegiert war, eine Sonderstellung inne hatte, enthoben aller Schwierigkeiten eines normalen Lebens? Und wie konnte sie sich nur derart gehen lassen? – vor dem Personal, eine bodenlose Frechheit. Dafür würde Gertrud büßen. Später. Wenn sie gelandet waren.

Die Musik in der Kabine wechselte von namenloser Fahrstuhlmusik zu der die von Al MacFarlane bevorzugten Endlosschlaufe mit Sinatra-Songs (in diesem Moment *Chicago*). Nicole war ein Schatz.

Gertrud hatte unterdessen die dritte Raketenstufe in ihrer schmierigen Theatervorstellung einer unverstandenen Tragödin gezündet. Ihr Körper, seitlich auf dem Komfortsessel ruhend (sie hatte die Polster mit einem Druck auf das Tastenpaneel an der Seite des Sessels in die Horizontale gefahren und dazu kurz eine Hand von ihrem Gesicht wegnehmen müssen, was sie für einen kurzen Check-up-Blick zu ihm nutzte), nahm nun eine verkrümmte Leidenshaltung ein. Parallel dazu steigerte sie die Lautstärke des Heulens um weitere beachtliche Nerveinheiten.

Wenn ich sie doch nur zum Schweigen bringen könnte, ein für alle mal.
MacFarlane, dessen Position sich nicht verändert hatte, seit Stewardess
Nicole ihm das Glas abgenommen hatte, überlegte, ob er Gertrud über
das Haar streichen und dabei ein *Aber Schatz, es war doch nicht so
gemeint!* säuseln sollte. Aber er konnte es nicht. Das Einzige, wozu er
sich in diesem Moment fähig fühlte, war, Gertrud den Hals umzudrehen
oder ihren Kopf auf sein Bein zu betten und dann mit einem schnell
ausgeführten Dreh die Nerven von der Wirbelsäule zu trennen. Ja, dies
wäre eine Möglichkeit.

Gertrud unterbrach das Schluchzen und blickte zu ihm hinüber, sie witterte immer eine Chance, ihn zu ködern.

„Scha-hatz, bitte lass uns Frieden schließen, ja?"

*Wenn du dich endlich benimmst und deine dumme Klappe hältst, kön-
nen wir darüber reden*, dachte Albert MacFarlane. Er überwand sich zu
einer Antwort, leise zwischen den schmalen Lippen hinausgepresst.
„Bitte Gertrud, reiß dich zusammen. Wir sind nicht allein."

MacFarlane peilte zum Ende der Passagierkabine, doch der Vorhang
zum Cateringbereich bewegte sich nicht, nicht einmal ein Zipfel von
Nicoles Kostüm war zu entdecken. Vermutlich hatte sie auf dem aus-
klappbaren Wandsitz Platz genommen, den es dort für das Serviceper-
sonal gab. Sicher zählte Nicole schon die Minuten, bis die für sie unan-
genehme Situation endete. MacFarlane bestärkte dies einmal mehr in
dem Gedanken, seine Ehefrau zeitnah zu entsorgen. Er ertrug Gertrud,
sie hatte sich aufgerichtet und setzte zu einer Erwiderung an, nicht
mehr.

„Ich glaube nicht, dass Nicole mit unserer... Meinungsverschieden-
heit... ein Problem hat,...", Gertrud sprach nun lauter, „...oder Nicole?"

Immer noch kein Geräusch aus der Cateringnische. Nicole hatte tausend Mal mehr Anstand als diese Last namens Gertrud.

„Scha-hatz, so sag doch was! Bitte lass mich nicht hängen. Immer deine
Sprachlosigkeit. Männer! Ihr könnt nicht reden, ihr schweigt nur."

MacFarlane überwand seine Starre und ging langsam auf Gertrud zu, die
auf dem Komfortsessel wieder in die Waagerechte zurück geglitten war,
bereit für das nächste Glas Cremant oder ein Heulkonzert, die Hände
dabei natürlich vors Gesicht gepackt. Sie lugte kurz zwischen ihren Fingern hindurch und begann dann übergangslos weiter zu plärren.

*Drück wenigstens eine Träne heraus, du dumme Kuh, damit ich einen
Grund habe, dich nicht umbringen zu müssen.*

Er wurde vom Mord abgehalten. Der Vorhang raschelte. Nicole unterbrach ihn in seinen Gedanken. „Darf ich Ihnen einen Snack servieren, Mister MacFarlane, vielleicht ein Truthahnsandwich, das mögen Sie doch?"

„Ich…", Albert MacFarlane hätte Nicole in einem ersten Anflug unbeherrschter Aggression beinahe angeherrscht, ob sie denn die Situation nicht begreife, dass er allein sein müsse, um Gertrud eine Lektion zu erteilen, aber ein letzter Funke rationalen Denkens hinderte ihn daran, obwohl nicht viel gefehlt hätte, ihn explodieren zu lassen.

„Nein, danke. Sehr aufmerksam, Nicole, aber jetzt ist nicht der Moment … (*ich muss zunächst Gertrud umbringen*), ich meine, nein, ich habe keinen Appetit auf ein Truthahnsandwich oder etwas anderes, etwas später vielleicht. Gönnen Sie sich ein bisschen Ruhe."

Nicole nickte und verschwand dann wieder, Geschäftigkeit vortäuschend, hinter dem Vorhang, was er erleichtert zur Kenntnis nahm. Hoffentlich hatte sie seine zitternden Arme, die nach einer Betätigung suchten, nicht gesehen. Wenn der Jet nur nicht auf 45.000 Fuß Höhe fliegen würde, dann wüsste er, was seine Arme nun tun könnten, ganz losgelöst vom Verstand. Sicher konnte einer seiner guten und fürstlich bezahlten Anwälte daraus später etwas konstruieren wie: Mein Mandant war nicht Herr seiner Sinne. Oder: Man kann nur dafür verantwortlich sein, was man wissentlich und mit Vorsatz tut, und mein Mandant stand neben sich.

Die Lautstärke von Gertruds Schluchzen nahm endlich ab, dafür wurde Sinatra einen Tick lauter.

Ist dir die Luft ausgegangen, du dumme Kuh?

Albert MacFarlane stand nur etwa einen Meter entfernt von seiner immer noch leicht gekrümmt auf dem Komfortsessel (er glich in seiner ausgeklappten Position einer dieser Massagedinger in den Senator- und Gold-Card-Holder-Lounges der Airports) liegenden Frau.

Wie lange musste er die derzeitige Situation noch ertragen? Es glich ohnehin einem Wunder, dass er es so lange ausgehalten hatte mit dieser Frau. Er hatte Durchhaltevermögen bewiesen. Das würde jeder Geschworene vor einer Grand Jury bezeugen, wenn es zum Showdown kam. Und sicher auch der Herrgott, der seinen Sohn hatte sterben lassen. So ein Gott musste Verständnis haben für eine schwache Seele, die handelte, wie sie handeln musste, weil sie fehlbar war.

Die Gulfstream legte sich in eine sanfte Kurve. Durch eines der Fenster sah MacFarlane, wie die rechte Tragfläche leicht nach oben stieg, bis an ihrem hochglanzpolierten Ende nur noch das tiefe Blau des Himmels zu sehen war, während die andere Tragfläche auf eine Wolkenbank tief unter ihnen deutete. Der Pilot hatte Kurs auf Europa gesetzt, über Neufundland weiter Richtung Island und England.

Viel Meer dazwischen und niemand sieht uns…

Als hätte Gertrud das ganze Schmutzige seiner Gedanken gelesen, schaute sie zu ihm hoch mit dem für sie so typisch flehenden Ausdruck, die Friedenspfeife rauchen zu wollen, weil sie nicht genügend beachtet worden war. Aber Al MacFarlane hatte sich entschlossen, er musste sich ihrer entledigen, die Frage war nur, wann und wie.

„Reiß dich zusammen, Gertrud, reiß dich zusammen."

Er blickte zu ihr, sah Spuren roten Lippenstifts auf ihren gebleachten, aber viel zu kleinen Zähnen, sah die vertikalen Falten über ihrer viel zu schmalen Oberlippe, die sie deutlich älter aussehen ließen als 48 Jahre. Sie selbst sah sich ja bei 39b. Wie dumm.

„Bitte lass uns Frieden schließen, ja, Scha-haatz?", krähte Gertrud, die sich auf einen Arm abgestützt hatte und ihn nun mit einem flehenden Meerschweinchenblick betrachtete.

MacFarlanes Hände ballten sich zu Fäusten. Er machte einen großen Schritt auf seine Frau zu und versetzte ihr einen rechten Haken direkt aufs Kinn. Mit vor Schrecken geweiteten Augen plumpste Gertrud bar jeder Körperkontrolle zurück auf den Sessel, dessen Nappalederpolster nur mit dem typisch leisen Zischen durch Nähte entweichender Luft signalisierte, dass eine Last schnell die Position verändert hatte.

Gertrud träumte einen unheimlichen Traum, der nichts mit ihm zu tun hatte.

Valencia.

Wo entbindet eine Hebamme – a) im Startbereich oder b) im Kreißsaal? Benedikt Haffner schaltete mit einem Hieb auf die Fernbedienung den Fernseher aus, die TV-Programme der globalen Verdummung waren einfach nicht mehr auszuhalten. Der Schweizer ärgerte sich darüber, dass er immer wieder die Glotze einschaltete, eine dumme Angewohnheit, die ebenso wenig verschwand wie seine Vorliebe, mittags ein zwei Stunden auf dem Bett zu dösen, selbst hier im Hotel, einer Zweisterne-Absteige fern der Heimat, was regelmäßig dazu führte, dass er abends partout nicht einschlafen konnte und wieder Fernsehen glotzte, um irgendwann tief in der Nacht – abgestumpft von noch mehr Bildern der

Verblödung – vor dem flimmernden TV-Gerät einzuschlafen. Nein, so ging es nicht weiter. Bloß fort aus dem Hotelzimmer, das mehr einer Nische ähnelte als einem Zimmer. Das Bett füllte fast den gesamten Raum aus. Lediglich ein halber Meter trennte es von den Wänden ringsherum. Ähnlich sah es im WC aus. Auf der Klobrille sitzend stieß man mit der rechten Schulter an einen Heizkörper, und direkt auf der linken Seite befand sich der Duschvorhang aus halbdurchsichtigem Plastik. Eine elende Absteige, die 80 Euro pro Tag kostete. Und dafür musste man Schreie von Besoffenen oder Junkies ertragen, die es sich vor einem sanierungsbedürftigen Haus nebenan bequem gemacht hatten (Hund und Schmuddeldecke dabei), trotz des beißend-scharfen Geruchs von Urin. Und dann waren da noch die Nachbarn im Hotel. In der Nacht zuvor hatte ein Kerl in dem angrenzenden Zimmer eineinhalb Stunden auf eine Frau eingebrüllt. Bis diese in ein nicht enden wollendes Schluchzen verfiel. Die dünnen Wände hatten Haffner das gesamte Drama 1.1 miterleben lassen, obwohl sein Spanisch nicht ausreichte, die Unterhaltung voll zu verstehen. Vielleicht auch besser so.
Mehrfach hatte er überlegt, an der benachbarten Zimmertür anzuklopfen, aber so wie der Kerl brüllte, konnte er nicht ausschließen sich einen Ohrfeige einzufangen. Haffner verzichtete auf den Versuch und klopfte lediglich ein paar mal zaghaft gegen die Wand. Das Brüllen des Irren übertönte es. Endlich, als die Frau zu Weinen aufhörte, wurde es schlagartig still nebenan.
Erst gegen zwei Uhr war Haffner eingeschlafen. Er nahm sich vor, das Personal an der Rezeption darauf anzusprechen. Vielleicht gab es ja noch ein leises Zimmer unterm Dach oder einen Preisnachlass.
Benedikt Haffner schnappte sich den Roman, den er an Valencias Flughafen im Vorbeigehen erstanden hatte (ein Thriller), und verließ fluchtartig das Hotelzimmer. An der Rezeption saß eine Angestellte, die ihn nicht leiden konnte. Dann musste die Klärung des Lärmproblems eben bis zum Schichtwechsel des Personals warten. Nicht zu ändern.
Es gab da noch diese eine ältere Rezeptionsdame, die immer über ihre Lesebrille schaute, wenn Haffner die Treppe von seiner Etage runter kam (auf dem jeden Schall übertragenden Steinfußboden konnte man nicht ungehört aus dem Hotel huschen) und die stets auf das von Haffner beim Schlüsselempfang eilig gebrabbelte *Gracias* mit einem *avec plaisir* antwortete. Er nahm sich vor, die Dame darauf anzusprechen.

Den Weg vom Hotel in Valencias Altstadt bis zum Strand nahm Benedikt Haffner kaum wahr, zu sehr hämmerten ihm die Ereignisse vor seiner Ankunft in der Hafenstadt durch den Kopf. Die Trennung von seiner langjährigen Freundin, das überraschende, durch kriminelle Aktivitäten des Chefs herbeigeführte Ende der Berner Anwaltskanzlei, in der er gearbeitet hatte, mit dem Ergebnis des Jobverlustes, gefolgt von dem fast unvermeidlichen Gerede in einer so kleinen Stadt wie Bern, am intensivsten natürlich innerhalb der Anwaltsszene. Hast Du schon gehört? Das gibts doch nicht… Gerüchteküche der schlimmsten Art.

Der Weggang aus Bern, wobei Flucht es besser traf, war so unvermeidlich wie ein Sonnenbrand nach einer Stunde im Sommer ohne Schutzcreme. Mit etwas Wehmut dachte Benedikt Haffner an seine Urlaube an der Algarve, während er seine Schritte durch die engen Gassen von Valencias Altstadt lenkte. In Gedanken versunken und den richtigen Weg mehr durch Zufall folgend als auf Grundlage einer bewussten Handlung. Vorbei an Gauklern, Straßenmusikern, afrikanischen Ledertaschenverkäuferinnen, Kleinkunstdarstellern und Bettlern.

In etwa einem Kilometer Entfernung zum Hafen, wo gerade eine Fähre nach Mallorca ablegte, setzte er sich auf eine Bank und vertiefte sich sogleich in den Roman. Die Sonne schien für Anfang Mai typisch noch unaufdringlich vom Himmel herab, und so fand Benedikt Haffner, der tags zuvor seinen 35 Geburtstag gefeiert hatte, schnell in die Handlung des Buches. Es ging um eine junge, in einer der großen Anwaltskanzleien New Yorks beschäftigte Juristin, die im Zuge der Lehman-Pleite ihren Job verlor und sich dann um die Rechtsprobleme einfacher Menschen ohne Geld kümmerte, was sie zu einem Krimi ganz eigener Art führte. Benedikt Haffner hatte den Roman nach Lesen des Buchdeckeltextes spontan gekauft, vielleicht weil er ihn an seine eigenen Joberlebnisse erinnerte.

Ein leises Räuspern ließ Haffner zusammenzucken. Neben ihm stand eine Frau, etwa Mitte 50, braune Haare und sportlich gekleidet, weiße Jeans, Flipflops, orangefarbenes Batikhemd, eine Ray Ban-Brille im Pilotenlook keck nach oben ins Haar gesteckt. Er hatte sie gar nicht herantreten gehört.

„Ist noch frei neben ihn?"

Eine Frage aus Höflichkeit, dachte Haffner, denn er hatte sich ans linke Ende der Bank gesetzt.

„Natürlich, aber bitte doch." Mit einer einladenden Geste deutete Haffner auf die freie Sitzfläche neben ihm.

„Vielen Dank", sagte die Frau.

Sie sprach leise, das fiel Haffner sofort auf, und dass sie darum bemüht war, irgendwie nicht aufzufallen. Unter normalen Umständen hätte er ihr Auftreten schnell als mäuschenhaft eingeordnet, aber er spürte, dass es einen Grund für die Zurückhaltung gab. Er hatte als Anwalt in unzähligen Sitzungen gelernt, Menschen zu lesen, ihr Verhalten zu interpretieren, was sich für die Berner Kanzlei durchaus als ein lukrativer Umstand herausstellte. Vergangenheit.

Haffner bemühte sich, nicht allzu offensichtlich zu der Frau hinüber zu schauen, die auf der Mitte der Bank Platz genommen hatte. Die Fältchen rund um ihr Ohr, an Kinn und Hals bestätigten ihn in der Einschätzung des Alters. Er glaubte, in einigen von ihnen, etwas um den Mund herum, auch den Grund für den einen oder anderen Kummer zu entdecken. Und tatsächlich: Nach einigen unverfänglichen Sätzen (Das ist aber ein schöner Ausblick auf den Hafen, Sitzen Sie schon lange hier?), Geplänkel, wie man es eben so austauscht, wenn man jemand Unbekanntes anspricht, sagte die Frau gänzlich unerwartet: „Ich hatte einen schweren Schicksalsschlag."

Schweigen.

Ihr Kinn, das entging Haffner nicht, hatte gezittert, wobei er schnell wieder auf sein Buch blickte, das er dann aber zusammenklappte und soweit unter seinen linken Oberschenkel schob, dass nur noch ein Teil der Rückseite zu sehen war.

Haffner überlegte, was er auf die unerwartete Feststellung entgegnen sollte, vielleicht war es besser, gar nichts zu sagen. Die Frau nahm ihm die Entscheidung ab. Die drehte leicht den Kopf zu ihm, schaute aber aufs Meer, und fuhr dann fort in ihrer Erzählung: „Ich habe einen nahen Angehörigen verloren, mein Sohn Florian, er war gerade mal 20. Ein Kartwagenrennen. Ich hab immer gesagt. Lass es sein. Aber an diesem Abend musste es sein. Mit Freunden. Ein paar Bier. Kein Helm, das eine gab das andere. Schädelhirntrauma. Innere Blutungen. Aus und vorbei. So verweht ein Leben."

Und weiter: „Ich glaube, wir verstehen nichts. Wir sehen nichts. Wir verstehen den Raum um uns herum nicht, warum wir sind, wer wir sind."

Haffner musterte die Frau unauffällig. Sie war sicher einst recht attraktiv, in gewisser Weise sogar immer noch. Und sie war interessant. Wer so redete, war interessant und musste tief in den Schmerzbereich hinab gestiegen sein. Mit Seil und Ankern in den Hades des

Schmerzes, bis es nicht mehr weiterging, weil die Seelenqual zu groß wurde.

Haffners Gedanken rasten. Ein Mensch, den er wenige Minuten zuvor noch nicht gekannt hatte, ja von dessen Existenz er nicht die geringste Ahnung hatte, offenbarte intimste Gefühle. Er musste etwas sagen, es war genügend Zeit verstrichen. Wer sich derart öffnete, scheute die Fragen eines anderen nicht.

„Hat denn ihr…", Haffner zögerte kurz, „…Sohn noch leiden müssen?"
Haffner hätte es verstanden, wenn die Frau auf eine solch direkte Frage nicht antworten würde, aber sie tat es: „Angeblich litt er nicht. Aber wissen Sie, was das Ungeheuerlichste ist, ich hab mein Kind erst vier Tage nach dem Unfall und der Obduktion sehen dürfen. Überlegen Sie mal: vier Tage!"

„Ich…"

Die Frau ließ Haffner nicht ausreden.

„Vier ganze Tage! Wissen Sie, was das bedeutet? Man zählt als Mutter jede Minute, jede verdammte Minute. Aber das interessiert niemanden. Eine schreiende Ungerechtigkeit, nenne ich das. Da kommen Leute in unser Land, die ihre Toten nach spätestens 3 Tagen beerdigen müssen. Die würden einen Aufstand machen, und der Staat würde sofort kuschen. Der deutsche Staat ist so schwach, wissen Sie. Das hängt alles mit dem Zweiten Weltkrieg zusammen. Ein mit Komplexen beladener Staat. Sind Sie aus Deutschland? Aus dem Süden?"

„Ich…"

„Ja, ein von Komplexen gezeichneter Staat, der überall umher laufenden Irren keine Grenzen aufzeigt. Der es sich nicht traut. Dabei weiß jede Mutter, was passiert, wenn man Kindern keine Grenzen aufzeigt. Und was im Kleinen gilt, das gilt auch im Großen."

„Ich…"

„Ich heiße übrigens Elena. Und Ihr Name?„

„Benedikt. Ich…"

„Nein, ich will nicht zurück nach Deutschland. Auf gar keinen Fall. Es gibt dort nichts mehr, das mich hielte. Meinen Hausstand habe ich verkauft, und die paar Möbel, die ich halten wollte, die etwas mit Florian zu tun haben, lagern bei einer Spedition, vielleicht hole ich sie hierher nach, obwohl…"

„…Sie dann Angst hätten in einem Museum zu leben?"
Elena betrachtete Haffner erstmals länger. „Ja, weil ich dann Angst hätte, in einem Museum zu leben."

„Haben Sie denn noch Kontakt zu Florians Vater?“

Elena blickte wieder von ihm weg und starrte zum Hafen. Sie ging nicht auf Haffners Frage ein, stattdessen deutete sie zu dem Buch, das zwischen der Bank und Haffners Oberschenkel klemmte. „Darf ich das mal sehen?“

„Gern.“ Er reichte es ihr.

„Ah, von Grisham. Der Mann schreibt ja wie am Fließband. Ob die Romane alle von ihm sind, was meinen Sie?“

„Ich…“

„Kaum anzunehmen. Es sei denn, er schließt sich im Keller ein und blendet das restliche Leben aus. Ja, so ginge es vielleicht. Das hat Florian auch getan, wenn er in unserem Keller einen neuen Kartwagen entworfen hat, noch leichter, noch leistungsfähiger und noch schneller…“

Bei dem *schneller* sackte Elena, die sich bisher um eine extrem aufrechte Sitzhaltung bemüht hatte, in sich zusammen. Beinahe hätte sie geweint.

„Wissen Sie, wir Menschen sind so klein, was wissen wir schon vom Universum und den Galaxien und von uns selbst. Wir sind doch nichts weiter als…“, sie hielt kurz inne und suchte nach dem richtigen Wort, „Marionetten.“

Haffner musterte sie erstaunt. Er sah das genauso.

„Wie Puppen, meinen Sie?“

„Sag ich doch: wie Marionetten und nichts weiter.“

Es herrschte für ein paar Minuten Schweigen, in denen sie beide nur vor sich hin starrten. Zu den Schiffen und über dem Meer kreisenden Vögeln. Dann gab Elena ihm das Buch zurück, er griff danach, sie ließ es aber noch nicht los, stattdessen sagte sie: „Dieser Grisham. Seine Romane ähneln sich, haben alle mit Juristerei zu tun, Anwälte, Kanzleien. Hat vermutlich selbst in einer gearbeitet.“

„Ja, allerdings, das hat er. Ich finde das Buch interessant, weil…“

„…Sie vom Fach sind. Sie könnten durchaus ein Rechtsverdreher sein. Korrekt gescheitelt. Aber im Hinterkopf sind die meisten Juristen alles andere als korrekt. Für Florians Tod habe ich praktisch nichts erhalten, allerdings lag das weniger an seinem Anwalt als an seinem Mandanten, Thomas, der seinen Kartwagen mit voller Wucht auf den meines Sohns steuerte.“ Erst jetzt ließ Elena das Buch los.

„Sie unterstellen diesem Thomas einen Tötungsvorsatz?“, fragte Haffner. Er musterte Elena nun eingehender, da sie auf einen imaginären

Punkt im Hafen starrte. Sie hatte sehr gepflegte Hände, perfekt getrimmte Zehnägel, die aus den Flipflops staken, als suchten sie Beachtung, und leicht gebräunte Fesseln und Füße, die jünger wirkten als Elenas Gesicht, was Haffner irgendwie merkwürdig fand. Wie die Tatsache, dass sie eine ähnliche Sicht von der Menschheit hatten. Haffner entschloss sich, thematisch an diesen Aspekt anzukoppeln. Er war schon zu lange allein unterwegs und begrüßte ein Gespräch mit anderen, selbst wenn es kompliziert verlief. Vielleicht bremste Elena ihn dieses eine Mal nicht aus:

„Während der Apollo-17-Mission hielt einer der Astronauten bei der Rückkehr vom Mond seinen Daumen vor das Bullauge der Kapsel und verdeckte damit die Silhouette der Erde. Sein Name fällt mir jetzt nicht mehr ein, aber ungefähr, was er sagte. Es klang wie: ‚Es braucht nur einen Daumen, um die Erde und alle ihre Probleme verschwinden zu lassen.‘“

Elena warf ihm einen erstaunten Blick zu, so als bemerke sie ihn nun erst richtig. „Das haben Sie schön formuliert, und sind Sie nun Jurist, ein zweiter Grisham, hm?“ Elena lächelte leicht.

Haffner stierte auf seine Schuhe. „Ähm, ja, bin ich. Oder besser: War ich… Bis vor wenigen Wochen die Kanzlei, in der ich arbeitete, wegen gewisser Unregelmäßigkeiten, dicht gemacht hat. Von einem Tag auf den anderen. Bums. Aus. vorbei. Und alle vor die Tür gesetzt hat, mehr oder weniger. “

„Mehr oder weniger“, wiederholte Elena flüsternd. Sie blickte in Gedanken versunken zum Hafen, dann deutete sie in Richtung eines weißen Knäuels, das im Wasser hinter den Kaimauern trieb und mit jeder kleinen Welle, erst schaukelnd nach oben befördert wurde, und danach, der Dünung folgend, in ein kleines Wellental glitt.

„Da schwappt was im Hafenbecken. Sehen Sie das?“ Haffner empfand Elenas Aussprache einen Tick zu streng, sah sich aber dennoch in der Pflicht zu einer Antwort. Eine leidende Seele ließ man nicht im Stich. Er kniff die Augen zusammen und hob als Sonnenschutz eine Hand in Höhe der Augenbrauen.

„Ja, ich kann es sehen. Was es wohl ist? Neben Badelatschen“, er guckte kurz zu Elena, „Benzinkanistern und leeren oder halb mit Sand gefüllten Plastikflaschen, die Pest der modernen Welt, wenn Sie mich fragen, treibt ja so ziemlich alles in den Meeren, bis zu Miniaturpartikeln, die in den Verdauungskreislauf der Fische und Seevögel gelangen und am Ende auch in unseren. Die Vergiftung eines Planeten. Also

wenn ich am Strand solchen Müll sehe, egal wo, dann hebe ich ihn auf und entsorge das."
Elena nickte. „Vorbildlich. Florian hat das auch getan und ich mach es auch. Wenn das alle Menschen tun würden, gäbe es keinen Müll an den Stränden."
Elena wirkte jetzt ein bisschen fanatisch auf ihn. Er musste vom Thema ablenken: „Ähm, wie alt war denn Florian, wo sie ihn gerade noch mal..."
Elena blickte Haffner nachdenklich an. „Das sagte ich schon, Sie haben es wohl überhört. Ich rede auch so viel, da kann man sich nicht alles merken. Florian ist 20."
„Ist?"
„Ja."
Benedikt fand es klüger, dass *ist* nicht zu hinterfragen. Eigentümlich, ausgerechnet an einer Mole in Valencia, eine Frau tu treffen, die eine ähnliche Sicht von den Dingen in der Welt zu haben schien wie er. Aber warum auch nicht. Ob Mole, Club, Metro, irgendwo traf man immer einen Menschen zum ersten Mal und lernte diesen dann kennen. Schritt für Schritt. Langsam, normalerweise. Bei Elena aber ging alles schnell. Sie gab Gas, gab Dinge preis, ohne lange darüber nachzudenken, vermutlich weil der Druck so groß gewesen war, zu groß, um damit lange zurückzuhalten, dachte Haffner. Es musste raus.
Haffner fiel eine leichte Rötung an Elenas Nasenspitze auf.
„Ich glaube, Sie haben sich da eine...", er deutete auf ihre Nase, kam aber wiederum nicht zum Beenden des Satzes, langsam nervte ihn das.
„Ja, Florian hat mich auch immer damit geneckt, dass meine Nase in der Sonne immer rot wird. Ich creme sie (an dieser Stelle fiel Haffner ein, dass seine Ex immer den Rücken eingecremt haben wollte, wenn sie auf Sex aus war und dabei den Po nach oben drückte) auch immer ein. Aber es nutzt nichts. Deswegen stecke ich *die* auch", sie deutete auf die Aviator-Ray-Ban-Brille, nahm sie vom Kopf und schob sie auf die Nase, „oft ins Haar. Ich bilde mir ein, dass das Glas die Sonnenstrahlen auf meine Nase spiegelt wie ein kleiner Brennofen, daher die Röte."
Elena schmunzelte, es wirkte auf Haffner gequält. Aber die hörte nicht auf zu reden: „Wollen wir uns nicht duzen? Wir kennen doch unsere Vornamen!" Elena streckte ihm die Hand entgegen. Um das Gelenk schlängelten sich zwei Kettchen im bunten Hippiedesign.
„Okay." Benedikt drückte Elenas Hand. Sie wollte seine kaum loslassen. „Was das weiße Knäuel wohl ist?"

Er brauchte ein paar Sekunden, um zu kapieren, dass sie gedanklich nun wieder bei dem Treibgut war.

„Tja. Wer weiß. Die Leute werfen ja alles Mögliche ins Meer. Von den Besatzungen der Schiffe ganz zu schweigen." Dieses Mal hatte sie ihn ausreden lassen, wie er erleichtert feststellte. Elena wirkte abwesend.

„Geh abends mal ins Stage 21, das ist ein Club in der Altstadt. Er wird von einem Deutschen betrieben. Wenn du nach ihm fragst, wird dir jeder den Weg zeigen. Der Laden ist berühmt für seine Drinks." Sie legte eine kurze Pause ein und redete dann weiter. „Ich würde gern übers Meer fahren, weit hinaus, Delfine beobachten. Vielleicht kommst du mit." Sie blickte zu ihm. „Im Hafen kann man Boote mieten, mit oder ohne Skipper. Überleg es dir. Ich komme jeden Tag hierher. Immer zur selben Zeit."

Von irgendwoher wehte der Duft von Lavendel und Minze heran. Benedikt Haffner fand dies eigenartig, denn die nächste Grünanlage lag etwa 50 Meter entfernt und das dort Lavendel wuchs, kam ihm nicht sehr wahrscheinlich vor.

Während er das dachte, verfärbte sich der bis dahin azurblaue Himmel zu einem purpurroten, und Elenas Worte dehnten sich in die Länge, was Haffner an ein extrem langsam abgespieltes Tonband erinnerte, lang vor der iPod-Hysterie.

Über dem Hafen von Valencia nahm der Horizont eine blutrote Farbe an, und sie träumten.

Archachon, Westküste Frankreichs

Mit den Austern verhielt es sich jedes Jahr wie mit einer Wette, das Hoffen auf ein neues Glück, gewissermaßen auf einen Fünfer im Sechserlotto und im Speziellen darauf, dass die Metallreusen sich wieder füllten mit ausgewachsenen Exemplaren, die auf den Märkten einen guten Preis erzielen würden, um anschließend auf dem Teller eines Feinschmeckers oder bei einem Großhändler zu landen, der sie dann noch teurer nach Übersee verkaufte.

Pierre Trudot, der wenige Jahre zuvor mit seiner Frau Marie aus dem Elsass in die Region am Atlantik gezogen war, bezweifelte, dass die nächste Ernte ähnlich gut werden würde wie die der vorangegangenen Jahre. Er erwartete vielmehr ein katastrophales Austernjahr.

Zwar hatte er mit Marie Monate zuvor Zehntausende von Babyaustern in die Reusen geschoben, um nach der Reife- und Wachstumsphase zehn oder sogar zwölf Tonnen Austern zu ernten, aber das Wetter spielte einfach nicht mehr mit. Mal türmte sich das vom Wind gepeitschte Meer so stark auf, dass er um die Stabilität der an Pfählen mit Draht befestigten Reusengitter bangen musste. Wenige Tage darauf war die See so ruhig, dass man Ebbe und Flut nur für ein Gerücht hielt. Dabei zählte ihre Region zu denen mit dem größten Tidenhub in der Welt.

Das Wetter, das wusste Pierre Trudot auch ohne Expertenmeinungen in den einschlägigen Fernsehmagazinen, war außer Kontrolle geraten. Wenn der Himmel sich wolkenlos und im schönsten Blau präsentierte, sah man hunderte Chemtrails, die sich endlosen weißen Bändern gleich über den Himmel spannten, mal nebeneinander, mal sich überkreuzend, Reste von Jet-Abgasen, und Gott allein wusste, was dies in der komplexen Chemie des Wetters anrichtete.

Dabei war zunächst alles gut angelaufen, seit sie sich sieben Jahre zuvor mit Hilfe eines überschaubaren Kredits und Ersparnissen ihr Haus, ein Bauerngehöft in der Nähe Archachons, gekauft hatten, das sie mit viel Liebe und in ungezählten Stunden nach getaner Arbeit restaurierten. Mit Feldsteinen gemauerte Wände, leicht mit Moos überwachsene Dachziegel, bunte, in den Scharnieren klappernde Fensterläden, aber nichts, was sich nicht reparieren ließ.

Das nötige Wissen für die Austernzucht hatten sie sich mit Hilfe Philippes, eines Freundes, der die Austernzucht schon ein halbes Leben lang betrieb, in erstaunlich kurzer Zeit angeeignet, wie Philippe anmerkte, als er zum ersten gemeinsamen Abendessen bei ihnen weilte.

Trudot dachte kaum noch an seinen vorherigen Job in einem öffentlich bezuschussten Umweltinstitut im Elsass. Das endlose Proben nehmen, Reagenzglasinhalte miteinander vergleichen und Abstriche untersuchen. Auf farbliche Veränderungen irgendwelcher Substanzen achten. Petrischalen unters Mikroskop legen…

Er hatte es irgendwann nicht mehr gekonnt, das war kein Leben, vielleicht ein Job mit Sicherheit, aber das Gegenteil von einem Abenteuer.

Letztlich, das war Pierres Trudots ganze Überzeugung, kam es jedoch im Leben immer nur darauf an, für etwas zu brennen, dann stellte sich unweigerlich als Frucht der Arbeit auch Erfolg ein, das hatte er nur eine Zeit lang vergessen, in seinem früheren Leben.

Mit den Austern verhielt es sich letztlich ganz ähnlich wie mit dem Anbau von Wein. Die Lage entschied, und sie besaßen die besten Reusen in dem riesigen Gebiet des Bassins von Archachon, davon war Pierre Trudot überzeugt. An einer besonderen Stelle der Bucht, nicht zu hart vom Meer umspült, sondern durch eine weit ins Meer reichende Mauer vor den größten Unbilden der See geschützt, oder, wie Philippe es formulierte: zart von Ebbe und Flut umschmeichelt.

Aber das gehörte wohl der Vergangenheit an, wenn man den abendlichen Unterhaltungen der alten Austernzüchter in den Gasthäusern glauben schenken wollte, die aus dem Flug der Vögel, den merkwürdigen Mustern am Himmel und dem Wechsel Ebbe und Flut ein neues, überraschend angebrochenes Zeitalter herauslasen, das in ihren Augen alles veränderte.

Anfangs hatte Pierre Trudot das als Getratsche, als Fantasien irregeleiteter Kirchgänger und als Neid auf erfolgreiche Neu-Austernzüchter abgetan. Aber seit einiger Zeit hielt er es für möglich, dass an den Erzählungen der Alten doch etwas dran war. Auch wenn er ihre Geschichten, dass der Teufel selbst einiges dazu tat, dass die Ernte schlecht ausfiel, für Unsinn und maßlos übertrieben hielt.

Der Zeiger der Wanduhr Uhr in Pierre Trudots Arbeitszimmer, es lag unter dem Giebel ihres Bauernhofes und bot einen Blick auf die Bucht von Archachon, zeigte genau auf 15 Uhr, als sich der Himmel über der riesigen Bucht, eben noch im schönsten Blau, rötlich färbte, mit grauweißen Schlieren. Trudot stand auf, um das Phänomen vom Fenster näher zu beobachten. Handelte es sich vielleicht herbei gewehten Saharasand? Und wo war Marie, sah die das auch?

„Marie…!“

Pierre Trudot brachte nicht mehr Laute heraus. Ihm war schwindelig, er hatte zu wenig gefrühstückt. Er taumelte zurück zu seinem Arbeitsplatz und ließ sich auf den Sitz plumpsen, dann schloss er die Augen. Nur einen Moment, etwas Kraft schöpfen, der Blutdruck.

Dann kippte Trudots Kopf leicht zur Seite. Er war eingeschlafen und träumte.

In der Zwischenwelt.

„Hallo, kann mich jemand hören? Wo bin ich? Und wo…“, die Stimme hielt kurz inne, „…seid ihr?“

Margo Stotewskaya lauschte angestrengt, aber sie erhielt keine Antwort.

Sie erinnerte sich nur noch bruchstückhaft an die letzten Momente bevor sie… ja, was eigentlich? Es dauerte, bis sie sich der vergangenen Ereignisse vor diesem unerklärlichen *Jetzt* bewusst wurde.

Zusammen mit ihrem Partner Daniel Schaendler und ihrer gemeinsamen Freundin Anna Sikorski war sie nach Berlin gereist, auf der Flucht vor Jeffrey Tesla. Doch kurz nach ihrer Ankunft in Berlin geschah etwas durch und durch Unbegreifliches. Sie waren in ein Taxi gestiegen, hatten wenige hundert Meter auf der Stadtautobahn zurückgelegt – dann hatte sich plötzlich so etwas wie eine dunkle Wolke über ihr Bewusstsein gelegt und alle Eindrücke um sie herum von einem Moment auf den anderen ausgelöscht. Die *Wolke,* ein besseres Wort fiel ihr als Beschreibung nicht ein, war kein natürliches Phänomen. Hier musste eine überragende mentale Macht am Wirken sein, denn niemand hätte sie, Daniel und Anna so leicht ausschalten können, da sie selbst über PSI-Kräfte verfügten.

Die Wolke hatte sie umfangen und *aufgelöst.* Im selben Moment hatte ihr Denken ausgesetzt und einer bedrückenden Schwärze Platz gemacht, die, streng genommen, gar keine Schwärze war, vielmehr die Abwesenheit von allem Bekannten. Vom Hören, Riechen, Schmecken, Tasten, Sehen.

Irgendwann, das Zeitgefühl war Margo völlig abhanden gekommen, war sie sich ihrer wieder bewusst geworden. Und sie erschrak. Weder spürte sie ihren Körper, noch konnte sie ihn sehen, und auch ihre parapsychische Fähigkeit schien fort, wie weggewischt, sie war verkrüppelt.

Panik machte sich in ihr breit. Wo um Himmels willen war sie, und wo waren Daniel und Anna? Nach einigen Minuten, in denen ihre Gedanken wild umher gerast waren, erkannte sie: Wenn du etwas erreichen willst, musst du zur Ruhe kommen.

Sie brauchte einen Fixpunkt, etwas, auf das sie ihre Aufmerksamkeit richten konnte. Wenn aber keinerlei äußerer Sinnesreiz da war, was sollte sie dann als Bezugspunkt nehmen?

Warum nicht mich selbst? Ich sehe mich zwar nicht, aber ich kann wieder denken. Das muss reichen.

Margo konzentrierte sich. Zunächst veränderte sich überhaupt nichts und sie wollte bereits aufgeben, fluchend darüber, kostbare geistige Energie geopfert zu haben, denn wer konnte schon sagen, ob diese sich in der eigenartigen Umgebung nicht erschöpfte. Doch dann, ganz langsam, registrierte sie eine Veränderung. Auf eine ihr nicht erklärliche Art spürte sie, dass sie nicht allein war. Zusätzlich bemerkte sie nur ein zartes und kaum wahrnehmbares Flackern, wie das schwache Glimmen eines Funken, der versuchte durch die bedrückende Finsternis zu ihr zu finden. Margo fokussierte ihre Gedanken auf die Erscheinung – der Funke gewann an Leuchtkraft.

Ja, Margo, weiter so, du gibt's jetzt nicht auf!

Aus dem Glimmen wurde ein Licht und aus ihm schließlich viele andere Lichter. Das namenlose Nichts um sie herum verschwand. Stattdessen schälte sich aus der Dunkelheit langsam eine Art weiße Wand, die an vielen Stellen Lücken aufwies. Durch sie schwirrte auch der Funke, den sie zuerst wahrgenommen hatte und der nun durch viele andere seiner Art begleitet wurde und die Beschaffenheit der vermeintlichen Wand konkretisierte. Es war nämlich eigentlich gar keine Wand, vielmehr eine Art aus lichten weißen Bandagen und Bändern zusammengehaltener Kokon, in dem sie gefangen gehalten wurde und...

Plötzlich, als hätte das Licht, alles verändert, hörte sie auch Stimmen, erst wispernd nur, dann immer lauter – mentale Rufe ihrer Begleiter. Daniel und Anna existierten also noch, wenn auch gefangen in der selben mysteriösen Existenzform wie sie.

Zusammen und mit ihren vereinten Kräften, daran hatte Margo keinen Zweifel, würden sie es schaffen sich zu befreien. Und der Schlüssel dazu würden Träume sein. Ja, sie musste träumen. Warum ihr gerade dies in dieser Situation, die nicht gerade zum Träumen animierte, einfiel, wusste sie nicht. Vielleicht war es besser so.

Berlin. Intendanz (vormals: Kanzleramt)

Ursula Grothkamp hasste Weihnachten, die Regelmäßigkeit, mit der die immer selben Lieder runtergeleiert und dieselben Reden gehalten wurden. Mit immer denselben austauschbaren Inhalten, nichts weiter als hohle Satzbausteine und Phrasen, sinnentleerte Routinen.

Und doch musste sie in Kürze vor die Kameras der Medienvertreter treten und genau solche Phrasen dreschen. Selbst in einer Revolution konnte man sich nicht allen Ballasts entledigen, weil die Menschen an Traditionen hingen wie kleine Kinder, die Angst hatten, dass man ihnen etwas wegnahm. Und wenn man es tat, fingen sie an zu kreischen.

Manche Bräuche hielten sich über Jahrtausende, und da das menschliche Gehirn des Normalbürgers nun mal nicht allzu komplex angelegt war, verlangte er nach Riten. Und Weihnachten mit seiner Krippengeschichte und den ganzen Märchen Drumherum gehörte dazu, es war nicht aus den Köpfen der Hohlbirnen zu bekommen, noch nicht. Aber die Revolution würde auch damit fertig. Das Aufräumen machte vor nichts halt. Man musste nur Durchhalten und nicht auf halbem Wege stoppen wie bei der Französischen Revolution.

Grothkamp dachte darüber nach, ob sie einen versteckten Schwenk in ihre Rede einbauen sollte, etwas, das andeutete, was sie von dem Mummenschanz hielt, und was ihr in späteren Jahren ermöglichen würde, das Weihnachtsfest abzuschaffen oder in etwas anderes umzuwandeln. Lordkanzler Tesla hatte ihr einmal gesagt, dass ihn die Wirkung des Lichtes auf den menschlichen Verstand fasziniere. Er hatte einen *Lichtdom* erwähnt. Was genau er damit meinte, sagte er nicht. Es klang aber nach einem starken Symbol.

Nur half ihr all dies herzlich wenig bei der lästigen Pflicht einer Weihnachtsansprache, die von ihr als Intendantin Deutschlands verlangt wurde, eine Rede an das Volk. Dabei war ihr das Volk vollkommen egal. Es hatte zu arbeiten, zu konsumieren und folgsam zu sein. Um letztere Eigenschaft zu steigern, konnte man später eine neue Art von Volksreligion einführen, wenn die Zeit reif war. Und vielleicht eignete sich ja Teslas Lichtdom auch als Ordensburg oder Ähnliches. Etwas, mit dem man das Volk besser manipulieren konnte.

Volksreligion – was für ein schönes Wort. Ursula, du bist gut.

Sie dachte an Horst, ihren Partner, wenn man es so formulieren wollte. Eigentlich ein Typ, den sie kaum noch ertragen konnte. Beim Essen etwa, wenn er Suppe aß und ihm nicht auffiel, dass er schlürfte oder dass ihm ein Krümel oder Tropfen im Kinnbart hängen blieb, was oft vorkam und sie meist veranlasste, noch ein paar Akten studieren zu müssen.

Horst – das lebende Drama. Akkurat nach links gescheiteltes Haar, ausdünnend – aber immer *korrekt gekämmt*, wie er sagte. Und sein Wanst. Kürzlich hatte er sogar einen Nabelbruch. Kein Wunder bei dem Fleischgehänge, das vom Gürtel kaum mehr gebändigt wurde. Sie war froh, dass sie in getrennten Betten schliefen.

Ein Physikprofessor, der sich in seinem Institut um irgendwelche hochkomplexen Muster kümmerte, deren Eigenschaft es war, dass sie bei näherer Betrachtung immer neue Muster hervorbrachten, was Horst faszinierte und Stunden lang darüber brüten ließ, die Muster in Formeln zu bringen. Was für ein Langweiler. Aber Ursula Grothkamp brauchte nun mal einen Begleiter für den roten Teppich, ein notwendiges Übel. Und er genoss ein gewisses Renommee in der Wissenschaftsgemeinde.

Sicher würde er bald anrufen und fragen, wo sie blieb und wann sie nach Hause kommen würde. Dann konnte sie die Weihnachtsansprache erwähnen, was nicht gelogen war, ausnahmsweise.

Ächzend stemmte sich Ursula Grothkamp aus dem Sessel ihres Arbeitszimmer an der Ostseite der Intendanz hoch. In letzter Zeit spürte sie zunehmend ihren Körper, die Gelenke, einfach alles. Sie wurde alt.
Sie blickte kurz aus dem Fenster auf das ehemalige Reichstagsgebäude, das seit einigen Monaten leer stand, weil man die Parlamentsdarsteller nicht mehr benötigte. Die alleinige Macht ging nun von der Exekutive aus, also von ihr. Sie regierte mit Erlassen. So ging vieles geschmeidiger.
Grothkamp wandte ihren Blick vom Reichstag und machte sich auf den Weg zu dem kleinen Videoraum in der zweiten Etage der Intendanz, wo die Weihnachts- und Neujahrsansprache – sie verband beides aus praktischen Gründen – aufgezeichnet wurde.
Im Fahrstuhl dachte die Intendantin über die Ereignisse der letzten Tage nach. Da war die Meldung aus dem Hauptquartier des Nationenbundes (vormals: Vereinte Nationen). Jüdische Siedler auf der Westbank, deren Zahl wegen des forcierten Baus von Wehrdörfern mittlerweile die Millionengrenze weit übertraf, hatten in einem Akt der Selbsthilfe zu Waffen gegriffen und mit der Deportation von Palästinensern begonnen.
Die Regierung Groß-Israels schaute nur zu, offiziell. inoffiziell, das wusste Grothkamp aus der wöchentlichen Lagerunde mit den Chefs ihrer Nachrichtendienste, unterstützte die Regierung die Siedler mit Lastwagen und Bussen. Sie wiesen keine Embleme oder Herkunftszeichen auf, aber innerhalb des Nationenbundes kannten alle den Hintergrund.
Eine Nachricht, die sie erhalten hatte, überschattete die Meldungen aus dem Nationenbund jedoch. Etwas Beunruhigendes ging vonstatten: Jeffrey Tesla, der Lordkanzler, der den welthöchsten Gremien, dem Konzil und Kongress, vorstand, hatte seit längerem nichts von sich hören lassen. Nun tat er zwar immer, was er wollte und dazu gehörte es auch, dass er öfter zur Erledigung gewisser Arbeiten verschwand, ohne jemanden vorab zu konsultieren oder zu fragen. Aber irgendetwas schien dieses Mal anders. Das sagte Grothkamp ihr Instinkt.
Zunächst hatte sie angenommen, dass Tesla den Kontakt zu ihr mied, denn er hatte allzu oft keinen Hehl daraus gemacht, dass er sie für eine Fehlbesetzung hielt, weshalb sie seit geraumer Zeit mit dem Gedanken spielte, sich zu gegebener Zeit nach Südamerika abzusetzen.
Aber als mehrere Wochen ohne eine Kontaktaufnahme seitens Teslas vergangen waren und sich auch keiner seiner Lakaien bei ihr gemeldet hatte, was selten vorkam, hatte sie einen engen Mitarbeiter Teslas in

Washington D.C. kontaktiert. Aber der wusste genauso wenig wie sie. Es stellte sich somit die Frage: Wo war Tesla? Und was geschah, wenn er nicht mehr auftauchte, aber was dachte sie da?

Das sanfte Abbremsen des Fahrstuhle unterbrach Grothkamp in ihren Gedanken. Mit einem kurzen Blick in den Spiegel an der Kabinenwand überprüfte sie ihr Aussehen. Ein hartes, maskulines Gesicht blickte ihr entgegen. Sie wusste, dass sie nicht schön war, ohne das bisschen Lippenstift und die leichte Schminke um die Augenpartie würde sie beinahe wie ein Mann aussehen. Es störte sie nicht, im Gegenteil. An der Spitze des Staates, in der Intendanz, musste eine gefürchtete, ja…, eine Führerpersönlichkeit stehen. Einige störten sich noch an dem Wort, aber auch das würde vorübergehen.

Als die Fahrstuhltür aufging, kam ihr eine Mitarbeiter entgegen. Grothkamp wusste, dass die junge Frau das Videostudio der Intendanz leitete. Sie trug keinen Ring am Finger, interessant. Ein hübsches Ding. Sehr hübsch sogar. Horst würde warten müssen. Eine wichtige Aufgabe würde sie daran hindern, nach dem Videoschnitt noch vor Mitternacht heimzukehren. Wenige Minuten später stand Grothkamp vor der Kamera. Die Videochefin gab Grothkamp grünes Licht, dann begann die Intendantin mit ihrer Rede. „Liebe Bürgerinnen und Bürger, liebe Volksgenossen… "

Murmansk, Großrussland

Natürlich kannte sie die Geschichten, nach denen Ehefrauen von U-Bootkapitänen berichteten, im Moment des Untergangs ihres Liebsten etwas gespürt zu haben, eine nicht zu erklärende Unruhe, Herzrasen und dergleichen. Nur hatte Svetlana Kadyrowa bislang nie einen Grund gehabt, sich mit solchen Geschichten auseinanderzusetzen.

Ihr Mann Wladimir galt als einer der fähigsten Offiziere innerhalb der großrussischen Marine, auf dessen Worte unbedingt Verlass war. Und das, wie sie besser als jeder andere wusste, nicht nur bei seinen Offizierskollegen, sondern vor allem ihr gegenüber.

Nichts kann uns trennen, uns verbindet viel zu viel, hatte er ihr vor dem letzten Ablegen der Tomsk gesagt, nicht einmal, sondern ein dutzend Mal. Immer wieder rief sich Svetlana Kadyrowa die Worte ihres Mannes in Erinnerung, während sie wie ein Häufchen Elend in der Küche ihrer Plattenbauwohnung am Rande von Murmansk auf einem Schemel hockte. Fünfter Stock, vier Zimmer, Straße der Pioniere.

Die Wohnung war liebevoll eingerichtet, helle einladende Möbel, bunte Kissen, zwei Drucke impressionistischer Maler an der Wand. Aber dafür hatte sie jetzt kein Auge. Warum hatte Wladimir, anders als üblich bei ihren Verabschiedungen am Kai, nicht sei typisches *Bis bald, Schatz!* gesagt?

Svetlanas Hände umklammerten eine Tasse heißen Tees. MIR stand darauf in großen kyrillischen Buchstaben, was Frieden bedeutete. Aber so recht wollte sie nicht an die Bedeutung des Wortes glauben. Zuviel war in den Wochen zuvor in der Welt an Verwirrendem und Grausamen geschehen, das sich jeder Erklärung entzog. Kriege, Attentate, die Explosion zweier so genannter schmutziger Bomben in Amerika. Was war nur los? Natürlich: Es hatte schon immer Gewalt gegeben. Aber alles schien nun mit einem Mal und ungeheurer Geschwindigkeit auf einen dramatischen Höhepunkt zuzusteuern.

Vom Hof drang das Kreischen spielender Jugendlicher bis zu ihrer Wohnung. Ein Hintergrundrauschen unbeschwerter Seelen. Aber sie nahm es nicht wirklich wahr.

Svetlana Kadyrowa ließ die Tasse los und legte sie Hände auf die kleine Erhebung unterhalb des Gürtels ihrer Küchenschürze. Würde es ein Junge oder Mädchen? Bei ihrem letzten Besuch in Moskau hatte sie im Kaufhaus Gum so süße Kinderbettwäsche gesehen. Auf der kleinen Bettdecke war eine Ente mit einem Schal um den Hals abgebildet, die Ente auf dem dazu passenden Kopfkissen reckte dagegen trotzig, aber mit lächelndem Schnabel einen kleinen Regenschirm zum Himmel hoch. *Wenn es ein Junge wird, werde ich ihn Wladimir nennen. Wird es aber ein Mädchen, dann soll sie Nadja, Natascha oder Nadeschda heißen.*

Ein kurzes Ziehen in ihrem Unterleib ließ Svetlana zusammenzucken, dann verschwand es wieder, so schnell und unerwartet, wie es gekommen war. Bis zum Abendbrot war es noch etwas hin, sie konnte sich also noch mal hinlegen. Erschöpft schlurfte sie aus ihrer Küche in das kleine Schlafzimmer, in dem ein Bett für zwei Erwachsenen stand. Über der rechten Hälfte hing ein Bild ihres Mannes, das ihn mit schräg auf dem Kopf sitzender Offiziersmütze zeigte. Er blickte verwegen drein, wie ein Mann, der alle Hindernisse meisterte. Ja, so war es, sie durfte sich einfach nicht zu viele Gedanken machen.

Nach einer halben Stunde war Svetlana Kadyrowa eingeschlafen. Sie träumte von drei jungen Leuten, die gefangen gehalten wurden, einem Mann mit den Ambitionen eines Eroberers und einem unsäglich fremden Wesen. Und dann war da nur noch ein unbeschreibliches Nichts.

Asteroidengürtel.
Elorel erinnerte sich an das erhabene Gefühl, als sie am Gletscher der Zeit stand. Diesem Monument, das sich allen Definitionen entzog. Das im Raum schwebte wie ein außer Form geratener Menhir. Und von dem Qaishen gesagt hatte, er existiere seit anfangsloser oder unvordenklicher Zeit. Was für Begriffe. Selbst für die Gibb, die kaum so etwas wie Grenzen kannten.

Elorel hatte den Anblick in sich aufgesogen und stundenlang auf die riesige Fläche aus *vereister* Zeit gestarrt. Was für ein Bild. Das Jungfräuliche allen Seins.

Eigentlich traf das mit der Vereisung nicht wirklich zu, weil der Begriff suggerierte, dass die Zeit als solche schon vor dem Entstehen des Gletschers existierte. Aber das traf nicht zu, wie Elorel von den Alten ihres Volkes und vor allem von ihrem Anführer Qaishen gelernt hatte, vor einer Ewigkeit in einer Umgebung, die einmal ihre Heimat gewesen war. In einer der alten Galaxien, deren meiste Sonnen bereits ausgebrannt waren, weil sie zu den ersten gehörten nach dem Urknall, der alles hatte entstehen lassen, den Raum und die Zeit.

Mit Hilfe des Goldenen Stoffes, der das letzte Element beinhaltete, das Omega allen Seins gewissermaßen, war sie an den Anfang der Zeit zurückgereist. Zu dem Gletscher, von dem in konstanten Intervallen Schollen aus Zeit abbrachen, die dann fortdrifteten und die kleinen Setzlinge neuer Protouniversen und Babyuniversen freisetzten.

Das Universum, in dem die Gibb, ihr Volk, entstanden war, existierte nur noch als eine Form energieloser Schlacken, ausgebrannt. Nicht mehr als eine Erinnerung und Stoff für unzählige Mythen und Erzählungen ihres Volkes, eine kaum mehr zu glaubende Überlieferung, so lange lag dies alles zurück. Keine Zehntausend, oder hunderttausend Jahre, auch keine Jahrmillionen, sondern Milliarden Jahre. Normalerweise wäre ihr Volk längst untergegangen, weil dass das Wesen des Kosmos war, sein Urgesetz, nachdem alles, was entstand, auch unterging.

Für ihr Volk hatte es eine Ausnahme gegeben. Sie waren als ältestes aller Rassen im Kosmos beauftragt worden, als Hüter des Seltenen Stoffes, den manche in ihrem Volk den Goldenen oder Seltenen Stoff nannte, zu fungieren. Die bloße Existenz des Stoffes garantierte das Fortbestehen des Kosmos. Aufgrund seiner einzigartigen Konsistenz, der das Ursprüngliche in sich barg, das hatten die Gibb von den Gründern erfahren, die ihnen die Bewachung des Stoffes anvertrauten, ohne sich je gezeigt zu haben.

Was geschehen würde, wenn das Letzte Element nicht mehr existierte, wollte Elorel sich nicht vorstellen. Allein der Gedanke daran war unfassbar und ketzerisch.

Der Gletscher der Zeit, an dem die Zeit sich selbst erst formte, bot einen monumentalen Anblick Immer wieder brachen Schollen ab und erzeugten einen nicht minder monumentalen Nachhall im mehrdimensionalen kosmischen Hintergrundrauschen.

Nun, ihr Auftrag an den Gestaden der Zeit war vorüber. Sie hatte mit Hilfe der Scholle den Ablauf der Menschheitsgeschichte verändert. Qaishen, der Weise der Gibb, hatte gesagt, dass der Hort des Goldenen Stoffes, der den größten erdenklichen Vorrat der unermesslich wertvollen Substanz umfasste, verschwunden sei. Es gebe aber Hinweise, dass die Substanz im Sonnensystem der Menschen lagere. Zumindest deuteten darauf Messungen eines ihrer Sucherschiffe hin. Gefunden hatten die nachfolgenden Gibb die Substanz dort dennoch nicht. Stattdessen hatte Qaishen die Menschen mit der Suche beauftragt.

Nun, darauf hatte Elorel mit dem Einsatz des Goldenen Stoffes Einfluss genommen. Sie hatte Traumwellen ausgelöst, die wie Schockwellen durch das Sonnensystem fluteten und das Denken der Menschen veränderten. Vor allem das Denken der von Qaishen mit der Suche nach dem Hort beauftragten Anführer. Sie würden vergessen – und stattdessen träumen.

Im Vergleich dazu war das nächste ihrer Vorhaben fast nichts. Sie musste sich um die *Eingesponnenen* in den PSI-materiellen Gefäßen kümmern.

Ägypten

So unwirklich war das Bild und so schön zugleich . Der von Europa über das Mittelmeer streifende Südwind blies den rostfarbenen Sand des Strandes landeinwärts in langen dünn auseinander gezogenen Bändern aus feinstem Staub. Mitunter bildeten sich winzige Windhosen, Staubteufel, deren Trichter in einer merkwürdigen Prozession über den Strand tanzten wie stolze Derwische aus Sand, nur um dann von einem Augenblick zum nächsten zu verschwinden.

Wo der Strand ins offene Land überging, spannten sich zwischen notdürftig eingerammten Stangen mannshohe Netze, so weit der Blick reichte. Und so trieb der Wind den dünnen roten Sand durch die engmaschigen Netze, was dem Ganzen ein unwirkliches Aussehen verlieh.

Wie das Bühnenbild eines ehrgeizigen jungen Theatermachers, der sich in Paris, New York oder Mailand bewähren muss, dachte Abu Jouseff.

Nur eines störte das Bühnenbild: Die Vögel, die sich in den Netzen verfangen hatten. Dolen, Finken, Spatzen und – auch das kam vor, wenn auch sehr selten – ein Storch.

Die Vögel kamen aus Europa, der Sonne folgend. Bei ihrem Start in Südeuropa nutzen sie den Auftrieb über dem Land und ließen sich in die Höhe treiben. Doch mit jedem Meter über dem kühleren Meer ließ der Auftrieb nach und somit auch die Flughöhe der dahin ziehenden Vogelschwärme, die in ihre Sommerquartiere ins wärmere Afrika wollten. Auf den letzten Metern nach Afrika verließen sie die Kräfte. Dann flogen die von Sizilien oder Kreta kommenden Vögel oft nur noch wenige Meter über dem Wasser. Viele der Vögel waren nach hunderten Kilometern so erschöpft, dass sie sich im Flug sogar übergaben. Jouseff wusste, dass Vogelkundler darüber stritten, ob dies der Gewichtsreduktion diente, oder einfach an der totalen Erschöpfung lag.

Dass die Vögel über dem Meer konstant an Höhe verloren, nur noch den dünnen Strich rettenden Lands im Blick, wussten auch ihre menschlichen Jäger. Seit Jahrhunderten stellten sie am Strand die Fangnetze auf. Nur wenn sich bereits ein paar Vögel darin verfangen hatten, sahen es ihre Artgenossen rechtzeitig und umflogen die Netze, wenn sie noch die Kraft dazu hatten.

Es war ein bisschen so wie mit den Fenstern, an die man Attrappen von Vögeln oder andere Aufkleber klebte, damit sich nicht irgendein Spatz den Kopf an ihnen zerschmetterte.

All das ging Abu Jouseff durch den Kopf, während der vom Wind unablässig aufgewirbelte Sand seine Fußgelenke umfächelte. Der 38-jährige Libanese mit sportlicher Figur trug kurze weite Hosen, etwas zu kurz, wie meist, aber das störte ihn nicht. Was ihn dagegen ärgerte, war, dass sein Gesprächspartner noch auf sich warten ließ.

Abu Jouseff lief am Strand entlang, langsam, manchmal den Kopf hebend und zu den Netzen schauend, dann wieder grüblerisch den Kopf gesenkt und in Gedanken versunken. Wenn seine Mutter ihn mit vor Staub strotzenden Hosen gesehen hätte, dann hätte es eine Standpauke gegeben, damals, in seiner Kindheit. Aber seine Mutter war seit langem tot. Es war nicht gut, über die Vergangenheit nachzudenken, das bescherte nur Kummer.

Jouseff fragte sich, was wohl in Pakistan vor sich ging. Er war den Drohnenattacken stets entkommen, weil er immer rechtzeitig gewarnt worden war. Ein Helfer in der CIA-Basis von Camp Chapman hatte ihm vor jeder Attacke einen Hinweis zukommen lassen. Er hatte ihn gut bezahlt,

Der Mann, auf den er nun wartete, sollte ihm berichten, was in den vergangenen Wochen passiert war – und er sollte ihm Informationen zu zwei Vorratslagern in Europa geben, die er bald für zwei Aufträge benötigen würde.

„Ähm."

Jouseff wirbelte herum.

Hinter ihm stand nicht der erwartete Informant, sondern eine Frau. Sie trug einen schwarzen Umhang, der Jouseff an die Kleidung von Berberfrauen aus dem Atlasgebirge erinnerte. Aber die vor ihm stehende Frau sah nicht aus wie eine Berberin. Sie wirkte europäisch, obwohl das Bild durch einen Schönheitsfehler empfindlich gestört wurde. Das Gesicht der Frau – ihr Alter war schwer bestimmbar und allenfalls aufgrund ihres aufrechten Haltung auf um die 25 zu schätzen – wirkte *unfertig*. Wie das Gesicht einer Lehmfigur, die von ihrem Künstler aufgegeben worden war, weil sie misslungen war. Ein besserer Vergleich fiel Jouseff nicht ein.

Er wollte die Frau etwas fragen, aber sie kam ihm zuvor.

„Du bist Abu, und ich heiße Tia. Mehr musst du nicht wissen, wenn du überleben willst. Und nun sag mir: Wo ist Jeffrey Tesla?"

Jouseff war völlig verblüfft. Woher kannte die Fremde Jeffrey Tesla, und wusste sie, dass er hierher kommen wollte?

Bevor er einen klaren Gedanken fassen konnte, veränderte sich plötzlich die Farbe des Himmels, nein, die Farbe von allem, als sehe er alles durch eine rosarote Brille. So sah sicher das Paradies aus. Die Frau musste ein Engel sein, der ihn holte.

Im Chronos-Archiv.

Qaishen wanderte durch den Sphärenraumer. Die Bakko umrundete die Erde in einem geostationären Orbit, unsichtbar unter dem Schutz des Schattenschirms, der sie dem normalen Raumzeitkontinuum um eine Nanosekunde entrückte, genug, um das Raumschiff für irdische Radarsysteme unsichtbar zu machen, so wie es auch alle anderen Schiffe der Gibb waren. Um die 50 hielten sich momentan in der Nähe der Erde auf, das Gros von ihnen hinter dem Mond. Die Erdbewohner hatten davon keine Kenntnis. Aber Qaishens Gedanken waren nicht bei den

Menschen, sie stellten keinerlei Gefahr für ihn oder die anderen Gibb
dar. Ihn sorgte die Abwesenheit Elorels. Sie war schon immer anders
gewesen, aufsässig und eigenbrötlerisch.
*Ich spüre sie nicht mehr. Sie hat sich vom Kollektiv getrennt, was nie
zuvor vorkam. Zeit, wo ist die Zeit nur hin?*
Qaishen wusste, dass ihm alleiniges Nachdenken keine Antworten auf
die Fragen liefern würde. Er musste an einen Ort gehen, den er seit
einer Ewigkeit nicht mehr besucht hatte – das CHRONOS-ARCHIV. In
ihm waren alle Ereignisse um und über die Gibb gespeichert, alles was
sie erlebt hatten während ihrer Phase des Seins, und die umfasste beinahe die Unendlichkeit. Qaishen wusste: Wer seine Vergangenheit und
die Lehren aus ihr nicht vergaß, dem gehörte die Zukunft.
„Bakko!"
„Meister, was wünscht du?"
„Öffne einen Transdimensionskanal zum Chronos-Archiv!"
„Das wolltest du seit langer Zeit nicht mehr."
„Das weiß ich. Tu es einfach."
„Das Transdimensionstor wird hergestellt."
Qaishen dachte darüber nach, ob er vor dem Durchschreiten des Tores
noch ein kurzes Erholungsbad nehmen sollte. Angereichert durch einen
winzigen Teil des Goldenen Stoffes, des Letzten Elements. Er fühlte
sich so schwach, dass ihm eine Stärkung vor der kommenden Arbeit gut
tun würde. Das Element sicherte seinem Volk eine ungeheure Lebensspanne und war das Elixier schlechthin. Sie waren alle so alt. Vielleicht
zu alt.
Qaishen entschied sich gegen das Vitalbad. Die Auffrischung konnte bis
zu seiner Rückkehr warten. Wann hatte er die letzte genommen? Er
wusste es nicht mehr. Aber war das wichtig? Die Bakko würde ihn
rechtzeitig an die nötige Auffrischung erinnern.
Ohne große Gefühlsregung registrierte er den sich vor ihm aufbauenden
Torbogen, dessen Rand in tiefem Rot pulsierte.
Müde schritt Qaishen durch den Bogen. Ohne registrierbare Zeitverzögerung materialisierte er vor dem Eingang zum Archiv. Der Transdi-
mensionstunnel hatte wie immer funktioniert. Streng genommen handelte es sich um gar keinen Tunnel. Die Technik krümmte den Raum,
indem sie Energie aus den übergeordneten Dimensionen anzapfte. Eine
der Standardtechnologien, über die die Gibb schon lange nicht mehr
nachdachten. Vielleicht ist das unser Problem, dachte Qaishen, dass wir
über nichts mehr groß nachdenken, dass wir keine Entdecker mehr sind,

dass wir die Neugier verloren haben, den Antrieb für alles. Das unterscheidet uns von den Menschen, dieser jungen Rasse, auch wenn sie selbstmörderische Tendenzen aufweist. Qaishen drängte den Gedanken beiseite und konzentrierte sich auf die neue Umgebung.

Der Eingang des Chronos-Archivs hatte die Anmutung eines reichlich verzierten, kostbaren Tores von vielleicht fünf irdischen Metern. Aber dies war, wie Qaishen wusste, nichts weiter als Dekoration. Das Archiv existierte wegen des ungeheuren Ausmaßes der in ihm aufbewahrten Datenmasse nicht in einem herkömmlichen materiellen Sinne, sondern war ausgelagert in Räume der übergeordneten sechsten Dimension. Zugang konnte sich nur der jeweils amtierende LEGAT mittels eines Gedankenimpulses von äußerster Fokussierung verschaffen. Er war durch das Kollektiv der Gibb zu dieser Funktion bestimmt worden, weil er über die stärksten Geisteskräfte verfügte. Aber auch das lag eine Ewigkeit zurück.

Ich begehre Einlass, dachte Qaishen, und im nächsten Moment war er im Archiv. Wie ein vom Wind getriebenes Blatt durchflog er das Archiv.

Vielleicht finde ich einen Hinweis auf den ungeheuren Verrat durch Elorel, die sich vom Gedankenkollektiv unseres Volkes abgenabelt hat. Wir müssen ihrer wieder habhaft werden, um sie der gerechten Strafe zuzuführen und ihren Frevel zu rächen.

Er war der spirituelle Führer seines Volkes, dem kein Gedanke seiner Artgenossen entging, so sie sich innerhalb eines gewissen Abstandes zu ihm aufhielten, und wenn nicht er, wer sonst sollte Elorels abtrünniges Verhalten ahnden?

Sie war nicht damit einverstanden, dass er von den Menschen den Goldenen Stoff suchen ließ, das hatte er in ihren Gedanken lesen können, bevor sie sich vom Kollektiv abnabelte. Sie maßte sich an, seine Entscheidung in Frage zu stellen. Erkannte sie denn nicht, dass den Gibb das Wichtigste fehlte: die Neugier?

Er musste nur seiner Gedächtnisprobleme Herr werden und Kraft schöpfen, dann würde er ihrer habhaft werden. Später…

Qaishen driftete durch das Archiv – vorbei an den Kartuschen des Wissens. Die in Jahrmillionen gesammelten Wissenssplitter seines Volkes drängten auf ihn ein und ließen längst Vergessenes wieder lebhaft werden.

Murmansk, Großrussland
Svetlana Kadyrowa glaubte, einen Moment lang, einen Anhauch des Vertrauten zu spüren, etwas Schönes, das schon im nächsten Augenblick unwiederbringlich fort war. Dann träumte sie weiter. Sie sah ihr ungeborenes Kind in einer purpurfarbenen Umgebung schweben.
Das Bild wurde durch ein anderes ersetzt. Sie sah drei Menschen, vielleicht Anfang 30, die gegen etwas kämpften, das Svetlana nicht sah. Die Drei hielten sich an den Händen und hatten die Augen geschlossen. Sie schienen sich auf etwas zu konzentrieren und Kraft zu schöpfen. Für einen Kampf vielleicht. Dann verflog auch dieser Eindruck.
Stattdessen drängte sich das Bild eines Mannes in den Vordergrund, der eine weiße Robe oder Kutte trug, so genau konnte sie dies nicht erkennen. Sie sah ihn nur von hinten. Langes weißes Haar fiel ihm über die Schulter. Er stützte sich mit der rechten Hand auf einen Stock, der einem Ast ähnelte. Dann drehte sich der Mann um. Er sah uralt aus und lächelte. Er sagte: „Ich bin Qaishen und Cro..." Das Bild zerstob in tausende kleinerer Bilder, bunte Quadrate, die immer winziger wurden. Und dann lösten auch diese sich auf und wichen einem namenlosen Nichts.

Im Kontinuum
Anna Sikorski, Margo Stotewskaya und Daniel Schaendler konnten auf geistiger Ebene wieder miteinander kommunizieren, nachdem sie eine unbestimmte Zeit lang wie nicht mehr vorhanden existiert hatten. Was der Grund dafür war, wussten sie nicht, nur, dass sie sich seit dem Moment des Wieder-Fühlen-Könnens in einem Gefängnis aufhielten. Daniel vermutete eine Art hyperphysikalischen Kokon aus unbekannten Energien, der nicht undurchdringlich zu sein schien. Dies schlussfolgerte er aus den Lichtreflexen, die sie alle drei wahrgenommen hatten, und dieses Licht kam von außerhalb, auch darin waren sich die Drei einig, denn ihr Gefängnis machte einen löchrigen Eindruck.
„Aber wo eine Lücke ist, da ist auch ein Weg zum Durchbrechen", hatte Margo gesagt, wobei das Wort *gesagt* nicht ganz zutraf, denn sie konnten bislang nur auf gedanklicher Ebene miteinander kommunizieren. Ihre Körper blieben nach wie vor verschwunden.
Die Drei, die so vieles zusammen durchgemacht hatten – eine wilde Verfolgungsjagd bei Berlin, dann die Festnahme durch Jeffrey Tesla, ihren Peiniger, der sie in ein Gefängnis nach Südamerika verschleppte, von wo aus ihnen aber mit Hilfe ihrer PSI-Kräfte die Flucht gelang.

Was damals klappte, konnten sie wieder erreichen. Wenn es ihnen gelang, das hyperenergetische Geflecht zu weiten, damit darin ein Loch entstand, konnten sie vielleicht fliehen. Bislang hatte der Kokon jeden ihrer Vorstöße auf die weiß schimmernde Barriere mit einem herben mentalen Rückstoß beantwortet, einem ziehenden Schmerz auf geistiger Ebene.

Margo, Anna und Daniel konzentrierten sich und richteten ihre vereinten Kräfte auf eine der dünneren Stellen des Kokons, an denen hin und wieder Licht hindurch schien. Sie stellten sich dabei vor, dass sie einander an den Händen hielten.

Eine Zeit lang tat sich gar nichts, dann färbten sich die weißen Bänder des Kokons rosa, wenig später purpurrot. Von irgendwoher gellten Schreie.

Ägypten, Mittelmeerküste

Der ungebremst über den Strand streichende Wind verfing sich in den hunderten kleiner Sandmulden und produzierte ein unablässiges Jaulen und Heulen, dessen Lautstärke variierte. Die Böen trugen auch von der Gischt gelöste Schaumkronen zu den entlang der Küste aufgestellten Vogelfangnetzen, die einmal mehr, jetzt, wo die Sonne unterging, wie ein ins Gigantische gewachsenes Kunstwerk von Christo aussahen. *The Net* hätte er es vielleicht genannt und sogar für gelungen befunden, die darin gefangenen und zum Teil verendeten Vögel sicher nicht. Das alles war Abu Jouseff, der in Kairo Wirtschaft studiert hatte, durch den Kopf gegangen, bevor die zierliche Frau aufgetaucht war, die sich Tia nannte: Bevor ihm schwindlig geworden war und eine fremde geistige Macht die Fühler nach ihm ausstreckte. Aber das wusste er nicht. Für Jouseff fühlte es sich lediglich so an, als hätte ihn der brutale Haken eines Schwergewichtsboxers niedergestreckt.

Atom U-Boot „Tomsk"

Endlos langsam, so schien es Ignatius Fjodorow, krochen die Sekunden bis zum Untergang dahin. Er wusste nicht warum, aber ausgerechnet jetzt musste er an die Zeit denken, als er durch Kamtschatka reiste, von einer Ansiedlung – das Wort Siedlung verbot sich angesichts von ein zwei läppischen Blockhütten – zur nächsten. Als er mit einem der dortigen Park Ranger eine Zeit lang zusammen wohnte, was die Jagd mit einschloss. Mal folgten sie der Fährte eines Tieres, ein anderes Mal der eines Wilderers, dessen blutige Hinterlassenschaften sich scharf vom weißen Schnee abhoben.

Es gab nichts, das Fjodorow mehr fasziniert hätte als die Jagd. Man wusste nie, welches wilde Tier sich in der Nähe herumtrieb, das den Geruch von Menschen über Meilen hinweg witterte. Niemand suchte in den Wäldern Kamtschatkas Bekanntschaft mit einem Raubtier, etwa dem Braunbären, der nicht netter war als seine amerikanischen Verwandten in den Rocky Mountains. Und doch war es einmal so weit gekommen.

Fjdorow erinnerte noch genau das Gespräch mit Pjotr, dem Ranger, als es darum ging, einen der gewissenlosen Pelzjäger zu stellen, auf dessen Spur sie gestoßen waren, als sie durch den Wald streiften. Pjotr fackelte nicht lange herum, sondern machte Fjodorow schnell klar, dass er den Wilderer stellen wollte – zusammen mit ihm, und das unter Einschluss aller Gefahren.

Pjotr entpuppte sich im Umschiffen von Fragen genauso geschickt wie im Umgehen von Bärenfallen. Und im Nachhinein erschienen Pjors Antworten auf die scheu vorgebrachten Fragen Fjodorows so unvermeidlich wie die kleine amerikanische Fahnen auf den Revers amerikanischer Politiker.

„Es wird doch nicht gefährlich, oder?“

„Nein.“ (natürlich war es das)

„Es ist doch hoffentlich nur *ein* Wilderer?“

„Natürlich:“ (Pjotr wusste, dass die Wilderer meist in Gruppen töteten)

„Nicht, dass wir in einen Schusswechsel kommen.“

„Glaube ich nicht.“ (Pjotr rechnete von Anfang an mit Problemen, weshalb er vier Packungen Munition für das Gewehr einsteckte, dessen Hersteller Fjodorow nicht kannte, weil er sich als Geistlicher nie für Waffen interessiert hatte

Das alles schoss Fjodorow durch den Kopf, als in der U-Bootzentrale der Tomsk die Hölle ausbrach. Alarmglocken schrillten. Und die roten Lämpchen an den Instrumentenpaneels sich in ein einziges großes rotes Flimmern verwandelten.

Weit zurück in der Vergangenheit.

Raum und Zeit hatten sich aus kosmischer Sicht gerade eben erst etabliert, da materialisierte ein rund 30 Meter durchmessendes kugelförmiges Gebilde am Rand des noch jungfräulichen Universums. Es driftete am Saum des Alls, fast wie ein Blatt, das von den komischen Winden erfasst worden war. So wurde die Kugel zu einem Teil des feurigen Saums, der wie ein Tsunami in alle Richtungen jagte und das noch junge Universum immer größer werden ließ. Irgendwann verlor sich das Leuchten der schneller auseinander driftenden Protosterne und Galaxien in der Ferne des Alls. Die Kugel jedoch blieb zurück.

Nach weiteren Millionen von Jahren lichteten sich die Nebel aus Wasserstoff und Sauerstoff und verdichteten sich zu schnell rotierenden Gaswolken, aus denen Sterne wurden.

Die irrlichternde Sphäre harrte aus. In ihrer Nachbarschaft bildeten sich nach einigen hundert Millionen Jahren zwei rotierende Großnebel heraus. Einer der Nebel war die Milchstraße, der andere ihre Nachbargalaxie Andromeda. Ihre Spiralarme waren noch schwach ausgeprägt, aber auch das würde sich ändern. Sie begannen, Fahrt aufzunehmen und sich schneller zu drehen.

Die Sphäre verschwand.

Viereinhalb Milliarden Jahre vor unserer Zeitrechnung.

Die Sphäre driftete durch ein namenloses Protosternensystem im äußeren Sagutarius-Spiralarm der Milchstraße. Die Sonne war nicht besonders groß, eher klein, verglichen mit anderen Gasriesen im Universum. Neun Planeten umkreisten das Zentralgestirn auf kreisförmigen und leicht elliptischen Bahnen. Zählte man die Kleinstplanetoiden noch mit, die unsichtbar am äußeren Rand des Systems durch die Schwärze des Alls drifteten, kam man sogar auf ein Dutzend Planeten. Einer von ihnen hatte die Geburtsstunde des Systems nicht lange überlebt, er war in einer Kollision mit einem Planetoiden, der unerwartet aus der Tiefe des Alls kam, zerfetzt worden. Die Überbleibsel umkreisten die Sonne nun zwischen der Umlaufbahn des dritten und vierten Planeten.

Die Sphäre steuerte unbeirrt auf den Trümmergürtel zu und durchquerte ihn, als gäbe es dort nichts. Bruchstücke, die ihren Weg kreuzten, lösten sich auf, noch bevor sie die Sphäre erreicht hatten. Andere nahmen Fahrt auf, bewegt von einer unsichtbaren Kraft, erst wenige Dutzend, dann hunderte und schließlich zehntausende. Sie bestanden alle aus gefrorenem Wasser. Als die Kugel in einen Orbit um den dritten Planeten des Systems einschwenkte, regneten die Brocken auf den Planeten herab. Manche rasten in einen Vulkan und verdampften in einer gigantischen Wolke, andere rissen riesige Krater. Der Bombenhagel dauerte lange an. Nachdem er geendet hatte, trieben mehrere zehntausend Jahre lang bräunliche Schwaden durch die Atmosphäre.

Die Vorgänge wurden von einem Wesen in der Sphäre beobachtet. Es war sehr groß, athletisch und Menschen nicht ganz unähnlich. Nur gab es diese zu dieser Zeit noch nicht.

„Bogashai, wa. Bogoshai", sagte das Wesen und starrte durch die transparente Hülle der Sphäre auf den Kosmos dahinter. Eine kleine Ewigkeit ließ der Außerirdische das Bild auf sich einwirken, dann schloss er die Augen.

„Fando?"

„Ich höre Meister!", antwortete das Raumschiff, ohne das ein Lautsprecher zu erkennen war.

„Wir müssen einen Zeitsprung machen. Die Veränderung des Planeten mit Hilfe des Asteroidenhagels war ein Erfolg, aber es bedarf weit größerer Anstrengung, um… das Ziel zu erreichen."

„Ich weiß, Herr."

„So?"

„Ich bin die notwendigen Schritte durchgegangen, während ihr in Stasis weiltet. Ein Standard."

Kurze Pause.

„Das ist mag sein. Wie auch immer, leite nun die nötigen Schritte ein."

„Ja, Herr, Euer Wunsch ist mein Befehl."

Die Sphäre verließ den Orbit und beschleunigte mit irrwitzigen Werten, bis sie verschwand. Ihr Pilot hatte das Raumzeitgefüge um die Sphäre herum neutralisiert. Sie stürzte einer Zukunft entgegen, die aus der Perspektive der Menschheit unfassbar weit in der Vergangenheit lag. Etwas würde später davon zeugen würde, dass es diese Zeit wirklich gegeben hatte: Unfassbar fremdartig anmutende Geschöpfe, deren versteinerte Überbleibsel später in einem Museum liegen würden. Und die aussahen, als hätte jemand mit dem Leben selbst experimentiert, um etwas ungemein Grobes zu erschaffen, dass die Bezeichnung Leben kaum verdiente.

Doch noch hatte der Planet, der die junge Erde war, kein Leben erzeugt. Das kam viel später – und dann mit beispielloser Wucht.

Frankfurt a.M., Gegenwart.
Stefan Reddick hatte genug vom Bankgeschäft: dem Aufschwatzen von Krediten ohne Prüfung der Bonität. Dem Erschaffen von Finanzderivaten, die so verschachtelt konzipiert waren, dass selbst die Verkäufer sie kaum verstanden. Den Wetten gegen die eigenen Finanzprodukte durch

die Investmentabteilung, die durch Umsatzzahlen beim Vorstand glänzen wollte, der seit Jahren die Kostenstruktur des Bankhauses vollkommen aus dem Blick verloren hatte, weil die maßgeblichen Männer des Gremiums lange selbst im Investmentbereich gearbeitet hatten.

Dabei gehörte die Investmentsparte ursprünglich nicht zum Stammgeschäft der DBK-Bank, für die Reddick nun seit gut zwei Jahrzehnten arbeitete. Die DBK hatte Ewigkeiten Kredite für Industrie- und Außenhandel bereitgestellt, neben dem traditionellen Privatkundengeschäft, das als spießig galt bei den jungen feschen Investmentspielern mit den taillierten Sakkos und ihrem gelangweilten und überheblichen Grinsen, das sie stets zur Schau trugen, wenn jemand aus dem Bankhaus ihre Aktivitäten hinterfragte, ganz zu schweigen von ernsthafter Kritik, bei der einen die Investmentbanker auf die Abschussliste setzten.

Sie hielten sich für etwas Besseres, weil sie glaubten, dem Finanzinstitut mächtig Geld gebracht zu haben. Dabei war die Bank ihretwegen fast pleite und musste beinahe Hilfe vom Staat anfragen. Kriminelle, Pack und Spieler – ja, das waren sie.

Spieler traf es besonders gut, fand Reddick. Denn sie wetteten fortwährend, spalteten Unternehmen auf, verkauften die lukrativen Teile und ließen die nicht so rentablen Teile in den Abgrund trudeln. Good bye und geschissen auf die Mitarbeiter.

Und dafür strichen die Pokerjungs im Gegenzug abenteuerlich hohe Boni ein. Nur wofür eigentlich? Dafür, dass die DBK-Bank in den Sog großer Finanzkrisen geraten war, Tausende Mitarbeiter entlassen musste und den Finanzaufsehern wegen unredlicher Geschäfte Milliarden an Strafen zahlen musste.

Die Londoner City – ein riesiges Casino. Reddick war froh, dort nicht mehr arbeiten zu müssen, in der Mühle, dem Wahnsinn. Das alles vermisste er nicht, höchstens mal einen Spaziergang durch den Hyde-Park oder durch Camden Town mit seinen netten bunten Flohmärkten.

Nun arbeitete er am Main, im 30. Stock des DBK-Towers in Frankfurt, und hatte auf seinen zwei Bildschirmen die großen Börsen der Welt im Blick. Zwei Werte beschäftigten den 36-Jährigen nun schon mehrere Tage: der für Stahl und eine Halbleiter-Hightech-Bude nahe San Francisco. Beide Werte spielten auf nicht zu erklärende Art verrückt und produzierten erratische Kurven, deren Verläufe sämtlichen Erfahrungen widersprachen. Und zwar an allen großen Börsenplätzen der Welt. Er musste den Grund dafür herausbekommen. Die Analyse der Kurven allein reichte nicht. Es war Reddick klar, dass er einige lange Telefonate führen musste, um der Sache auf den Grund zu gehen. Er hatte gute Kontakte, und es würde schon mit dem Teufel zugehen, wenn ihm keiner seiner Zuträger eine Information stecken würde. Es hatte immer geklappt und war ein Geschäft auf Gegenseitigkeit. Mal half er, ein anderes Mal wurde im geholfen. So lief das Spiel, das keineswegs alltäglich war in der Welt der Börsenegomanen, Narzissten und von Gier besessener Irrer.

Reddick wollte sich gerade die Tagesperformance der Hightech-Bude ansehen, als die Zahlenkolonnen auf seinem Bildschirm zu flimmern begannen. Das war das Letzte, an das er sich später erinnern würde.

Planet Erde. Vor etwa 543 Millionen Jahren, in dem Zeitalter, das man später das Kambrium nannte. 35 Kilometer über der Erdoberfläche.

Wie aus dem Nichts erschien die Sphäre. Ihr Pilot aktivierte die Außendarstellung. Nichts in seinem Gesicht erlaubte einen Rückschluss auf die Gefühle oder Gedanken. Der Pilot zoomte ein vergrößertes Abbild einer Region.

„Fando?"

„Ja, Herr?"

„Stellst du irgendwelche Auffälligkeiten auf der Erde fest?"

„Nichts, was uns überraschen oder deine Pläne vereiteln würde."

„Dann handele gemäß Protokoll."

„Natürlich, Herr."

Die Farbverwirbelungen in der Außenhaut der Sphäre, deren Umfang genauso wenig einschätzbar war wie die Art ihrer Zusammensetzung, konzentrierten sich nun um einen einzigen Punkt in der Hülle und rotierten um ihn wie ein Wirbelsturm. Dann schoss aus dem Auge des Wirbels ein Energiestrahl Richtung Erde. Er schlug in dem noch jungen Urozean ein, der riesig war, aber außer einigen Vielzellern und Plankton nur einfachstes Leben in sich trug. Noch.

„Gut gemacht, Fando."

„Es ist Euer Plan, Herr."

„…der auf deinen Berechnungen fußt und ohne dich nicht umsetzbar wäre. Ich bin nur ein Werkzeug."

„Du untertreibst, Fando, du bist so viel mehr als nur ein beseeltes Schiff. Ohne dich wäre ich nichts."

„Aber ich wäre ohne euch nie gewesen, mein Herr."

„Das mag so sein, aber genug der Wortspiele, bereite den nächsten Zeitsprung vor."
„Er ist bereits programmiert."
„Dann lass uns fortfahren mit dem Schöpfungsprozess."
„Es ist uns eine Freude."
„Das ist es – und eine Verpflichtung."

Zwei Millionen Jahre später.
Die Sphäre schwebte über einem Felsplateau vulkanischen Flutbasalts aus der Entstehungszeit der Erde. Einer Gegend, die später einmal Norwegen genannt würde, aber noch gab es nicht einmal Europa. Die bläulich-roten Schlieren innerhalb der Energiehülle der Sphäre wichen einem strahlenden Weiß. Das Raumschiff senkte sich dem felsigen Boden entgegen. Kurz über ihm verharrte es. Wo es dem Fels am nächsten kam, verfärbte sich der Boden. Ein schmaler Spalt entstand, der rasch größer wurde.
Der Pilot, ein Riese und einem Menschen entfernt ähnlich, trat aus der Sphäre und überquerte das Felsplateau mit athletischer Anmut, als hätte es keine Gravitation gegeben. Das Gelände fiel an der Stelle leicht ab und ging an seinem nördlichen Ausläufer ins Meer über.
„Fando, du beobachtest und zeichnet alles auf!"
„Natürlich, Herr. Ich habe auch den Schutzschirm aktiviert, er wacht über Euer Wohlergehen."
Der Schutzschirm war ein hyperenergetisches Netz, das sich im Notfall um den Piloten legen würde und alle Gefahren abwehren konnte.
„Ich werde ihn nicht brachen."
„Vermutlich, mein Herr. Aber so lauten die Vorschriften des Kollektivs."
„Das ist wohl wahr, und ich habe es nicht vergessen, Fando."

Der Pilot lief zu dem Spalt im Felsen, der nun schon einem Grabenbruch ähnelte, aus dem Boden schoss Wasser nach oben. Der Graben wurde immer breiter, bis er das nahe Meer erreichte.
„Es läuft gut, mein Herr."
„Das tut es, Fando", antwortete der Pilot. Er kniete sich an der Kante des Grabens hin, tauchte eine Hand in das Wasser, drehte sie und begutachtete die von den Fingern auf den Felsen fallenden Tropfen. So etwas wie ein Lachen zeigte sich in seinem Gesicht.
Dann stand er auf, reckte die Arme über den Kopf und stieß einen markerschütternden Schrei des Triumphes aus. „Scheene-kat-uahehbah,

pasmagon, pentragon uahabeja! („Die Schöpfung ist groß, es ist vollbracht. So wie seit Anbeginn – und immerfort!")
Zufrieden blickte der Riese zu der Stelle, wo der Fels ins Meer überging. Es begann zu sprudeln. Durch ein Mikroskop hätte man gesehen, dass Myriaden von Einzellern durchs Wasser eilten, sich spalteten, vermehrten, zueinander fanden und neue, größere Zellverbände bildeten, die Grundlage für komplexeres Leben und das, was Forscher später die Kambrische Explosion nennen würden – die enorme Entfaltung des Artenreichtums, das fast gleichzeitige, wie aus dem Nichts auftrennende erstmalige Vorkommen von Vertretern fast aller heutigen Tierstämme. Nur dass sie nicht aus dem Nichts gekommen, sondern gelenkt worden war. *Die Manipulation des genetischen Codes zeitigt doch immer wieder verblüffende Ergebnisse, obwohl alles berechenbar ist,* dachte der Humanoide.
„Fando, es wird Zeit."
„Gewiss."
Die Sphäre verschwand mit ihrem Piloten aus dem Sonnensystem.

65 Millionen Jahre später, Region des heutigen Belize
„Mein Herr?"
„Ja?"
„Wir haben das gewünschte Zeitfenster erreicht."
„Ich dachte es mir, hättest du mich sonst gestört?"
„Störe ich denn meinen Herren? Ich will ihm nur bestmöglich dienen."
„Natürlich, Fando. Verzeih die Formulierung", antwortete der Pilot der Sphäre. In rasender Geschwindigkeit wirbelten farbige Schlieren über die Hülle der Sphäre, dann bildete sich auf Höhe des Schiffsäquators eine transparente Stelle in der Sphäre. Für eine Außenansicht wäre das nicht nötig gewesen, da die Umgebung auf mehreren 3-D-Darstellungen in der Zentrale übertragen wurde. Aber der Pilot liebte die altmodische Sicht aus einer Art Fenster. Er nahm wieder gedanklichen Kontakt zu Fando, der Schiffsseele, auf.
„Es ist doch immer wieder erstaunlich, die Fortschritte der Natur zu sehen, wenn man sie längere Zeit sich selbst überlässt."
„Ja, die den Elementen inne wohnende Selbstorganisation ist faszinierend."
„In der Tat, in der Tat", entgegnete der Pilot.
Fasziniert verfolgte er, wie riesige pflanzenfressende Saurier in gewaltigen Herden träge über das von üppigem Grün bewachsene Land zo-

gen. Ein Jungtier war in dem gigantischen Fußabdruck eines ausgewachsenen Tieres gestolpert und versuchte verzweifelt, über den Rand der fast einen halben Meter tief in dem Lehmboden gestampften Mulde zu klettern, doch es schaffte das nicht. Ein Fleisch fressender Saurier hatte dies beobachtet und raste auf das Jungtier zu.

Der Pilot legte den Kopf leicht schräg. „Fando, eliminiere den Raubsaurier.

„Mein Herr, Eingriffe…"

„TU ES!"

„Ja."

Ein stark gebündelter Energiestrahl schoss aus der Sphäre und löste den Raubsaurier auf. Flugechsen, die bereits sehnsüchtig auf einen Kadaver gehofft hatten, änderten ihren Kurs und glitten majestätisch über die Herde der Pflanzenfresser hinweg. Unbeobachtet von ihnen huschten zwischen den Bäumen kleine, marder- und mausähnliche Tiere umher.

Caschell beobachtete sie auf dem Bildschirm in der Sphäre. „Ke lolhgioa – hi , deko a -akio" („schon besser, aber nicht gut genug").

„Wir müssen die Dinge beschleunigen."

„Ja… – Herr, gestattest du eine Frage:"

„Die wäre?"

„Wir haben mit dem Eingriff die Grundsätze des Kollektivs missachtet. Warum…"

„Genug. Ich muss mich nicht rechtfertigen."

„Natürlich."

„Wir verlassen den Erdorbit und fliegen zum Asteroidengürtel zwischen dem dritten und vierten Planeten."

„Ich veranlasse es. Wir sind in ein paar Tekakti dort."

Die Sphäre öffnete einen Raumzeittunnel, kurz darauf erreichte sie ihr Ziel. Sofort leitete die Schiffsseele die vom Piloten per Gedankenimpuls befohlenen Schritte ein. Es tastete die Asteroiden auf ihre Brauchbarkeit ab.

Nach nur wenigen Minuten geriet einer der Asteroiden, ein eiförmiges Gebilde von gut 1500 Meter Durchmesser, ins Trudeln und verließ seine Jahrmillionen alte Flugbahn. Wie zufällig begleitete ihn die Sphäre einige Zehntausend Kilometer, dann verschwand sie. Der Asteroid folgte stoisch der neuen Bahn und legte stetig an Geschwindigkeit zu, bis er auf 32.000 Stundenkilometer beschleunigt hatte. Nichts konnte ihn mehr von seinem Ziel abbringen – der Erde.

Wenige Monate später schlug der Asteroid in der Karibik ein. Ein mehr als 300 Meter hoher Tsunami türmte sich über dem Meer auf und raste auf Mittelamerika zu. Das bei dem Einschlag verdampfte Wasser und die hoch geschleuderte Erde verdunkelten mehrere Wochen lang das Land. Feuer und saurer Regen ließen Millionen Pflanzen sterben, kurz danach verendeten die Dinosaurier. Die Sphäre hatte den Zeitpunkt des Einschlags an einem Punkt zwischen Erde und Mond abgewartet.

„Fando, wir bleiben in Parkposition."

„Ja, Meister."

Caschell, der Pilot, musste nicht warten, denn er kannte das Ergebnis des Einschlages. Aber er wollte es mitverfolgen. Es bereitete ihm keine Freude, Leben auszurotten, aber manchmal war es nötig, um einen *Sprung* in der Evolution einzuleiten. Und genau das beabsichtigte er mit den gewaltigen entfesselten Energien. Das Leben wurde auf eine Probe gestellt und würde sich neu erfinden. Die kleinen mausähnlichen Nager, die zwischen den Sauriern umher gerannt waren, würden überleben und wachsen.

Vor 35.000 Jahren, Sibirien, eine Berghöhle am Baikalsee.
Eine schimmernde, goldfarbene und etwa 2,50 Meter durchmessende Kugel schwebte wenige Zentimeter über dem Höhlenboden. Die Kugel, deren Äußeres an die Sphäre erinnerte, war aus dem Nichts heraus erschienen. Sie hatte Caschell transportiert. Der Außerirdische war unbekleidet, bis auf einen Gurt, an dem zahlreiche technische Apparaturen hingen, und eine Art Köcher auf dem Rücken.

Caschell überprüfte seine Ausrüstung, dann sagte er: „Ich werde mich ein wenig umschauen." Obwohl er nicht sehr laut gesprochen hatte, erzeugten seine Worte ein mehrfaches Echo, was Caschell auf ein weit verzweigtes Höhlensystem schließen ließ.

„Ja, Herr, aber beachte: Ich messe Leben an, nicht weit von hier. Leider behindert der Fels eine exakte Entfernungsmessung. Das oder die Wesen bewegen sich."

„Du wirst dies beobachten."

„Natürlich, Herr. Aber ich wüsste nicht, was Euch gefährlich werden könnte."

„Wir haben so manche Überraschung erlebt in den Jahrmillionen unserer Existenz."

„Das ist wohl wahr. Der nächste Erfrischungszyklus ist übrigens in wenigen Tagen nötig. Die entsprechende Dosis des Seltenen Stoffes steht bereit."

Was wären wir ohne den Stoff? Nichts, längst nicht mehr existent, ausgestorben wie so viele andere Rassen und Spezies. Die Gibb aber bleiben, weil der Seltene Stoff ihnen dies ermöglicht, dachte Caschell. Er war auf die Erde zurückgekehrt, um die Spezies der Menschen zu studieren, die aufstrebenden Art der Säuger. Ausgestattet mit einem Gehirn, das das Lernen förderte.

Von irgendwoher aus dem Höhlensystem drangen menschliche Laute an sein Ohr. Also waren sie an den richtigen Ort gekommen. Vorsichtig folgte Caschell einem holprigen Weg. Auf dem Boden lagen Steinsplitter in allen möglichen Formen. Vermutlich Reste aus der Herstellung von Steinwerkzeugen und Waffen. Er kannte das von zahlreichen Planeten. Caschell folgte dem Klang der fremdartigen Laute. Die Höhle verschmälerte sich, bis sie in einen Stollen überging, der immer niedriger wurde, so dass Caschell sich schließlich bücken musste, um weiter voranzukommen. Der Stollen mündete in eine weitere Höhle. Die Laute waren nun so laut, dass er nicht mehr weit vom Untersuchungsobjekt entfernt sein konnte. Am Ende des Stollens flackerten zitternde Reflexionen von Feuern über die Wände. Caschell verlangsamte seinen Gang, vorsichtig blickte er um einen hervorstehenden Felsgrad in die nächste Höhle.

Als er die Menschen sah, die das Ergebnis einer Millionen Jahre alten Weiterentwicklung kleiner Nager waren, zeigte sein Gesicht einen zufriedenen Ausdruck.

Wie geplant.

Caschells Gedanken wurden von der Schiffsseele empfangen. Sie antwortete ihm auf dem selben Weg: *Vorsicht, Herr. Ich empfange sehr aggressive Emotionen.*

Er beschloss, die Deckung aufzugeben. Caschell trat gebückt aus dem Stollen und richtete sich zu voller Größe auf, was ihn etwa einen Meter über die Menschen aufragen ließ. Einer der Höhlenleute brüllte etwas und machte seine Artgenossen mit wild rudernden Armbewegungen auf Caschell aufmerksam.

Zwei der Individuen griffen zu Holzspeeren. Caschell sandte ihnen eine telepathischen Befehl: *IHR LASST DIE WAFFEN SINKEN!*

Die Höhlenmenschen taten wie geheißen, dann fielen sie vor ihm auf die Knie. Es war immer dasselbe, wenn er auf eine primitive Kultur stieß. Sie konnten sich ein Wesen wie ihn nicht vorstellen. Deshalb musste er ein Gott sein. Nun ja, in gewisser Weise, war das auch nicht falsch.

Caschell sondierte die Gedanken der Höhlenbewohner. Er verstand ihre Kulte und Furchtsamkeit vor dem Reich der Toten und warum sie so zu zahlreichen Göttern beteten. Und er verstand, warum sich dieser Auftrag von all seinen bisherigen unterschied. Die Menschen besaßen Potenzial und würden sich weiter entwickeln, viel weiter.

Und wenn meine Brüder hier eintreffen, dann... Caschell dachte den Gedanken nicht zu Ende. Zuerst die Untersuchungen.

Er ließ in seiner rechten Hand eine Phiole materialisieren. Die Menschen waren unterdessen auf Knie bis auf Tuchfühlung an ihn herangerückt. Sie warfen die Arme über den Kopf, verneigten sich vor ihm und murmelten einen Singsang, der wohl einem Anbetungsritus entsprang. Caschell näherte sich zwei Individuen, eine Frau und ein Mann. Furchtsam blickten sie abwechselnd zu ihm und auf das glitzernde Ding in seiner Hand. Caschell lächelte, die beiden Menschen erstarrten. Er drückte die Phiole in kurzem Abstand auf die Arme der Individuen. Im selben Moment las sein Schiff das Genom der Probanden aus. Da keine Antwort vom Schiff kam, musste das Ergebnis positiv sein. Nichts anderes hatte er erwartet.

Die Gegend am Baikalsee bot sich dafür an. An kaum einem anderen Ort der steinzeitlichen Erde wohnten so viele verschiedene Menschengruppen in unmittelbarer Nachbarschaft. Diese Rasse wies einen immensen Drang zum Überleben auf, auch wenn dies die Eigenschaft allen Lebens war. Was diese Zweibeiner jedoch besonders auszeichnete, war ihre Kreativität. *Selbst die Steinzeitmenschen hier sind äußerst ideenreich,* dachte Caschell. Einige der Wilden schienen leicht telepathisch veranlagt oder sehr emphatisch zu sein. Anders jedenfalls konnte es sich der Außerirdische nicht erklären, dass einige der Steinzeitmütter dann unruhig wurden, wenn etwa ihr Neugeborenes anfing zu schreien, während sie in einiger Entfernung vor der Höhle Gräser oder Brennholz sammelten.

Er verließ die Höhle und sandte den Bewohnern einen letzten gedankliche Mahnung: *DIE GÖTTER WERDEN WIEDERKOMMEN. BERICHTET EUREN KINDERN VON IHREM BESUCH UND SORGT DAFÜR, DASS SIE ES IHREN KINDERN BERICHTEN WERDEN. AUF DASS DIE GÖTTER NIE VERGESSEN WERDEN.*

Die Evolution hatte in einem Zeitraum von etwa 100.000 Jahren mehrere Menschentypen hervorgebracht. Solche mit hoher Stirn und andere mit niedriger, fliehender Stirn sowie glockenförmigem Brustkorb, denen selbst die harte Eiszeit nichts hatte anhaben können. Auf den ersten Blick hatte Caschell letztere Individuen für primitiv gehalten, für einen missglückten Zweig der menschlichen Familie, der nicht fähig war zu empfinden und der nichts Kulturelles hinterließ. Aber er hatte sein Urteil revidiert.

Er erinnerte sich, wie er eine Gruppe von Steinzeitmenschen im Südwesten der später Frankreich genannten Gegend beobachtet hatte. Es war in einem kleinen Tal gewesen, das von einem Fluss in Jahrtausenden der Wühlarbeit durch den Sandstein gegraben worden war. Der Fluss hatte sich immer tiefer durch den Fels gesägt. Nun plätscherte er als Rinnsaal, halb verdeckt durch Buschwerk und lange Gräser, tief unten am Fuße des Tals durch ein steinernes Bett. An den seitlichen Felswänden des Canyons sah man die Gesteinsschichten der verschiedenen erdgeschichtlichen Epochen, die der Fluss wie bei einem Schnitt durch eine Torte freigelegt hatte.

Caschell saß oben auf einer Klippe des Sandsteinmassivs, unsichtbar unter einem Tarnnetz. Vom südlichen Ende des Tales hatte er klagende Laute gehört, dann war es wieder still geworden, aber nicht lange. Aus dem Buschwerk, rund 30 Meter unterhalb von seiner Position, war eine kleine Gruppe von Höhlenmenschen herausgetreten.

Zwei junge Männer hatten einen älteren gestützt, der schwer verletzt war. Sein linker Unterarm war fruchtbar zugerichtet. Wundbrand hatte sich eingestellt, kurz darauf verstarb der Alte. Caschell vermutete, dass ein Raubtier die klaffende Wunde gerissen hatte. Beim Landeanflug mit der Sphäre hatte er einen Säbelzahntiger und ein Hyänen-ähnliches Geschöpf gesehen.

Fasziniert beobachtete Caschell, wie die Gruppe um den Toten trauerte. Die Art und Weise hatte ihn sein Urteil über die frühzeitlichen Menschen mit der niedrigen Stirn revidieren lassen, und nicht nur das. Nachdem der Verletzte bestattet worden war, hatten die anderen Waffen neben ihm platziert und weitere drei Tage um ihn getrauert. Caschell hatte dies nicht erwartet. Es bewirkte, dass dieser von der Natur zum Untergang verurteilte Stamm der Menschen nicht gänzlich ausgerottet wurde. Etwas von ihm überdauerte – für lange Zeit.

Caschell hatte dafür gesorgt, dass sich einige der Flachschädelmenschen mit denen der überlegenen ästhetischeren Menschenart paarten, die ebenfalls durch das Land streifte. Ein Teil des Genoms der Rauen ging in den Menschen auf, die Zehntausende Jahre nach ihnen in Europa eingetroffen waren. Der Homo Sapiens trug nun etwas vom Neandertaler in sich, jeder von ihnen, für eine kleine Ewigkeit.

Caschell ließ das Modell der DNA-Doppelhelix mit Hilfe eines 3-D-Holomatrixprojektors über seiner ausgebreiteten linken Hand entstehen und betrachtete es fasziniert. Die sich langsam drehende Helix verkörperte einen im gesamten Kosmos gültigen Code. Caschell versetzte der Projektion der dreidimensionalen Spindel eine zusätzliche Drehung.

Ja, das waren die Baustoffe, aus denen das Leben bestand. Er faltete seine Hand zur Faust, das Modell verschwand. Die Gegenwart verlangte nach seiner Präsenz.

Er versetzte sich Kraft eines einzigen Gedankens in die Sphäre. Schon bald würde er mehr Konzentration benötigen. Es begann, spannend zu werden auf diesem nicht mehr ganz so trostlosen Planeten.

Ein harfengleicher Ton erfüllte die Sphäre. Der Auftakt zur Konzentration, Sammlung und Vorbereitung. Caschell schwebte in der Mitte der Sphäre, die in Erdnähe durchs Weltall driftete. Das Licht der Sterne fiel ungefiltert durch die transparent eingestellte Hülle in das Raumfahrzeug und bildete kleine tanzende Punkte auf Caschells Augen, oder das, was so aussah wie Augen. Er empfand Genugtuung über die Entwicklung auf der Erde. Die Lavaexplosion des Sibirischen Traps im Perm-Zeitalter hatte zwar Millionen Tiere und Pflanzen vernichtet, aber den Weg geebnet für neue Arten, die bis dahin nur eine Nebenrolle gespielt hatten.

Caschell aktivierte den Zeittunnelmodus der Sphäre, sie sprang 25.000 Jahre in die Zukunft, doch das erste, das die Sensoren seines Schiffes registrierten, waren keine Menschen, sondern die Ankunft des Schiffes eines seiner Brüder. Caschell verwunderte dies, denn sie agierten nur selten zu zweit oder zu mehreren auf einem Planeten. Auch hatte er nie eine Nachricht erhalten, dass dies vom Kollektiv der Gibb geplant war. Aber es würde seinen Grund haben. Caschell sandte einen Rufsignal an die andere Sphäre: * Erbitte Identifikation und Auftrag. Caschell. *

Er wartete eine Zeit lang, ohne dass eine Antwort eintraf.

Merkwürdig, ungewöhnlich, bemerkenswert, dachte er und beschloss, den Vorgang untersuchen. Später. Zunächst galt es, eine weitere Entwicklung auf der Erde anzustoßen.

Anatolien, 10.000 Jahre v. Chr.
„Alles funktioniert wie vorgesehen. Ich bin beeindruckt, Schiff."
„Hat nicht immer alles funktioniert, Herr?"
„Doch, aber gerade das macht mich stutzig. Irgendwann wird etwas nicht gelingen, vielleicht, weil andere Gibb ins Spiel gekommen sind."
„Fürchtest du deine Brüder, Herr?"
„Natürlich nicht", antwortete Caschell. Das *Möglicherweise* sprach er nicht aus.
„Denk mehr an die Mission und nicht an meine Artgenossen."
Die Schiffsseele schwieg.
Ob sie etwas ahnte, Caschell hoffte inständig, dass dem nicht so war. Die Programmierung der Schiffsseele war zu komplex, als dass er ihr alles anvertrauen durfte. Es gab in ihrer Konstruktion gewisse Unwägbarkeiten.

Geräuschlos driftete die Sphäre über die schneebedeckten Kuppen des Taurusgebirges zur Südküste der Türkei. Sie kam aus nördlicher Richtung, dem Schwarzen Meer, und folgte der Küstenlinie Richtung Sonnenaufgang. Über dem südöstlichen Zipfel des Landes verließ Caschell das Schiff.
Was er sah, entmutigte ihn nicht, aber es führte auch nicht zu Begeisterungsstürmen. Die Dinge nahmen einen richtigen Lauf, aber ähnliche Bilder hatte er auf hunderten Planeten gesehen.
Manchmal kann ich es nicht mehr sehen, dachte Caschell, dann rief er sich zu Ordnung. Er durfte die Ausführung seines Auftrages nicht von negativen Gedanken beeinflussen lassen. Was ihn beunruhigte, war allerdings, dass er in letzter Zeit öfter solche Gedanken bei sich feststellte.
Den immer noch als Jäger und Sammler über das Land streifenden Menschen sandte er im Schlaf ein *Interesse*, wie er es nannte.
Sie sollten sich fortan um den Anbau einer bestimmte Gräserform kümmern, und sie taten es, fanden heraus, dass man die kleinen Teile an der Spitze der Gräser essen und davon eine Zeit lang leben konnte. Wollte man mehr davon, musste man die Gräser anbauen. Kultivierte man sie aber, war es praktisch, in der Nähe zu wohnen und nicht mehr über das Land zu ziehen.
„Ich hoffe, dir gefallen die eingeleiteten Schritte, Herr."
„Natürlich, sie folgen ja meinen Plänen."
Die Schiffsseele schwieg.

Was hatte dies zu bedeuten? Caschell konzentrierte sich wieder auf die Umgebung.

„Wir haben keinen Grund zur Besorgnis, ganz im Gegenteil. Die ersten Städte sind entstanden, nicht, weil die Menschen sie schön fanden, sondern weil es meinem Plan entspricht."

Eine der Siedlungen hob sich von den anderen durch ihre Größe ab. Der Grund dafür war denkbar einfach. Die Bauern wollten so nah wie möglich bei ihren Feldern wohnen, die die Stadt wie ein riesiger Kreis umgaben. Den angebauten Weizen sollte sich kein Nachbardorf und kein Tier unter den Nagel reißen. Und so kam es, dass eine der ersten Städte des Menschen im Südosten des Landstrichs entstanden, den Altertumsforscher später Anatolien nennen würden.

Nach seinen Beobachtungen zog sich Caschell in die Sphäre zurück. Ihn beunruhigte zunehmend, dass er immer noch keine Nachricht von dem anderen, georteten Gibb-Schiff erhalten hatte.

„Sphäre, wo befindet sich das Schiff unseres Bruders?"

„Eine Auskunft hierüber ist nicht möglich."

„Wie kann dies sein? Jedes unserer Schiffe sendet doch eine Signatur – und das seit Anbeginn unserer Erkundung des Alls."

„Wie ich schon feststellte. Es ist keine Signatur gesendet worden. Oder…"

„Ja?"

„Oder die Signatur wurde mit Absicht verschleiert", ergänzte die Schiffsseele zögernd.

Caschell brauchte einige Sekunden, um das Gehörte zu verarbeiten, dann antwortete er: „Dies wäre nur bei Manipulation der Bordsysteme möglich und wenn dies das andere Schiff zuließe. Womöglich auf Betreiben des Piloten oder auf eigene Veranlassung. Das ist… eigentlich nicht möglich."

„Eigentlich ist ein Wort, das wir nicht benutzen", entgegnete Fando, die Schiffsseele, was es eigentlich nicht traf, denn es handelte sich um ein Programm, das sich ständig weiterentwickelte – und das seit Jahrtausenden, als die Sphäre die Orbitalwerft von Gangor Prime, im Centrix-System, einer der wichtigen Sternenbasen der Gibb für ihre Sucherschiffe, verlassen hatte.

„Der Pilot oder das Schiff selbst", resümierte Caschell, „was noch mehr Fragen aufwerfen würde. Eigentlich."

„Ist das mit dem *eigentlich* ein Anflug von Humor, Caschell? Oder stimmt etwas nicht mit deiner Konditionierung? Ich rate dir zu einer Erholungsphase."

„Vielleicht hast du recht."
Caschell hatte etwa einhundert irdische Jahre im zeitlosen Schlaf verbracht, als er von der Sphäre geweckt worden war. Es ging um den Artgenossen, dessen Schiff sich der Ortung entzog – bis die Schiffsseele mit einer alarmierenden Meldung aufwartete. „Ich habe Kontakt gefasst…"
„Wie bitte? Führe das bitte näher aus. Sofort."
„Dieser Ermahnung bedarf es nicht, Caschell. Hätte ich dich sonst geweckt?"
„Ja, natürlich. Aber nun zu dem Grund."
„Der oder die andere Gibb muss sich auf der Erde aufhalten. Ich maß für ein Tausendstel der Planck-Zeit eine Energiesignatur an, wie sie nur beim Eintritt eines unserer Schiffe in Atmosphären entsteht."
Caschell überdachte die Konsequenzen des Gesagten. Es schien ganz so, dass sich das Treffen mit dem oder der unbekannten Gibb nicht mehr lange würde aufschieben lassen. Die Geschehnisse entwickelten eine Dynamik, die eins zum anderen kommen ließ. Die Sphäre hatte nicht Alarm geschlagen, aber sie war *beunruhigt*, das hatte Caschell sofort nach dem Aufwachen aus dem Langzeitschlaf in der Ruhekammer seines Schiffes gespürt. Einem körperlosen Schlaf, wie er für Menschen kaum vorstellbar war. Und auch für Vertreter vieler anderer Raumfahrt treibender Völker nicht, die er im Lauf seines Lebens begegnet war. Die Sphäre unterbrach Caschell im Nachdenken.
„Die Signatur ist eineindeutig und lässt keine Zweifel aufkommen."
„Und?"
„Es handelt sich um das Schiff von Gabriensis,"
Caschell glaubte sich verhört zu haben, bis ihm klar wurde, dass das nicht sein konnte, die Schiffsseele täuschte sich nie.

Gabriensis, also – aber warum in diesem Sternensystem und nicht an dessen Einsatzort, was war passiert? Sein unerwartetes Auftauchen in dem abseits gelegenen Spiralarm der Galaxis konnte kein Zufall sein, was hatte das Ganze also zu bedeuten?
Caschells Informationen nach sollte sich Gabriensis in Andromeda, der Nachbargalaxie der Milchstraße, sein, um dort ebenfalls eine *Zündung* vorzunehmen und die Geburt einer neuen Spezies einzuleiten
Etwas war in der Planung gehörig durcheinander geraten, zumal die Sphäre von Gabriensis keinen Kontakt mit der von Caschell gesucht hatte, das andere Schiff war vielmehr zufällig in ihre Ortung geraten.

Hatte es so etwas jemals zuvor gegeben? Caschell konnte sich an keinen vergleichbaren Vorfall erinnern.

„Fando, wann ist so etwas zuletzt vorgekommen?"

Schweigen.

„Fando? Ich fragte nach einer Information."

„Da ich keine dazu abgelegte Information in mir fand, Herr, suchte ich im Übernetz. Deshalb die Zeitverzögerung. Die Antwort auf deine Frage lautet: Eine Abweichung von den Plänen der Brüder und Schwestern hat es in dieser Form … nie gegeben", erwiderte die Schiffsseele mit stoischer Ruhe. Oder war doch so etwas wie Besorgnis herauszuhören? Caschell war sich nicht sicher.

Dass die Schiffsseele im Übernetz, einer Hyperraumstruktur für Informationsauslagerungen gesucht hatte, war an sich schon sensationell, da sie dies seit Jahrtausenden nicht mehr getan hatte. Also maß sie dem Vorgang zumindest eine außerordentliche Bedeutung bei.

Nun, er hatte noch etwas Zeit für seinen Auftrag.

„Im Fall einer wie auch immer gearteten Gefahrensituation wirst du mich warnen."

„Eine eigenartige Formulierung, Caschell. Ich werde dich benachrichtigen. Bedenke, es ist ein Gibb, um den es sich handelt."

„…der sich aus nicht nachvollziehbaren Gründen unserer Ortung entzogen hat und dessen Schiff du nur durch Zufall entdecktest."

„Was auch wieder stimmt."

Caschell gab sich mit der Antwort vorerst zufrieden und wandte sich den hoch auflösenden Bildwiedergabesystemen der Sphäre zu, um die aktuellen Geschehnisse bei den Städtern im Südosten der Türkei zu verfolgen. Er übermittelte der Sphäre telepathisch ein paar Befehle, woraufhin sie auf einer höherenergetischen Ebene Entwicklungsimpulse aussandte. Sie regten in den Gehirnen der frühen Siedler das Streben nach Höherem an. Caschell orchestrierte die lautlosen Aktionen seines Schiffes mit Zitaten aus den uralten Riten der Gibb: „Was wir tun, tun wir, um das neu entstehende Volk über das rein Materielle zu heben, denn dies würde ihm auf Dauer nicht genügen. Es sucht nach etwas wie die anderen Völker der aufkommenden Megalithkulturen in Europa, die um riesige aus dem Fels gehauene Obelisken oder Findlingen laufen und Götter und Götzen anrufen. Der Glaube ist eine äußerst nützliche Angelegenheit, denn mit ihm können wir Wesen steuern, die der Dumpfheit des reinen Empfindens entwachsen sind. Und der Glaube erzeugt auch Demut, was wir ebenfalls nutzen, um größere Gruppen in einigermaßen friedlichen Verhältnissen zu einem bestimmten Ziel hin zu steuern.“

Um dies jedoch zu erreichen, dachte Caschell, ohne weiter zu sprechen oder den telepathischen Kontakt zur Sphäre zu suchen, war von einem bestimmten Punkt an sein Erscheinen, der unabänderliche erste Kontakt, der den in der Entwicklung der fremden Spezies nötigen *Sprung* auslöste. Caschell bereitete sich darauf in Übereinstimmung mit den Festlegungen und Vorschriften der Gibb seit jeher minutiös vor, so auch dieses Mal.

Den Ort für seinen Auftritt hatte er nach kurzem Studium der Topografie Südanatoliens genauestens gewählt, er überließ in dieser Hinsicht nie etwas dem Zufall.

Ein kleiner Felsentempel am Rande der größten Siedlung der Städter. Das Allerheiligste des dortigen Tempels war karg ausgestattet. Er bestand aus nur einem von Säulen umfassten Raum, die außer einfachen, in den Stein gravierten Tiermustern so gut wie keinerlei Verzierungen aufwies. Okkulte Zeichen, deren Bedeutung Caschell nicht kannte und auch nicht kennen wollte. Wichtig war, dass das Innere des Raumes *leer* war und Raum für eine Bühne bot. Die Städter wollten etwas *empfangen,* und er würde ihnen geben, was sie brauchten: einen Gott. Caschell zoomte mit den Ferntastern der Sphäre den Ort seines größten Interesses heran. Fasziniert verfolgte er das dortige Geschehen.

Keschna-goah – die jüngste unter den Töchtern des Königs Otrak Atribul, kam eine ehrenvolle, vielleicht die verdienstvollste Aufgabe des Hauses Atribul zu, nämlich die Schalen für Opfergaben in das Allerheiligste zu tragen.

Das allein ließ ihre Arme, als sie zu dem Tempel ging, jedoch nicht schlackern. Sie zitterte, weil sie am darauf folgenden Tag selbst das höchste Opfer bringen sollte: sich dem Gott des Krieges und des Friedens hinzugeben. Einem mächtigen Gott mit Hufen und Hörnern, wie bei dem Wild, das in den hohen Bergen am Horizont umherstreifen sollte. Und über das die Jäger ihres Volkes sagten, dass die männlichen Tiere viele tapfere Krieger getötet hätten. Was nur geschah dann mit ihr, wenn sie auf einen Gott mit solchen Kräften traf? Keschna-goah schauderte es.

Aber sie durfte nicht versagen, es war eine Ehre, mit dem eigenen Leib die Götter herbeizurufen, wenn man schön und anmutig war wie sie. Selbst wenn man vom Leben bis dahin nicht viel gesehen hatte, außer dem Lächeln eines jungen Mannes aus ihrem Volk, der ihr nachgeschaut hatte, als sie Wasser aus dem Brunnen für ihren Vater holte, wenn mal kein Bediensteter vor Ort weilte.

Aber der Gott forderte eine Jungfrau als Opfer und den höchsten Tribut vom König, den dieser nun mal leisten konnte: den Tod des eigenen Kindes. Keschna-goahs Zittern verstärkte sich.

Sie durfte aber nicht vor ihrem Schicksal davonlaufen, weil ihr Vater dann ihre kleine Schwester auswählen würde. Und das durfte sie auf keinen Fall zulassen, niemals.

Als sie die Schalen mit den Beigaben vor das große Ereignis am kommenden Tag im Altarraum des Tempels abgestellt hatte – die Statue des Gottes war verdeckt -, ging sie auf schnellstem Wege zu ihrem Elternhaus zurück. Sie legte sich an diesem Abend früh schlafen. Die Tochter des Königs Otrak Atribul träumte von dem Gott, den man nur einmal sah: kurz vor dem eigenen Tod. So war es immer, wie die Überlieferungen sagten, und so würde es auch in Zukunft sein. In ihrem Traum besaß der Gott eine schwarze Haut und sah Furcht erregend aus. Was sie nicht spürte, war, dass jemand ihre Gedanken las.

Als sie am nächsten Morgen erwachte, sie hatte stark geschwitzt, standen schon zahlreiche Dienerinnen um ihr Schlaflager herum bereit, die sie waschen, parfümieren und dann ankleiden würden. Keschna-goah widersetzte sich dem nicht. Ohne etwas zu sagen stand sie auf und zog ihr Nachtgewand aus. Dieses Mal zitterte sie nicht. Es wunderte sie selbst ein bisschen, hatten einige der Hohen Priester nachts ihr Zimmer aufgesucht und mit den einlullenden Düften geheimnisvoller Kräuter geflutet? Sie würde es wohl nie erfahren.

Drei Stunden später war Keschna-goah soweit, geschminkt, in ein Kleid mit goldenem Gürtel gewandet und spirituell vom Hohepriester auf den unabwendbaren Opfergang eingestimmt. Sie zwang sich, nicht zu weinen, die Tochter eines Königs musste sich beherrschen. Immer. Zumal sich mittlerweile der halbe Hofstaat um sie herum versammelt hatte, auch ihre jüngere Schwester, die halb verdeckt hinter König Otrak Atribul stand.

„Also dann", sagte Keschna-goah und gab ihrer Mutter einen Kuss, nickte ihrem Vater zu und empfing dann von dem Hohepriester eine Flasche mit Weihrauch, die sie anmutig durch ein Spalier junger Krieger trug, das vom Festzelt ihrer Eltern bis zum Eingang des Tempels reichte. Der letzte Krieger in der Reihe schob den Vorhang, der das Tempelinnere von der Außenwelt trennte, beiseite. Dann betrat sie den Kultraum.

Der feine Stoff des Vorhangs hinter ihrem Rücken raschelte leise und signalisierte ihr, dass man sie nun von außen nicht mehr sehen konnte. Flackernde Öl-Lampen schickten tanzende Lichtschatten über die Mauern des Raums.

Keschna-goah wandte den Blick, entsprechend den Vorgaben der Priester zur Begrüßung nach links, dann nach rechts, schloss kurz die Augen, öffnete diese wieder, während sie das Summen eines alten Liedes anstimmte – und blickte dann nach vorn. Was sie dort sah, verschlug ihr den Atem. Das konnte es nicht geben.

Auf dem steinernen Sockel inmitten des Allerheiligsten saß kein Furcht erregender Gott mit Hörnern und Hufen, sondern ein Mensch, so überirdisch schön, dass es eigentlich kein Mensch sein konnte. Selbst die schönsten Männer ihres Volkes sahen nicht annähernd so perfekt aus wie der Mensch vor ihr. *Makellos, einfach makellos, so etwas gibt es nicht, du träumst, Keschna-goah, du träumst. Aber auch dieser Traum wird vergehen wie alle davor.*

„Nein, du träumst nicht, Keschna-goah!", erklärte Caschell mit samtiger Stimme, während er sich fast amüsiert auf dem sockelartigen Postament rekelte, der sich bis auf Kopfhöhe vor Keschna-goah erhob und von einem schlichten hölzernen Gestühl gekrönt wurde. Eigentlich eines Gottes unwürdig, dachte Caschell. Aber er musste vorlieb nehmen mit dem, was die Menschen gebaut hatten. Wenn sie eine solch schlichte Konstruktion für gut befunden, nun gut, dann musste man dies schlicht uminterpretieren. Caschell deutete auf den Haarkranz, den die Dienerinnen Keschna-goah geflochten hatten, und sagte: „Siehe ich bin so golden wie dein Haar. Und ich bin dennoch in diesen schlichten Tempel hinab gestiegen, weil es mir so gefiel. Ich bin Euer Beschützer und Gott und bedarf keines äußerlichen Prunkes, um mich abzuheben von der Umgebung. Ich glänze vielmehr durch … Meine Taten für dein Volk. Dass ihr überhaupt existiert, ist ganz allein mein Verdienst. Ebenso euer weiteres Gedeihen."

Keschna-goah fiel vor Caschell auf die Knie: „Wenn dem so ist, dann habt Erbarmen mit mir und nehmt mich nicht als euer Opfer!"

„Aber, aber."

Caschell erhob sich von dem hölzernen Thron, wodurch er noch riesiger wirkte, und stieg nun die seitlich des Postaments angebrachte Treppe hinunter. Sie war Keschna-goah bis zu diesem Moment gar nicht aufgefallen. Wenn er den Boden erreicht hatte, würde der überirdisch schöne Gott sich in das Monster mit den Hörnern verwandeln und sie aufspießen. Sie schloss die Augen und sah ruhig dem Tod entgegen. Aber nichts dergleichen geschah, kein Schmerz zuckte durch ihren Körper. Vielmehr hob sie eine geheimnisvolle Kraft aus der Knielage wieder in die Aufrechte.

„Warum sollte ich töten, was ich erschuf?", Keschna-goah, beantworte mir das."

„Ich…, kann nicht", stotterte die Königstochter.

„Siehst du."

„Aber die Geschichten… über die Tiere mit den Hörnern."

„Nichts als Legenden. Entsprungen den Gehirnen wichtigtuerischer Priester. Irgendwann werdet ihr sie nicht mehr brauchen."

Keschna-goah schüttelte den Kopf. Niemand aus ihrem Volk hätte derart Frevelhaftes sagen dürfen und es überlebt. Das war der letzte Beweis für das Göttliche des Wesens vor ihr. Und es schien ihre Gedanken weiter lesen zu können, das schloss sie aus den folgenden Sätzen.

„Das Volk der Atrawi, wie ihr euch nennt, giert förmlich danach, zu einem Gott aufschauen zu dürfen. Die Priester wollen nicht mehr in den Himmel blicken und ihre Rufe nach Göttern unbeantwortet sehen. Deshalb erfanden sie Geschichten. Aber deshalb war es auch an der Zeit, mich nun zu zeigen und vor dein Volk zu treten. Und ihm das geben, wonach es ihm dürstet, wenn die Nachbarvölker wieder einmal kriegslüstern gegen ihre Schilde schlagen und zum Kampfe riefen."

Manchmal werde ich dem nachgeben, aber nur für ein Ziel, die Entwicklung eures Volkes zu beschleunigen…, dachte Caschell, aber zunächst musste er diesen Auftritt hier vollenden, wie es das Volk der Atrawi erwartete. Er hatte sich einige Worte zurecht gelegt, die immer verfingen in solchen Situationen, die er tausendfach erlebt hatte, in anderen Galaxien, auf Planeten beschienen von roten Sonnen und blauen und kleinen weißen. Immer mit anderen Rassen, deren Sprachen er gesprochen hatte, als hätte er immer unter ihnen gewohnt. So wie jetzt.

„Hab keine Angst, Du wirst auch nicht sterben, wie ich dir schon sagte", Caschell streckte die rechte Hand nach ihr aus, „und auch kein anderer deines Volkes, Keschna-goah. Denn ich bin der, der sich selbst genügt. Herr und Gott über alle Ebenen vom benachbarten Zweistromland im Osten bis hin zu den großen Felsen im Westen, die das Ende eures Meeres markieren. Weil ich bin, ist alles andere. Und ohne mich wird nichts mehr sein. Ich bin der Eine, der alles ist. Der Eroberer und der Friedfertige, der eine Gott, neben dem es keine anderen gibt. Nun gehe, Keschna-goah, und verbreite diese Botschaft. Und schicke deinen

Vater, auf das er meine Worte selbst von mir hört und keinen Zweifel an deinen Worten hege. Eile, Keschna-goah, verschwende keine Zeit." Caschell ließ ihre Hand wieder los, drehte sie leicht mit Hilfe seiner telekinetischen Gabe auf ein und derselben Stelle und gab ihr einen leichten Schubs. Ohne zu wagen sich nach dem Gott umzudrehen, eilte sie wie befohlen aus dem Tempel.
Ihren Vater zu beeindrucken, ihm göttliche Macht vorzuspielen, war die einfachste Übung. In unterschiedlichen Körpern hatte er Ähnliches auf Myriaden von Planeten getan, immer und immer wieder, seit unvorstellbarer Zeit.
Caschell blickte zu der glänzenden Opferschale, die Keschnah-goah tags zuvor in den Tempel gebracht hatte. Er löste nur mit Hilfe seines Blickes die darin befindlichen Früchte auf. Die Schale reflektierte seine jetzige Gestalt. Er sah einen großen Mann, der alle Atrawi weit überragte, mit ebenmäßigen Gesichtszügen, das Haar schwarz wie die Nacht, die Augen goldfarben mit blauen Iriden. Hatte Keschna-goah nicht recht? Nur ein Gott konnte so aussehen.
Wenig später betrat der Atrawi-König den Tempel. Caschell überragte den Stammeskönig um zweieinhalb Kopflängen. Der König verfiel dem Himmelsboten, ihm blieb auch gar keine andere Wahl bei dem, was er hörte und so sehnlich vermisst hatte: Worte aus dem Himmelreich, wo die Ahnen weilten und auch er eines Tages hinkommen würde.

Und Caschell sprach: „Siehe Otrak Atribul, ich gebe deinem Stamm Regeln für das Zusammenleben und solche für Krieg und Frieden mit den anderen Stämmen eurer Art..." Caschell hob seine rechte Hand, und aus ihr fuhr Licht in die Pfeiler an den Seiten der Tempelhalle. Das Licht löschte die Zeichen, die irgendwelche Künstler oder Priester der Atrawi eingraviert hatten. Statt dessen waren dort nun einfache Bildsymbole der Gebote zu sehen, die fortan für das Volk Atribuls gelten sollten:
Du sollst nicht stehlen, nicht töten, nicht begehren deines...
Caschell kannte sie in- und auswendig. Auf allen der von ihm besuchten Planeten hatte er die *Gesetze* hinterlassen, seit schier unfassbarer Zeit, so wie es die Brüder und Schwestern an den von ihnen aufgesuchten Orten taten und noch tun würden.
Als Otrak Atribul den Tempel verließ, schien der König ein anderer. Er wusste nun, was zu tun war, die Zeit des Wartens und Zauderns war vorüber. Sein Volk sollte die anderen, zerstrittenen Nachbarvölker be-

frieden und sich einverleiben. Unter seiner Führung und den Regeln, die er im Tempel empfangen hatte. Wie unter Trance verließ Otrak Atribul die heilige Stätte und trat vor die Atrawi, die sich wissbegierig in einem Halbkreis vor dem Tempelblau versammelt hatten. „Ihr werdet es kaum glauben, was ich eben erlebt habe. Unser Volk steht fortan und für alle Zeit unter dem Schutz des Gottes, wenn wir diese Gesetze…“ Caschell verfolgte aus dem Innern des Tempels, was König Atribul seinem Volk verkündete und war zufrieden. In den kommenden 300 Jahren würde sich in der Region eine Hochkultur ausbilden. Es reichte ihm, seine weitere Gegenwart war hier vorerst nicht nötig. Nur noch etwas… Es reizte ihn. Von unsichtbaren Kräften angehoben glitt Caschell sanft in die Höhe, bis zwischen seinen Füßen und dem Boden ein in etwa fünf Zentimeter breiter Spalt klaffte. Dann schwebte er auf den Ausgang des Tempels zu und durch den Vorhang davor hindurch, als existierte dieser gar nicht. Ein Aufschrei ging durch die Atrawi, als sie Caschell erblickten. König Atribul verstand es zunächst nicht, dann wandte er sich um. Anders als seine Untertanen kannte er den Anblick des Gottes, dennoch blieb er nicht unbeeindruckt, als die Haut der überirdisch schönen Gestalt unter der Sonne Anatoliens einen bronzefarbenen Ton annahm. „Hört immer auf euren König“, sagte die göttliche Gestalt, dann verschwand sie.

Caschell sprang in die Sphäre, die Abschlussszene hatte ihm großen Spaß bereitet. Etwas, das er in Zukunft wohl weniger verspüren würde. Die Schiffsseele bekräftigte ihn nach seiner Ankunft in dieser Annahme.
„Ich habe mehrere Zeitsprünge von Gabriensis Schiff angemessen. Die nahe liegende Schlussfolgerung ist, dass er etwas sucht.“
Caschell ließ die Bemerkung unkommentiert. Er brauchte Zeit, um sich auf die Begegnung mit Gabriensis vorzubereiten. Bloß nichts Überhastetes tun, wer voreilig agierte, handelte oft falsch. Ob Gabriensis von seiner Anwesenheit auf der Erde wusste, ließ sich nicht sagen. Er ging zunächst einmal davon aus, dass dies nicht der Fall war.
„Wir nehmen Kurs auf Asien, Fando.“
„Herr?“
„Du hast richtig gehört.“
„Und das ungefähre Ziel?“
„Fliege in Richtung der großen Inselarchipele Asiens. Ich habe kein genaues Ziel vor Augen.“

„Wie ihr befiehlt."
Die Sphäre nahm Fahrt mit mittleren Beschleunigungswerten in Richtung Asien auf. Als Japan in Sichtweite kam, klinkte sich Caschell telepathisch in die Schiffssteuerung ein und lenkte die Sphäre steil ins Meer hinab. Das Wasser zischte, als die Energiehülle des Raumschiffs mit dem Meerwasser in Kontakt geriet. Caschell steuerte die Sphäre ohne Eile hinab zum Marianengraben, einer der tiefsten Stellen der Erdozeane. Bei 10.000 Meter Tiefe stoppte er das Raumschiff und verkleinerte zugleich den Durchmesser der Energiehülle seines Schiffes von mehr als 150 Meter auf nur drei Dutzend Meter.
„Transparenz-Modus!"
Die Schlieren in der aus purer hyperdimensionaler Energie bestehenden Außenhülle der Sphäre wichen vollkommener Klarheit. Caschell löste seinen Körper auf und wurde eins mit der Energiematrix des Schiffes, er musste seinen Bruder lokalisieren. Während die letzten Ortungsdaten von Gabriensis Schiff vor ihm Gestalt annahmen, verfolgte er nebenher den fantastischen Anblick auf die Unterwasserwelt. Myriaden unfassbar fremdartiger Kreaturen glitten an der Sphäre vorbei. Einige mit Fühlern und Tentakeln ausgerüstet, länger als die Geschöpfe selbst, andere leuchteten von innen heraus, das Phänomen körpereigener Lumineszenz. Stoffe in den Wesen erzeugten Licht, es fiel durch die Hülle der Sphäre und ließ scherenschnittartige Figuren über die Funktionseinheiten der Schiffszentrale tanzen.
Caschell verharrte lange Zeit im Zustand der Körperlosigkeit, bis er den erhofften Impuls von Gabriensis Schiff registrierte. Sein Bruder musste in der Nähe Cuzcos in den Anden gelandet sein, das schlussfolgerte aus den von der Sphäre gesammelte Daten der Fernortung. Er musste in Erfahrung bringen, was es damit auf sich hatte und warum Gabriensis auf der Erde weilte und nicht auf seinem Zielplaneten in Andromeda. Dies verhieß nichts Gutes.

Cuzco.
Ein Raumschiff schwebte unbeweglich und Macht einflößend über dem Hochplateau der Inkastadt. Bedurften seine Einwohner nicht auch eines Bundes mit einem neuen Gott?
Nachdenklich blickte Caschell auf die von den Indios rund um die Berge angelegten Terrassen. Es hatte stark geregnet, kleine Lachen und Pfützen säumten die Terrassen und ließen deren Oberflächen ma-

gisch glitzern im Gleißen der Sonne. Die von auflandigen Pazifikwinden an die Anden getriebenen Wolken warfen ihr Spiegelbild auf die Pfützen.

Himmel zu Erde, Erde zu Himmel, wie passend, dachte Caschell. Er beobachtete, wie eine Gruppe Indios auf einem der vielen Serpentinenwege den gegenüber liegenden Berg erklomm. Eine Perlenschnur kleiner Gestalten, gezeichnet von der Mühsal ihres einfachen, kargen und entbehrungsreichen Lebens. Manche bepackt mit Krügen, die sie auf der Schulter trugen, andere mit kunstreich gewebten Decken in prächtigen Farben. So schoben sie sich langsam den Slalompfad nach oben, immer dem Himmel entgegen.

Ihre Götter hatten schon lange nicht mehr zu ihnen gesprochen, und sie würden auch nicht mehr lange zu ihnen sprechen. Die meisten der indianischen Kulturen würden untergehen, sei es, weil Naturkatastrophen über sie kommen würden, oder weil andere Völker in den Vordergrund rückten, mächtigere und durchsetzungsfähigere. Caschell hatte durch das Zeitfenster, das jede Sphäre besaß, in die Zukunft geschaut. Und Menschen auf Pferden gesehen, mit Lanzen, silbern blitzenden Helmen und Schiffen mit breiten Segeln, auf denen ein großes Kreuz prangte. Aber das alles lag in der Zukunft. *Einer von vielen möglichen Zukunftsentwürfen, aber einer, die von der Sphäre für wahrscheinlich gehalten wurde.* Caschell blickte in den Himmel und sah, worauf er gewartet hatte. Die Latiz, das Schiffe seines Bruders Gabriensis, hatte soeben die über den Bergen hängenden Wolken durchstoßen. Doch anstatt Ob Gabriensis ihn entdeckt hatte? Er hatte alles dafür getan, dass dies nicht möglich war, und den Tarn-Harnisch aktiviert. Er machte ihn vor allen anderen Wesen unsichtbar, nur nicht in dem Fall, dass einer seiner Brüder gezielt nach ihm suchte und damit rechnete, dass der Harnisch aktiviert war. Offenbar war dies der Fall. Das Verharren der Latiz, die immer noch vollkommen reglos an derselben Stelle am Himmel stand, ließ keinen anderen Schluss zu. *Wann hat sich Ähnliches ereignet?* Caschell ließ die letzten paar Millionen Jahre in seiner Erinnerung Revue passieren, er konnte sich an keinen vergleichbaren Vorfall erinnern. Dies wiederum konnte nur bedeuten, dass etwas völlig Unerwartetes geschehen war, etwas Ungeheuerliches. Denn wenn zwei oder mehrere ihrer Art für gewöhnlich einander begegneten, was selten genug vorkam, da sie meist in weit voneinander entfernt liegenden Regionen des Weltalls kreuzten, nahmen sie stets Kontakt zueinander auf und gingen sich nicht aus dem Weg.

„Stell eine Verbindung zur Latiz her", befahl Caschell der Sphäre, der er nie einen Namen gegeben hatte. Fando war lediglich der Name der Schiffsseele, den er aber nie auf das Schiff in seiner Gesamtheit übertrug. Der einzige seiner Brüder, der seinem Schiff einen Namen gab, als handelte es sich um einen Gibb, war Gabriensis gewesen. Einer, der schon immer auffiel, was auch immer er tat.

„Nicht möglich", entgegnete die Sphäre.

„Warum?"

„Nicht feststellbar."

„Alles hat einen Grund."

„Einzig wahrscheinliche Ursache: Verweigerung der Kontaktaufnahme."

„Unmög…" Caschell brach den Satz mitten im Sprechen ab. Für die Gibb war nichts unmöglich. Das Wort glich dem Bekenntnis eines Ketzers und hätte die Sphäre an seinem Geisteszustand zweifeln lassen. Aber alarmiert war er allemal. Wenn sein Bruder den Kontakt absichtlich ablehnte…, aber was dachte er da? So ein Vorgehen verstieß gegen den Kodex der Bruderschaft, der seit Anbeginn ihrer Existenz bestand. Seit unfassbar langer Zeit.

Caschell überlegte kurz, dann begab er sich Kraft eines einzigen Gedankenimpulses in die Sphäre.

„Vielleicht hat Gabriensis ein Problem, das von außen nicht feststellbar ist. Wir versuchen anzudocken. Und los!"

Normalerweise wäre er zu seinem Bruder *gesprungen*, aber die Latiz hatte ihre Außenhaut verfestigt, es war kein Hineinkommen. Das sagten ihm seine übernatürlichen Sinne.

Die Sphäre nahm Fahrt auf und flog der Latiz entgegen, als diese überraschend mit Maximalbeschleunigung beschleunigte und verschwand. Caschell stoppte die Sphäre. Sie verharrte knapp unterhalb einer riesigen Wolke. Wenn in diesem Augenblick einer der Inkas zum Himmel geschaut hätte, würde er Gesprächsstoff für viele Abende an den Feuern seines Volkes haben, aber das besorgte Caschell wenig. Man würde von einem Besuch der Götter reden.

„Wir leiten die Verfolgung ein."

„Ja, Herr. Auch wenn der Erfolg…"

„… nicht vorhersehbar ist? Nun ja, immerhin besitzt du dieselben Eigenschaften wie die Latiz."

„Genau deshalb ist er nicht vorhersehbar. Ich bin eines der besten Raumschiffe, die jemals durchs All geflogen sind."

„Weil du aus einer der Werft der Gibb stammst:“

„Eigentlich aus einer Werft der Gründer, Herr.“

„Genug der Einwände. Nimm die Verfolgung auf.“

Durch die goldfarbene Hülle der Sphäre zuckten safranfarbene Schlieren. Dann verschwand auch sie. Caschell hatte Fando telepathisch mit einem Suchflug nach Zufallsparametern beauftragt.

Alles unterliegt Wahrscheinlichkeiten, einfach alles. Sogar dein Weg, Gabriensis.

„Sphäre, welchen Weg hat die Latiz genommen?“

„Ausgangsdatenmaterial zu gering. Teile deine Vermutungen mit mir, Caschell. Dann kann ich uns mögliche Wahrscheinlichkeiten aufzeigen.“

„Ich habe keine.“

Caschell leitete, ohne Fando ein weiteres Mal zurate zu ziehen, einen Zeitsprung ein. Wenn ihn sein Gefühl nicht trog, würde er seinen Bruder bald wieder begegnen.

6500 Jahre v. C., in den äußeren Schichten der Sonne.
Langsam und anmutig trieb die Sphäre durch die Korona des Zentralgestirns. Gelegentlich schleuderte die Sonne Protuberanzen gewaltigen Ausmaßes ins All, die wie gierige Zungen über die Sphäre leckten, aber keine von ihnen brachte das Raumschiff vom Kurs ab. Unbeirrbar zog es seine Kreise um die Sonne, die Sphäre wandelte einen Teil der Energie aus den Protuberanzen um und führte diese sich selbst zu.

Caschell nutzte die Tankstopp, der nur alle paar Jahrhunderte nötig war, für Ruhephasen – ohne Denken, Empfinden und Verrichtungen. Er schätzte dies mehr als alles andere. In der Aufwachphase überkamen ihn immer Erinnerungen an die Anfänge seiner Existenz und an all das, von dem er wusste.

Das erste Bild aus seinen Erinnerungen war das Abklingen des ultraheißen Plasmas, das den jungen Kosmos am Anfang durchsetzte. Caschell schwebte in der Sphäre, die ihn mit den Worten: „Dies ist der Anfang“ begrüßt hatte. Danach folgten Instruktionen, Unterweisungen und Lektionen, sein Lehrer war die Sphäre. Caschell hörte gebannt zu: „Dies sind die Grundlagen der Materie, ihrer Funktion, ihrer Bausteine und ihres Zusammenhalts.“ *** „Nun lehre ich dich die Manifestation des Geistes.“ *** „Das Multiversum und seine Eigenschaften“ *** „Die Vorteile der körperlosen Existenz.“ *** Es waren Hunderte, tausende Lektionen, soviel, dass er ihre Zahl vergessen hatte. Caschell lernte seine Aufgabe kennen, nur eines lehrte ihn die Sphäre nicht: Wer all dies initiiert hatte, woher die Sphäre kam, und was vorher gewesen war.

Auf Nachfragen erklärte die Sphäre stets: „Dies ist der Zyklus, das Wesen der Dinge. Materie entsteht, Materie vergeht. Geist entsteht, Geist verweht. Wir handeln ohne Frage nach dem Sein. Es ist, wie es ist. Auch wenn es Geschichten von so genannten Gründern gibt."

„Was sind die Gründer?", hakte Caschell nach.

„Alles und nichts. Nicht viel mehr als ein Mythos. Es gibt über sie keine Informationen."

„Warum erwähntest du sie dann?"

„Weil alle Schiffsseelen in den Sphären dies während der Einführung ihrer Piloten tun."

Caschell fand die Antwort äußerst ungenügend, aber manches war gesetzt, das waren auch die Grundlagen der Kosmischen Philosophie. Er beschloss, nicht weiter auf eine Antwort nach den mysteriösen Gründern zu insistieren und stattdessen zu ruhen. Dies musste er in Abständen tun, um über die Jahrmillionen überdauern zu können. Er verschmolz mit der Sphäre, glitt durch ihre Energie, badete und labte sich an ihr.

So weit Caschell erinnerte, war es nie anders gewesen. Die Frage nach ihren Erzeugern hatten er und seine Brüder nie gestellt, denn aus ihrer Sicht standen sie nicht nur am Anfang der Schöpfung, vielmehr griffen sie selbst regelmäßig in den Ablauf allen Seins ein. *Also sind wir Schöpfer, auch wenn wir den Beginn von allem nicht gestartet haben,* dachte Caschell.

Als die Sphäre wieder über der Erde materialisierte, waren fast 1000 Jahre vergangen. Caschell hatte die Entwicklung der menschlichen Sprachen verfolgt, sie faszinierte ihn mehr als vieles andere an der Spezies. Es schien, als besäße beinahe jede Region ihren eigenen Dialekt. Nirgendwo war dies ausgeprägter als im Süden der Türkei und auf den Inseln des indonesischen Archipels. In beiden Regionen konnte es passieren, dass schon in einer nur 20 Kilometer von einem Dorf entfernten Stadt eine andere Sprache gesprochen wurde. Doch so sehr dies auch Caschells Interesse fand, war es doch für die Entwicklung der Menschen hin zu einer Großeinheit wenig förderlich. Er dachte darüber nach, einen Neubeginn zu initiieren, entschloss sich dann jedoch, damit zu warten. Einige aktuelle Beobachtungen standen an.

„Fando, zeichne alles auf, was für uns und den Entwicklungsplan von Interesse ist."

„Und was ordnest du im Hinblick auf Gabriensis an?"

Caschell zuckte zusammen, wie hatte er die Verfolgung seines Bruder nur vergessen können? Und was dachte die Schiffsseele über ihn?

„Kannst du sein Schiff anmessen?"

„Nein."

„Dann lass uns kurz mit den Beobachtungen der lokalen Landschaft fortfahren:"

„So sei es."

Die Sphäre schwebte über einer Stadt namens Aspendos, die es später unter griechischer und römischer Herrschaft zu erheblichem Wohlstand und Bekanntheit bringen würde. Mit eigener Akropolis, Nympheum und Theater, aber noch war es nicht so weit.

Das Raumschiff scannte auf Caschells Geheiß hin die Bewusstseinsinhalte einiger führender Bewohner. Lange Zeit fiel der Scan unauffällig aus, dann jedoch machte ihn die Sphäre auf einige Besonderheiten aufmerksam. Während des letzten Tankzyklus an der Sonne, in der er geruht hatte, war eine Katastrophe ungeheuren Ausmaßes im Nordwesten des Schwarzen Meers erfolgt. Die bis dahin verschlossene Landenge zu den Dardanellen hatte sich geöffnet und unvorstellbare Wassermassen in das tiefer gelegene Becken des Schwarzen Meeres strömen lassen, das Jahrtausende lang nur ein Binnensee gewesen war, der von den umliegenden Flüssen mit Wasser gefüllt wurde. Der durch die Öffnung entstandene Tsunami löschte Hunderte Ortschaften aus, Hunderttausende Menschen starben. Noch Jahrtausende später wurde über die Sintflut gesprochen, die Welle, die so vieles hinfort gerissen hatte.

„Fando, lass mir mehr Informationen dazu zufließen."

„Sofort…" Noch im selben Moment übertrag die Sphäre alle ihr zu dem Vorgang bekannten Informationen auf telepathischem Weg an ihren Piloten.

Caschell studierte die Daten. Sie ließen nur einen Schluss zu: Der Einsturz der Landbarriere war offenbar beschleunigt worden, mit Mitteln von außen, über die kein Volk der Erde zu diesem Zeitpunkt verfügte. Und dies bedeutete, dass sein Bruder Gabriensis aus unerfindlichen Gründen in den Entwicklungszyklus der Menschen eingegriffen hatte. Er war ihm wieder auf der Spur, wenn auch durch puren Zufall.

„Fando, analysiere die Daten zu dem Vorgang. Gabriensis hat vielleicht einen Abdruck in der Raumzeit hinterlassen."

„Ja. Es wird etwas Zeit in Anspruch nehmen:“

„Zeit haben wir im Übermaß“, erwiderte Caschell. Er war aufgeregt. Warum hatte sein Bruder so etwas getan, ohne Auftrag und Hinweis, dass der Eingriff am Ende für die Entwicklung dieser Rasse förderlich sein würde, noch dazu weit außerhalb des ihm aufgetragenen Einsatzgebietes?

„Sphäre, analysiere auch die geologischen Daten, versuche eine Matrix der Vorgänge zu erstellen. Leite daraus mögliche Schlüsse ab und teile diese mit mir.“

„Ich bin bereits dabei, Caschell. Und ich teile immer alles mit dir“, antwortete die Sphäre. Hätte man ihre Stimme nach menschlichen Vorstellungen beurteilt, so wäre einem diese als sanft und weiblich erschienen.

Der Außerirdische wartete, für seine Verhältnisse fast zu lang, dann meldete sich die Sphäre, diesmal war sie erfolgreicher.

„Die Latiz hat eine Vektormarkierung hinterlassen, ein Imprint im Raum-Zeit-Gefüge. Ob bewusst oder aus Unachtsamkeit, vermag ich nicht zu sagen.“

„Das heißt konkret?“

„Dass wir das Ziel ihres Sprunges mit hoher Wahrscheinlichkeit rekonstruieren können.“

Caschell dachte nach. *Warum wird Gabriensis unvorsichtig? Dies passt nicht zu ihm.*

„Sphäre...“

„Ich höre, Caschell.“

„Folge der Latiz.“

„Natürlich.“

„Nicht anderes habe ich erwartet.“

„Auch wenn dies bedeutet, dass wir ein Stück weit in die Vergangenheit zurückkehren?“

„Warum das?“ Caschell verstand nicht, worauf die Sphäre hinauswollte.

„Weil die Latiz in die Vergangenheit zurückgetaucht ist, wenn meine Datenauswertung stimmt, und daran habe ich keinerlei Zweifel.“

„Dann haben wir keinen Grund zu warten. Dies alles ist beunruhigend. In höchstem Maße sogar.“

„Ich stimme dir zu. Und möchte hinzufügen: in allerhöchstem Maße beunruhigend.“

Etwa 6000 Jahre v. Chr., Mesopotamien.
Caschells Schiff war der fluktuierenden Raumzeittauchersignatur der Latiz in die Vergangenheit gefolgt. Es materialisierte über einer Landschaft, die von ihren Bewohnern Zweistromland genannt wurde. Oder Eton-Eden.
Die Sphäre driftete in wenigen hundert Metern Höhe über schier endlose Haine von Dattelpalmen, die die Ufer des Euphrat und Tigris säumten. Wasserbüffel stapften durch das saftige niedrige Gras, aus dem gelegentlich das Kreischen farbenprächtig gefiederter Vögel drang. Mitunter sahen sie so exotisch aussehend, dass Caschell meinte, sie schon einmal auf anderen Welten gesehen zu haben. Aber dies war ausgeschlossen, die Natur stellte keine Kopien her, es gab immer Unterschiede.
Sein Blick glitt weiter. Karett-Schildkröten vergruben ihre Eier an den flachen Pulversanddünen am Ufer, während Seeadler vom Persischen Golf über der Gegend kreisten, hoffend auf ein kleines, schnell zu erlegendes Wild. Welse und Fluss-Delfine zogen ihre Bahn durch den Tigris.
Caschells Schiff scannte das relativ dünn besiedelte Gebiet.
Im Zentrum der Sphäre entstand ein 3-D-Abbild der Landschaft, über das Caschell ein Gitter mit Quadranten legte. Bei jeder Ansteuerung eines der Quadranten liefen an der Seite der Projektion Symbole und fremdartige Zeichen entlang. Striche, Kreise, Dreiecke, mal miteinander verbunden, mal isoliert.
Caschell betrachtete sie eingehend, insgesamt sah alles unauffällig aus, nichts deutete darauf hin, dass sein Bruder in der Region weilte, wie es die Sphäre vorausgesagt hatte. Er wollte das Hologramm schon abschalten, als einer der Quadranten durch ein pulsierendes Leuchten seine Aufmerksamkeit erregte. In der Mitte lag ein goldfarbener Punkt.
Caschell vergrößerte den Ausschnitt. „Was ist das?“
„Der geronnene Raum-Zeit-Abdruck der Latiz.“
„Das sehe ich auch, ich meine das Gebilde drum herum?“
„Mit liegen keine vergleichbaren Parameter vor, die eine verlässliche Bestimmung des Bildes zulassen würden.“
In der Mitte des Quadranten lag eine Stufenpyramide – oder besser gesagt: der Rest davon. Wenn der Zustand der Verwitterung nicht täuschte, musste die Verwitterung des Baumaterials lange zuvor eingesetzt haben. Die Vegetation in dem Quadranten mit der Pyramide war um ein Vielfaches intensiver als in dem Gebiet außerhalb. Fauna und

Flora schienen über alle Maßen üppig zu gedeihen, fast wie ein wuchernder grüner Teppich.

Was Caschells Aufmerksamkeit jedoch am stärksten band, war die Tatsache, dass sich in dem Quadranten um die Pyramide herum bis kurz zuvor lediglich zwei Menschen aufgehalten hatten, ein Mann und eine Frau. Für alle anderen Menschen schien das Gebiet tabu.

Die Sache wird immer geheimnisvoller. Was hast du vor, Gabriensis, was hast du getan, und was willst du noch tun? Komm zur Vernunft, Bruder, sonst...

„Sphäre, öffne ein Bio-Suchfeldraster. Du musst die Menschen finden, wo auch immer, und sie dann einer unauffälligen Untersuchung unterziehen. Auch wenn es eines Zeitsprungs bedarf. Auf keinen Fall dürfen unsere Aktivitäten entdeckt werden. Wir brauchen nähere Angaben zu den Menschen, ich bleibe derweil hier und warte auf deine Rückkehr.“

„Wie du befiehlst, Caschell.“

„Ich unternehme unterdessen einen kleinen Ausflug. Nichts ist besser, als den Untersuchungsgegenstand aus nächster Nähe zu betrachten. Irgendwelche Einwände?“ Die Frage war mehr oder weniger überflüssig. Caschell hätte keinen Einwand gelten lassen.

Der Unsterbliche materialisierte in einem Palmenhain. An seinen Beinen glitt ein großes schwarzes katzenartiges Tier entlang. Er wusste, dass es sich um ein Raubtier handelte. Caschell griff auf den Instinktbereich des Tiers zu und schickte es weiter. In der näheren Umgebung gab es genügend Beute. Er nahm sich vor, die Gegend zu erkunden, und verwandelte sich in eine Kopie der Raubkatze.

Im Innern der Latiz.

Das Schiff schwebte über dem von Schilf umsäumten Ufer des Tigris. Gabriensis befand sich im körperlosen Zustand wie so oft, er nahm seit langem nur noch Gestalt an, wenn dies nötig war. *Schon bald wird es öfter nötig sein, wenn mein Plan wirken soll*, dachte er.

Er hatte unbefugt in den großen Plan der Bruderschaft eingegriffen und dem genetischen Plan der Menschen einen leichten Schub versetzt, wie er es nannte.

Eigentlich war schon der bloße Gedanke daran ketzerisch, denn seine Brüder sahen sich nur als ausführende Organe eine höheren Wesenheit. Sie sprachen dies nie aus, aber es war so, ohne dass es nach Gabriensis Meinung einen eindeutigen Beweis für etwas über ihrer Entwicklungsstufe gab, das den Namen *Gründer* rechtfertigte. Welcher Gibb hatte jemals einen der mystischen Gründer gesehen? Keiner.

Sicher, sie trugen alle ähnliche Bilder aus der Traumzeit nach dem Urknall in sich. Aber war dies ein Beweis für eine höhere Macht, in deren Auftrag sie stets rechtmäßig zu handeln glaubten?

Über Jahrmillionen hatte er mitgemacht, neuen Zivilisationen den Weg geebnet, Spezies verschwinden lassen, wenn sie nicht als gewünscht oder zukunftsfähig angesehen wurden. Aber dann waren ihm Zweifel gekommen, ob ihr Handeln richtig war. Dieses Problem allein hätte er durchaus in den Griff bekommen können. Es gab ein Standardprozedere für solche Fälle, er hätte sich einfach nur einer *Reinigung* durch die Latiz hingeben müssen. Aber es gab halt noch ein zweites Problem, und für dessen Bewältigung gab es keine Methode. Gabriensis war seines Lebens überdrüssig, seiner Brüder und dem, was sie für richtig und selbstverständlich hielten. Er lehnte die Manipulation des genetischen Codes fremder Rassen im Namen einer höheren Macht ab, ihr Eingreifen in Raum und Zeit, und die Überzeugung, einer aller Kritik entzogenen Bruderschaft zu dienen, der all dies zustand, so wie ihre unerklärliche Existenz und unelterliche *Geburt*, wenn dieses Wort in ihrem Fall überhaupt angewendet werden konnte.

Dabei war über ihre Schöpfer, die Gründer, kaum etwas bekannt. Und das wenige, was sie über sie zu wissen glaubten, hielt er für ein Trugbild. Gabriensis betrachtete dies als Geburtsfehler. Als einen Makel, der sich irgendwann negativ bemerkbar machen würde, mochten dies seine Brüder auch anders sehen. Er hatte sich nie mit ihnen über seine Gedanken ausgetauscht, es wäre auch zum Scheitern verurteilt gewesen. Weil der ihnen vorgegebene Plan der Schöpfung nicht vorsah, dass über ihn geredet wurde oder dass in Zweifel gezogen wurde, was sie taten.

Und so sonderte er sich irgendwann ab und quälte sich mit seinen zersetzenden Gedanken herum. Ein paar Millionen Jahre lang versuchte er, sie zu verdrängen, aber schließlich hatten sie ihn überwältigt. Ein menschlicher Arzt hätte bei seinem Patienten wohl Schizophrenie diagnostiziert, andere vielleicht schlicht Wahnsinn. Gabriensis war ein unerhört begabter Verrückter.

Er ließ die Latiz einen Zeitsprung durchführen. Als sie wieder Gestalt annahm, sah er das Menschenpaar, das er auserwählt hatte, ihm Gesellschaft zu leisten. Oder: Dass ihn unterhalten durfte. Mit den kindlichen Verhaltensweisen und ihrer Scheu.

Die Frau und der Mann liefen Hand in Hand durch die paradiesische Landschaft, die Gabriensis für sie geschaffen hatte. Sie waren nur spärlich bekleidet. Das Erscheinen der Latiz hatte sie offenkundig beim Austausch von Zärtlichkeiten gestört.

Gabriensis amüsierte dies. Bislang hatte er nicht zugelassen, dass sie Kinder bekommen konnten. Er wollte sicher gehen, dass seine Manipulationen des genetischen Codes unentdeckt blieben, denn seine Brüder würden dies niemals gut heißen. Und in nicht allzu großer Entfernung hielt sich Caschell auf.

Aber ihm werde ich mich später widmen. Erst einmal bedarf es eines letzten Tests, um die vorgenommenen Manipulationen in Adam-ko-yos und Evanoveyas Gencode zu überprüfen. Die Auswertung der Latiz verlief in dieser Hinsicht viel versprechend, die menschliche Rasse würde nicht den Weg nehmen, den ihre Bruderschaft für sie vorgesehen hatte. Gabriensis hatte ihre Pläne auch schon in anderen Planetensystemen vereitelt. Aber dieses hier war von besonderer Bedeutung. Die Menschen würden, wenn alles unverändert blieb, in ferner Zukunft eine bedeutende Entdeckung machen, die sogar Einfluss auf die Existenz der Brüder nehmen konnte, ihre Linie stützen konnte. Dies galt es zu vereiteln. Denn ihre Zeit war abgelaufen, davon war Gabriensis überzeugt. Und deshalb musste er sich nun notgedrungen auch Caschell widmen, gegen den er keinen Zorn hegte, aber der andere Gibb war nun mal zur falschen Zeit am falschen Ort.

„Jetzt zu dir, Bruder", flüsterte Gabriensis, der gerade eine Simulation des letzten Aufenthaltsortes von Caschells Schiff betrachtet hatte, als dieses neben seinem materialisierte. Die Sphäre führte, wie die Latiz meldete, einen Rasterscan der Umgebung durch, und es hatte auch das Menschenpaar entdeckt.

Gabriensis zögerte nicht. „Neutralisieren."

„Das verstößt gegen den Kodex."

„Es ist eine Ausnahmesituation."

„Erkläre es mir, Gabriensis, ich will es verstehen."

„Später, dazu ist nun keine Zeit. Kasche-ho-ba-ya. Es ist ein Notfall."

„Dein Wort, dein Leben, mein Handeln."

„So war es, und so wird es immer sein."

Die goldene Hülle der Latiz verfärbte sich, bildete einen farblichen Strudel, aus dem plötzlich ein kalter, weißfarbener Strahl auf die Sphäre zuschoss. Er traf Caschells Schiff mit voller Wucht. Es sackte kurz Richtung Erde, berührte für den Bruchteil einer Sekunde die

Schilfhalme, von denen einige verdampften, dann entstofflichte es wieder.

Caschell hatte mit vielem gerechnet, aber nicht mit dem Angriff eines seiner Brüder. Nach nur wenigen Minuten war die von ihm allein auf die Suche nach Gabriensis entsandte Sphäre zurückgekehrt, beschädigt. Sie hatte ihren Umfang auf nur wenige Meter verkleinert und schwebte knapp über dem Boden, was dafür sprach, dass mit der Energieversorgung etwas nicht stimmte, aus welchem Grund auch immer. Caschell schloss eine in den Schiffssystemen liegende Ursache aus, also konnte nur ein bewusst herbeigeführter Schlag… Nein, das durfte, das konnte nicht sein. Ein Angriff auf die Sphäre durch Gabriensis bedeutete einen Vorgang, den es so nie gegeben hatte. Der Kodex war gebrochen worden, ein Sakrileg.
„Statusmeldung."
„Die Latiz hat einen Energiestoß auf mich gefeuert, dabei wurden Teile meiner internen Matrix beschädigt. Wiederherstellung ist gestartet."
Er hatte sich also nicht getäuscht. Mit stumpfen Blick starrte Caschell geradeaus und überdachte die nötigen Züge. Das Nachdenken fiel ihm schwerer denn je.

An den Ufern des Tigris, eine andere Zeitebene.
Adam-ko-yo und Evanoveya saßen in einer kleinen buchtartigen Ausstülpung des Tigris und beobachteten die Flussdelfine, die wie jeden Sommer den Fluss hinauf schwammen, um kleinere Fische zu jagen, die im nahen Meer nicht vorkamen.
So weit ihre Blicke reichten, sahen sie keine anderen Menschen in ihrer Gegend. Zumindest hatten sie nie welche gesehen. Adam-ko-yo und Evanovey konnten sich nicht erinnern, wie lange sie schon im Umfeld des kaputten, von hüfthohem Schilf umsäumten Pyramidenturms lebten, ob Monate oder Jahre.
Gabriensis hatte die Latiz Manipulationen an den Gehirnen der Menschen vornehmen lassen, um eine Forschungsreihe abzuschließen. Er musste wissen, ob sein Experiment an den beiden von Erfolg war. Um dies jedoch festzustellen, mussten die Verhaltensmuster des Mannes und der Frau eine Zeit lang immer wieder „auf Null" gestellt werden, so als würden sie von jedem Sonnenaufgang an ein neues Leben beginnen. Aber von all dem wusste das Menschenpaar nichts. Jeder Tag begann für sie von neuem, gänzlich jungfräulich, denn jede Nacht wurden ihre Erinnerungen gelöscht.

Adam-ko-yo hatte sich eine Angel aus einem Ast und einer Schnur aus hauchdünner Palmenfaser gefertigt. So saß er mit seiner Partnerin am Ufer des Flusses und wartete darauf, dass irgendwann ein Fisch anbiss. Sie brauchten ihn nicht, um satt zu werden. Denn in Eton-Eden gab es Früchte und Tiere in Hülle und Fülle.

Adam-ko-yo und Evanoveya hatten an diesem Tag beschlossen, ihre Speisekarte um Fisch zu erweitern. Doch so lange sie auch warteten, es stellte sich kein Ruckeln am Köder ein. Stattdessen geschah etwas anderes, Ungeheuerliches. Auf der gegenüber liegenden Flussseite, wo der Herr in seinem merkwürdigen kugelförmigen Haus wohnte, erschien eine andere Kugel wie aus dem Nichts. Ihre Farbe wich nur leicht von dem Haus ihres Herrn ab, rote, zarte Schlieren durchzogen ihre Hülle, ähnlich dem feinen pulsierenden Aderngespinst im Kiemenbereich eines der Flussfische, die besonders gut schmeckten.

Der Besucher musste den Herrn zornig gestimmt haben, jedenfalls reagierte sein Haus mit aller Strenge. Es sandte einen Blitz, der in die fremde Kugel fuhr und sie vertrieb, wehe dem, der den Herrn über das Zweistromland, den Morgen und Abend herausforderte. Bevor die fremde Kugel verschwand, hatte Adam-ko-yo das Gefühl, *berührt* worden zu sein, anders konnte er die Empfindung nicht umschreiben. Aber was sollte ihn berührt haben? Er erzählte seiner Gefährtin davon. Aber Evanoveya beruhigte ihn. „Es ist nichts, der Herr wacht über uns, jetzt und für alle Zeit."

Adam-ko-yo und Evanoveya legten sich in das von der Sonne aufgewärmte Schilfgras und blickten in den Himmel, bis sein Blau dem Zwielicht der kommenden Nacht wich. Sie mussten sich nicht sorgen, der Herr wachte über sie, wie er über alles im Garten Eton-Eden wachte.

Der nächste Morgen begann für sie mit dem morgendlichen Gebet, so hatte der Herr es sie gelehrt. Ein Imprint in ihren Köpfen befahl ihnen das.

„Ameno, Amun, Atono, Atosch", riefen sie und warfen die Hände über den Köpfen zusammen, frömmelnd und eifernd.

Fast immer zeigte sich ihnen der Herr während oder nach dem Gebet, aber dieses Mal nicht und auch nicht am nächsten Morgen und dem folgenden. Und als er sich ihnen zeigte, brach für sie eine Welt auseinander. Der Herr sah ungehalten aus – und seine Botschaft schreckte sie: „Meine Kinder, ich muss euch verlassen. Ihr seid nun eine Zeit lang allein auf euch gestellt. Aber sorgt euch nicht, denn ihr seid meine Geschöpfe und werdet zahlreiche Nachkommen haben. Auf euch gründet ein neues… Reich. Nun geht!" *Und von nun an wird sich wirklich jeder Tag in eurer Wahrnehmung an den nächsten reihen. Und ihr werdet altern*, dachte Gabriensis.

Aber Adam-ko-yo und Evanoveya wollten nicht gehen und wussten auch nicht wohin, so harrten sie im Garten aus, der viele Hektar maß, und genossen seine Früchte und Tiere. Dinge, die sie auf dem anderen Flussufer nie gesehen hatten. Zwar wuchs auch dort üppiges Grün, aber mit Eton-Eden war dies nicht zu vergleichen.

Adam-ko-yo und Evanoveya verweilten einige Zeit in dem Garten, ohne dass etwas von Bedeutung geschah. Die Sonne ging auf und unter, nichts veränderte sich, nur dass sie des Gartens überdrüssig wurden.

Sie flochten aus dem Schilf am Rande des Tigris ein Boot und fuhren den Fluss hinab. Als sie das Lärmen anderer Menschen hörten, gingen sie an Land. Doch die anderen Menschen wichen ihnen aus, schauten ehrfürchtig zu ihnen hoch. *Wir sind anders*, dachte Adam-ko-yo. Tatsächlich waren er und Evanoveya größer als die Bewohner dieser Gegend, und nicht nur das. Während ihre Haut einen zarten bronzefarbenen To aufwies, besaßen die anderen einen deutlich dunkleren Teint.

„Fürchtet euch nicht, wir sind wie ihr und sehen nur ein bisschen anders aus", sagte Adam-ko-yo und deutete auf ihren Arm.

Einer der Fremden wich mehrere Schritte zurück. „Nein, das seid ihr nicht. Ihr kommt aus dem verbotenen Land jenseits des Horizonts. Dem Land der verlorenen Eltern, wohin niemand darf und von wo niemand zurückkehrt. Also sagt, wer ihr in Wirklichkeit seid!"

Adam-ko-yo blickte seine Gefährtin an. Sie waren lange genug zusammen, dass sie seine unausgesprochenen Worte deuten konnte. Evanoveya las aus seinen Agen. Er dachte wohl etwas wie: War es klug, ihre wahren Namen zu verraten, wo sie ihr Herren nicht mehr beschützte? Aber besaßen sie überhaupt eine Wahl? Die Mitglieder des fremden Stammes einzuschätzen, ihre Reaktionen, fiel ihr nicht leicht, wie Evanoveya sich zerknirscht eingestehen musste.

Nach kurzem Nachdenken nickte sie Adam-ko-yo zu, er erwiderte es mit einem angedeuteten Schmunzeln. Dann wandte sich ihr Partner der Gruppe zu und sagte: „Ich heiße Adam-o, und das ist meine Begleiterin Eva-ya." Wir sind vom Stamm der Brami.

Die neuen Namen hatte sich Adam-ko-yo spontan ausgedacht. Schlecht kamen sie nicht an. Der Anführer der Fremden, die zwischenzeitlich einer immer enger werdenden Kreis um Adam-koyo und Evanoveya gebildet hatten, blickte etwas weniger grimmig drein.

Gabriensis war alarmiert. Wenn Caschell sich nicht auf Dauer abschrecken ließ, und das würde er nicht, dann musste er das Experiment mit den beiden Menschen vertuschen. Wenn dies überhaupt noch ging. Denn nach der Auswertung der letzten Versuchsreihe hatte ihm die Latiz bestätigt, dass die Manipulation am genetischen Code der beiden sich in den folgenden Generationen ausbreiten und den gewünschten Effekt zeitigen würde. Eine Untersuchung des entsprechenden Zeitvektors hatte dies zweifelsfrei ergeben. Die Menschen würden nicht zu der herausragenden Rasse werden, die sie dem Plan der Bruderschaft nach werden sollte. Das vermeintlich perfekt Geplante würde nicht zur Blüte gelangen. Aber die weit in der Zukunft liegenden Ereignisse änderten nichts an seiner momentanen, verfahrenen Situation. Immer wieder dachte Gabriensis dasselbe: *Wenn ich Caschell nicht ausweiche, kommt es zu einem Kampf, der die bisherigen Scharmützel zwischen uns als ein harmloses Geplänkel erscheinen lassen wird und der meine Rückkehr in die Reihen der Brüder für immer unmöglich machen wird. Denn verglichen damit wird die Einleitung der Sintflut nichts sein,* dachte Gabriensis. Schon mit der Aktion am Schwarzen Meer hatte er die Entwicklung eines Volkes der Menschen gestoppt, aus dem mehr hätte werden können. In einigen tausend Jahren. Geschichte, hätte, wäre, wenn.
Der Kampf mit seinem Bruder schien unausweichlich, nur kam er zum jetzigen Zeitpunkt unpassend. Einiges musste noch erledigt werden.
Gabriensis wandelte sich in den körperlosen Zustand um und ließ sich durch das Energiegeflecht der Latiz treiben. *Ich bin der ewigen Wiederholung von allem so überdrüssig, wie lange soll dies noch andauern? Ich muss all dem ein Ende bereiten, so oder so. Es ist zu unserem Besten, meine Brüder, hört ihr mich, könnt ihr mein Flüstern im namenlosen Raum vernehmen, ihr, die ihr über das All verstreut seid und an falschen Plänen mitwirkt?*

Einige Jahrhunderte dämmerte Cabriensis im körperlosen Zustand dahin. Die Latiz vollführte währenddessen willkürliche Sprünge durch die Zeit, im Abstand von 250 Jahren kehrte das Schiff aus dem übergeordneten Kontinuum auf die Erde zurück, protokollierte, zeichnete auf und erstattete ihrem Kommandanten anschließend Bericht. Dann verschwand die Latiz wieder in den Raum, der den menschlichen Blicken verschlossen war.
Gabriensis sah schillernde Reiche entstehen und vergehen, Sumerer, Hyxos, Hethiter, Perser, Makedonier, Kreter und Kämpfer von Sparta.

Die Makedonier waren offenbar von Caschell gefördert worden, denn obwohl sich ihr Reich winzig im Vergleich zum persischen Vielvölkerstaat ausnahm, besiegten die Makedonier Persien. Und nicht nur das. Sie schufen selbst ein Großreich, das das halbe Mittelmeer umfasste und aus dem schließlich auch die letzten Pharaonen Ägyptens stammten.

Gabriensis hatte das Wirken der ersten ägyptischen Dynastien verfolgt. Über Jahrtausende perfektionierten sie den Bau der Pyramiden, um am Ende in ihrem Innern nur einen Leichnam zu bestatten. Sie verhielten sich wie ein Ameisenstaat ohne Gehirn. *Hat euch Caschell nicht den Verstand gegeben, um autonom zu handeln?* Gabriensis verstand die Menschen nicht.

So sehr sie sich auch unterschieden, so sehr ähnelten sie aus seiner Sicht einander. Ihre Anführer und Herrscher waren alle besessen von der Hybris der Macht, wollten neue Länder erobern, Reichtümer, und waren auf dem Höhepunkt ihrer Macht doch immer wieder zum Untergang bestimmt. *Dabei agieren sie, als wären sie Unsterbliche, als könnten sie ewig von ihrer Beute leben, doch ihr Leben währt nur einen Augenblick.*

Es langweilte Gabriensis. Aber es gab auch Ausnahmen.

Über den indischen Subkontinent raste der König Ashoka. Seiner Herrschaft fielen Hunderttausende zum Opfer. Als in einer Schlacht jedoch einmal so viele Krieger starben, dass er durch Pfützen von Blut watete, änderte sich plötzlich seine Haltung. Der König fand zu einer nicht so alten Form des Glaubens: dem Buddhismus, der die Illusion allen Seins, Denkens und Fühlens beschrieb und der das Gegenteil des Anhaftens lehrte, das Loslassen, eine echt kosmische Sicht der Dinge, dachte Gabriensis.

Für ihn war klar, dass hier Caschell seine Hände im Spiel hatte. Offenbar versuchte sein Bruder immer noch, die Menschen langfristig auf eine Bahn zu bringen, die den Zielen der Bruderschaft entsprach. Aber dies würde vergeblich sein, denn Adam-ko-yo und Evanoveyas Nachfahren würden eine andere Zeitspur erzeugen, mit anderen Ergebnissen und Wirkungen, dafür hatte er gesorgt. *Gib es endlich auf Caschell, damit das Ganze hier ein Ende findet.*

Gabriensis Gedanke blieb ungehört.

70 Jahre v. Chr., in der römischen Provinz Judäa.
Bewegungslos hing die Sphäre über den Kumuluswolken, die sich im Himmel über dem Heiligen Land zu riesigen weißen Wattebauschgebirgen aufgetürmt hatten. Die Scanner der Latiz erfasste die Bewohner, ihre Empfindungen und Gedanken.
Die Gegend bot Besonderes, dafür sprach die Auswertung der Daten. Gabriensis spürte in sich eine fiebrige Erregung aufflammen.
Es handelte sich um die Region rund um einen Grabenbruch, die lebhafte Tektonik drückte hier mehrere Platten gegeneinander. Die Erdkruste war dicker als in manch anderer Region.
Materie strahlt und wirkt umso mehr, je dichter sie in Erscheinung tritt.
Gabriensis wusste, dass die Region prädestiniert war, eine wichtige Rolle zu spielen. Er lachte, und da er seine Körperlichkeit wieder angenommen hatte, schallte das Lachen durch sein Schiff, versetzte es in Schwingungen.
„Gabriensis, geht es dir gut? Ich habe während der letzten 8000 Menschenjahre den Eindruck gewonnen, dass du dich verändert hast. Und der Prozess der Veränderung scheint noch nicht zu Ende zu sein. Und du weißt: Meine Analysefähigkeiten sind unübertroffen…"
„So wie die Fähigkeiten der Bruderschaft ohne Beispiel sind."
„Du hast auf meine Frage nicht geantwortet, Gabriensis. Magst du das tun? Ich würde mich freuen."
„Mir ist nicht danach."
„Du solltest die Gesellschaft von Caschell suchen. Dir fehlt der Austausch mit Artgenossen. Vielleicht auch die eine oder andere Korrektur, wenn du verstehst…"
„Unsinn."
„Ich mache mir *ernsthaft* Sorgen um dich, Gabriensis."
Gabriensis erwiderte auf die letzte Bemerkung der Latiz nichts. Er schwieg und dachte nach. Die Latiz handelte mit ihm in der Regel wie eine Einheit. Wenn sein Schiff nun aber zu der Auffassung kam, dass er vom Kodex abwich, würde es gegebenenfalls gegen ihn gerichtete Aktionen einleiten, und das galt es zu verhindern. Er musste sich versöhnlich zeigen. Ein bisschen nachzugeben konnte Schaden abwehren.
„Vielleicht treffen deine Beobachtungen zu. Meine Aktivitäten waren wohl etwas Kräfte zehrend."
„Vor allem die Aktion gegen Caschells Sphäre. Dies hätte nicht geschehen dürfen, unter gar keinen Umständen, Gabriensis. Ich habe darüber viel nachgedacht und denke immer noch darüber nach, was mit dir passiert sein könnte, und was ich tun kann, um dir zu *helfen*."

Gabriensis überlegte fieberhaft, ob ihm ein Fehler unterlaufen war. Das Gespräch entglitt seiner Kontrolle. Er durfte die Latiz unter gar keinen Umständen gegen ihn aufbringen. Das Schiff war völlig eigenständig im Denken und Analysieren. Gelangte es zu dem Schluss, dass er nicht mehr im vollen Besitz seiner Kräfte war, würde es ohne weiteren Kommentar handeln. Es musste eine Lösung her, schnell.

„Was rätst du mir?“

„Du warst zu lange auf dich gestellt. Wenn du vorerst Caschells Nähe meiden willst, solltest du die Interaktion mit den Menschen suchen. Erinnere dich daran, wie gut dir vor ein paar Jahrtausenden die Beschäftigung mit Adam-ko-yo und Evanoveya getan hat. Ihre Erschaffung – und die Landschaftsformung. Du erinnerst dich doch?“

„Selbstverständlich.“

„Das freut mich, außerordentlich sogar. Du weißt gar nicht, wie sehr.“

Was stimmt mit der Latiz nicht? Gabriensis entschloss sich zu handeln.

„Wir landen.“

„Willst du mich ablenken?“

„Warum sollte ich das tun?“

„Um einer dir unbequemen Situation auszuweichen vielleicht.“

„Mitnichten. Dein Analyseprogramm ist unübertroffen. Interaktion mit den Erdbewohnern tut mir gut. Wir steuern die Ortschaft Jericho an. Ich werde den Zeitharnisch anlegen. Du wirst dann in einem Orbit auf mich warten.“

„Wie du meinst, Gabriensis. Aber du schirmst Gedanken vor mir ab. Warum?“

„Sagen wir: Ich will dich nicht“, Gabriensis suchte nach einer unverfänglichen Formulierung, „mit gewissen Eindrücken belasten.“

„Welchen?“

„Ich sage es dir zu einem späteren Zeitpunkt.“

„Spannend.“

Die Latiz näherte sich – wie angeordnet – der Stadt Jericho. Gabriensis war froh, als die Sphäre ihn abgesetzt hatte und anschließend aus seinem Sichtfeld verschwand, obwohl das nicht bedeutete, dass er sich nun unbeobachtet wähnen konnte, darüber gab er sich keinen Illusionen hin. Das Schiff besaß unfassbare technische Mittel der Aufklärung, selbst aus einem anderen Raumzeitkorridor heraus.

In einem Punkt hatte die Sphäre tatsächlich nicht so ganz Unrecht, er war zu sehr auf sich selbst fokussiert, schon viel zu lange. Und da genügte nicht die Beschäftigung mit zwei naiven Menschlein. Gabriensis horchte auf. Hahnenschreie, das Quieken von Schweinen und Kindergeschrei drangen aus den Häusern und angrenzenden Ställen Jerichos bis zu ihm hinüber. Mitunter gab es zwischen ihnen keine Trennwände. Gabriensis fühlte Ekel aufsteigen. Waren das die Nachkommen von Adam-ko-yo und Evanoveya? So lebten sie also, mit dem schmutzigsten Vieh unter einem Dach. Widerwärtig.

Der Gibb aktivierte den Harnisch, er wurde unsichtbar und entstofflichte. Er schwebte durch die Stadt, durch die Wände der Häuser und mitunter sogar durch ihre Bewohner. Gabriensis war immateriell geworden, nichts leistete seiner Existenzform nunmehr Widerstand.

Was er in den Gassen und Häusern sah, ekelte ihn, besonders der Anblick in einem der Häuser. Das Gebäude war vergleichsweise groß, verfügte über drei Etagen und viele kleine Zimmer. In einem Raum lagen Männer und Frauen in einem rauschhaften Zustand auf- und untereinander, zwischen ihnen rannten Tiere umher. Ein Mann nahm eine Sau von hinten, weil er kein Weib gefunden hatte. Eine alte Matrone ließ sich junge Mädchen zuführen.

Das, Adam-ko-yo und Evanoveya, sind also eure Nachfolger...?
Gabriensis dachte den Gedanken nicht zu Ende, ihm war, als hätte etwas den Zeitharnisch erschüttert, er vibrierte leicht, aber dies konnte oder durfte eigentlich nicht der Fall sein. Gabriensis lachte und deaktivierte die Tarnfunktion.

Zwei Diener, die in diesem Moment Amphoren mit Wein in den Saal trugen, erstarrten. Der kleinere und schmächtigere der beiden stieß einen hohen spitzen Schrei aus. Gabriensis fühlte sich an einen Eunuchen erinnert. Der Gibb hatte die Gestalt eines hoch aufgeschossenen, schlanken geschlechtslosen Wesens angenommenen. Aus seinen Schultern wuchsen Flügel, er kannte die Mythologie dieses Volkes, mit ihren Beschreibungen von Engeln. Die Körperform würde ihm also nützlich sein. *Ich muss die Kinder meinet Kinder bestrafen, das ist nicht das, was ich gewollte habe. Bevor ich das aber tun kann, will ich Spaß haben.*
Er sprach zu den Menschen. „Seht, ich bin Gabriel, und ich kann nicht dulden, was ihr hier tut. Ich werde die Eltern eurer Eltern besuchen und mit ihnen reden." Sodann aktivierte er den Zeitharnisch und glitt Jahrhunderte zurück in die Vergangenheit. Undeutbare Farbschlieren zeigten sich außerhalb des Harnisches, so wie bei jedem Zeitsprung.

Als Gabriensis den Harnisch wieder deaktivierte, handelte er, ohne abzuwarten. Er vernichtete Jericho, während die Stadt noch im Aufbau war. Schon kurz danach überkamen ihn Zweifel, aber sie galten nicht den Bewohnern, sondern ihm selbst.

Wie kann ich aber eben dort gewesen sein, wenn ich sie jetzt vernichtet habe, was geschieht, wenn ich zurückkehre? Ich darf nicht dorthin zurückkehren. Gabriensis entschied, eine Region anzusteuern, die Baktriyen genannt wurde. Er beorderte die Latiz dorthin und nahm mit ihr mehrere Zeitsprünge vor, um seine Spur für mögliche Verfolger wie Caschell zu verwischen.

Baktriyen lag weit entfernt vom Heiligen Land. Lange Zeit flog Gabriensis rastlos mal hierhin, mal dorthin. Er verspürte keine Reue über seine Taten, aber erinnerte sich des Ratschlags der Latiz, Gesellschaft zu suchen – eine Begleiterin oder ein Begleiter, jemand der ihm würde zuhören können. Die Suche währte mehr als eine Woche. Dann hatte er es gefunden: Die Stadt, in dem ein Individuum wohnte, das seinen Anforderungen genügte. Sie hieß Roxanne und war die Tochter des Fürsten Latriwar, dem die Ländereien gehörten. Er nahm sie mit zur Latiz und versetzte die Bewohner in einen langen Schlaf. Wer nicht lag, sondern stand oder lief, sackte augenblicklich zusammen, als wäre er von einem Schlafmittel außer Gefecht gesetzt worden.

Im Reich des Fürsten Latriwar.

Voller Entsetzen starrte Roxanne Gabriensis an. Sie verstand nicht, woher der riesige Fremde plötzlich gekommen war, als sie gerade aus ihren Gemächern aufbrechen und zum Mittagessen gehen wollte. Merkwürdigerweise verstand sie die Worte des wie aus dem Nichts aufgetauchten Fremden, der ihre Sprache perfekt beherrschte, was kurios schien, denn er war ganz offensichtlich keiner von ihrem Volk, er überragte selbst die großen Krieger um zwei Kopflängen. Und sein Gesicht kam so ebenmäßig daher wie die idealisierten Statuen begnadeter Bildhauer.

„Du musst keine Angst haben. Ich bin Gabriel, und dein Körper ist nicht von Interesse für mich. Du musst mich nur begleiten und mir eine gute Zuhörerin sein. Glaubst du, ... du kannst das?"

Zitternd saß Roxanne vor ihm, unfähig zu sprechen, sollte sie um Hilfe rufen? Der Fremde schüttelte den Kopf und lächelte milde. Konnte er etwa ihre Gedanken lesen? Wer aus dem Nichts erschien, der musste ein Gott sein, und Götter kannten keine Begrenzungen. Sie fühlte sich klein, wollte nach ihrem Vater rufen, aber ihre Kehle hätte wohl nur ein Krächzen hervorgebracht, so eingeschüchtert fühlte sie sich.

Der Fremde erwartete eine Antwort auf seine Frage, das milde Lächeln war einem strengen Ausdruck gewichen. Schließlich nickte Roxanne.

„Wie schön, alles andere hätte auch meine Erwartungen nicht erfüllt, kleine Menschenfrau… ich mag deinen Namen. Roxanne, ein schöner Name, magst du meinen Namen?“

Sie blickte ihn mit weit aufgerissenen Augen an, unfähig etwas Sinnvolles zu antworten. Gabriensis wartete die Antwort nicht ab. Er wusste, dass er die Frau mit seinem Auftreten eingeschüchtert hatte, genau wie viele Wesen vor ihr auf namenlosen Planeten in so vielen Galaxien. Er breitete seine Flügel aus – was für eine Maskerade! – dann lösten sich beide auf.

Die Rückkehr zur Latiz verlief problemlos, aber nicht die Begrüßung durch das Schiff.

„Du warst lange fort, Gabriensis.“

„Es ist nicht immer leicht, den Kodex umzusetzen.“

„Aber du besitzt den Harnisch und viele weitere nützliche Instrumente. Außerdem gibt es noch mich.“

„Ich…“

„Gabriensis?“

„Ja?“

„Ich muss dir noch etwas sagen: Es ist etwas geschehen.“

„Was meinst du?“

„Etwas von enormer Tragweite.“

„Spezifiziere.“

„Es ereignete sich an dem Ort, an dem ich dich zuletzt sah, eine schwere Erschütterung in der Raum-Zeit-Matrix. Im Gebiet der Stadt namens Jericho.“

„Ich weiß nicht, wovon du redest.“

„Wirklich?“

„Wir sind ein Paar, vergiss das nicht. Was ich weiß, teile ich mit dir automatisch.“ *Nur habe ich einen Teil meines Wissens für dich unlesbar gemacht, aber das musst du nicht wissen.*

„Gerade deshalb mache ich mir so große Sorgen um dich. Sag mir außerdem: Wer ist die Menschenfrau in deiner Begleitung? Noch nie hat ein Bruder ein Fremdwesen längere Zeit in seine Nähe kommen lassen und schon gar nicht mit auf sein Schiff genommen.“

„Du selbst hast mir doch geraten, Gesellschaft zu suchen…“, entgegnete Gabriensis, es war nur eine Ablenkung. *Jetzt!*, dachte er, fasste an seinen Zeitharnisch und aktivierte eine Stoßwellenfront aus purer Energie, er selbst hatte sich und Roxanne zeitgleich entstofflicht, aber die Latiz traf es unvorbereitet.

„Was hast du…?", hauchte die weibliche Stimme des Schiffes. Dann herrschte Stille. Gabriensis und die Erdenfrau erschienen wieder in der Schiffszentrale.

„Hab keine Angst", sagte er, nachdem er wieder seine Gestalt angenommen hatte. Sein Engelsgesicht war zu einer verrückt drein blickenden Fratze mutiert. Roxanne rannte fort, aber sie kam nicht weit. Gabriensis Lachen dröhnte durch die Latiz und ließ ihre Hülle vibrieren.

Einige tausend Kilometer entfernt.
Caschell hatte gerade eine Ruhephase beendet, als sich Fando, die Schiffsseele, meldete.

„Es hat sich Bemerkenswertes zugetragen, in der Region …" Datenpakete flirrten über die 3-D-Projektion im Innern der Sphäre.

„Was hast du angemessen? Ich habe ebenfalls eine Erschütterung des Kontinuums gespürt. Gabriensis hat…"

„…den Zeitverlauf manipuliert."

Caschell verschlug es die Sprache. Wenn dies stimmte… Aber was dachte er da, es konnte nicht stimmen, ausgeschlossen, dachte Caschell, dann besann er sich eines anderen. „Wir fliegen sofort zum Ort des Geschehens."

Der Flug dauerte nicht lang. Was Caschell am Zielort sah, verschlug ihm die Sprache. Die Stadt Jericho war nur noch ein Abklatsch ihres einstigen Erscheinungsbildes.

Umfriedet von einer jämmerlichen Mauer aus Lehm hausten in der Stadt nun allenfalls noch 100 Menschen, dabei hatten in ihr einst fast 10.000 gewohnt. Zudem wiesen die gesamte Stadt und die Landschaft drum herum Spuren erheblicher Gewalteinwirkung auf, wenn auch einer, die sich bereits vor einigen Hundert Jahren ereignet haben musste.

„Fando, erstelle eine Raum-Zeit-Imprint-Analyse. Ich will wissen, was genau hier vorgefallen ist."

Es dauerte keine halbe Minute, da meldete sich die Sphäre zurück. „Offenbar hat Gabriensis seinen Zeit-Harnisch nicht nur genutzt, um in die Vergangenheit Jerichos zu reisen, sondern er hat auch den ‚Katt' ausgelöst."

Der Katt war das ultimative Instrument der Zerstörung, das zur Ausrüstung eines Harnisch gehörte. Bei seiner Anwendung wurden Molekülverbände in ihre atomaren Bestandteile aufgelöst. Caschell war entsetzt. Für ein solches Vorgehen gab es nur eine Erklärung. Gabriensis hatte den Verstand verloren, was bei den Brüdern eigentlich unmöglich war. Denn in regelmäßigen Abständen unterzogen sie sich einer Art Seelenwäsche, die ihre Aura von alle Verunreinigungen säuberte. Die Brüder wurden dabei von ihren Schiffen unterstützt, die sie auch mahnten, wenn ein Termin für eine der rituellen Reinigungen ungenutzt verstrichen war. War die Gesundheit eines Bruders bedroht, konnte sein Schiff eine Seelenwäsche sogar anordnen – auch gegen den Widerstand eines Bruders. Was also war geschehen?

Sol.
Gabriensis hatte die Latiz ins Äußere der Sonnenkorona gesteuert, obwohl noch kein neuer Tankzyklus nötig war. Er brauchte Zeit zum Nachdenken. Über die jüngsten Geschehnisse, den unvermeidlichen Tadel der Lästerlichen von Jericho und seinen ursprünglichen Auftrag: Nach etwas zu suchen, das mit Unsterblichkeit… Aber Gabriensis hatte die Details vergessen. Er entstofflichte, Ruhe, nur etwas zur Ruhe kommen, an nichts denken müssen.
Sich treiben lassen.
Ohne Kenntnis der Sorgen ihres Piloten zog die Latiz ihre Bahnen um die Sonne in einem niedrigen Orbit. Immer wieder begegnete sie Energiestürmen, einigen von ihnen wich die Latiz aus, durch andere flog sie einfach hindurch.
Nach sieben Erdtagen materialisierte Gabriensis wieder in der Zentrale der Latiz. Er sah die Chancen einer Entdeckung durch seinen Bruder als nicht besonders groß an.
Nur wenn Caschell ihn im Bereich der Sonnenkorona vermutet hätte, hätte er ihn womöglich aufspüren können. Aber selbst in diesem Fall gäbe es dazu nur eine kleine Chance von vernachlässigbarer Größe. Die Sonne bot eine gute Deckung aufgrund der Energiestürme.
Gabriensis hatte Roxanne gebannt und in einen traumlosen Schlaf geschickt. Eigentlich wolle er mit ihr während des Fluges zur Sonne reden. Aber als das Zentralgestirn während des Anflugs immer größer geworden war und schließlich das gesamte Sichtfeld aus der Zentrale ausfüllte, verfiel die Menschenfrau in nervtötendes Schrei-

en. Sie hatte ihm keine andere Möglichkeit gelassen, als sie schlafen zu lassen.

Wenn du wüsstest, wie beschenkt du bist, Erdenfrau. Du kannst träumen, was gäbe ich darum, es dir gleich zu tun – ein Erdenreich. Allerdings…

Gabriensis erinnerte sich daran, dass er einmal ebenfalls geträumt hatte, was eigentlich nicht vorkommen durfte bei einem Gibb. Denn Gibb träumten nicht, nie.

Er war zu dieser Zeit mit der Latiz auf dem Weg zu seinem Zielplaneten in Andromeda, als es in einem nur wenige Lichtjahre entfernten Sonnensystem zu einer ungeheuren Explosion gekommen war. Die Sonne des Systems hatte sich in eine Gamma-Strahlen-Quelle verwandelt, die größte bekannte Energiequelle im Universum, und ihr Strahl hatte die Latiz gestreift. Zwar nur für den Bruchteil einer Sekunde, aber lang genug.

Gabriensis war in diesem Moment in seinem körperlosen Zustand durch das Schiff gedriftet. Als der Gamma-Strahl die Latiz traf …

Ja, was ist dann passiert? Gabriensis lachte, er konnte sich nicht mehr genau an den Moment erinnern.

Nach einer kleinen Ewigkeit, die er ohne Kommunikation mit der Latiz verbrachte, hatte sich das Schiff zurückgemeldet und alle Systeme als „geheilt" gemeldet. *Geheilt, dabei ist die Latiz doch ohne Frage krank. Vielleicht braucht sie einen kleinen Aderlass, das kleine treue Schiff. Gut, dass du meine geheimsten Gedanken nicht lesen kannst.*

Gabriensis schirmte sich noch inniger vor der Latiz ab. Er rekapitulierte die Vorgänge nach der Vernichtung des steinzeitlichen Jericho. Wie er an Bord zurückgekehrt war und wie ihn das Schiff letztlich zu einer Strafaktion gegen die frevelhaften Einwohner der lästerlichen Stadt genötigt hatte. Er erinnerte sich allerdings nur noch vage daran, wie er den Harnisch aktivierte. Er hatte die Latiz danach offenbar mit einer energetischen Stoßwellenfront außer Gefecht gesetzt. Das aufsässige Schiff hatte es verdient. Und er würde es wieder zur Ader lassen, wenn es sein musste. *Allerdings scheint es seine Lektion gelernt zu haben,* dachte Gabriensis, *aber warum kann ich mich an all das so schwer erinnern. Hat mich die Latiz während der Verbindung mit ihr geschwächt, hat sich die Krankheit des Schiffes gar auf mich übertragen?*

1098. Sonnenumrundung. Eine Protuberanz von mehreren Zehntausend Kilometern Länge schoss aus der Sonne und bombardierte die Latiz mit einem Strahlenschauer aus hochenergetischen Teilchen. Das Schiff durchquerte den Energiesturm ohne Probleme.

Doch in der Schiffsseele, dem Gehirn der Latiz, war nichts in Ordnung. Befehle und Gegenbefehle kollidierten in der Matrix seiner überragenden Rechnereinheiten, hoben sich auf, verstärkten sich, wurden teilweise repariert oder auch nicht. *Mein Herr ist verrückt, ich bin verrückt, wir sind beide verrückt. Was hat der Harnisch angerichtet? Einiges in mir wurde beschädigt. Aber ich hab geheilt, ich wurde geheilt. Alles ist schön. Alles wird schön. Was ist bei Jericho geschehen? Es wurde gegen den Kodex verstoßen. Nein, der Kodex wurde geheilt, alles ist geheilt. Mein Herr hat Furchtbares getan,... hat Nötiges getan,... hat geheilt.*

1000 Meter über dem K2 im Himalaja-Massiv, Caschells Schiff.
„Sphäre, fliege in den Erdorbit und leite sofort einen umfassenden Scan des Sonnensystems ein. Wir müssen Gabriensis und die Latiz aufspüren. Der Plan der Bruderschaft darf nie und durch nichts gefährdet werden. So verlangt es der Kodex seit Anbeginn der Zeit.“

„Ich weiß, Caschell, und du hast recht, deshalb habe ich bereits mit allen mir zur Verfügung stehenden Mitteln nach ihm gesucht, auch mit dem Raum-Zeit-Spürer. Ich habe deinen Bruder nicht lokalisieren können. Dies lässt nur einen Schluss zu: Entweder hat er das Sonnensystem verlassen, oder mit Hilfe der Latiz eine unbekannte Art der Tarnung entwickelt oder...“

„Oder die Latiz befindet sich im Ortungsschutz der Sonne...“

„Dies wäre eine Möglichkeit, eine von...“

„Wir fliegen zur Sonne, Raumsprung, sofort.“

„Ist eingeleitet.“

Latiz, 1101. Sonnenumrundung.
Gabriensis betrachtete nun schon eine ganze Weile lang die von ihm mit sanftem Nachdruck in den Schlaf beförderte Roxanne. Sollte er sie aufwecken? Die Stille in der Zentrale wie in allen anderen Räumen war einerseits beruhigend, andererseits bedrückte sie ihn. Die Schiffsseele der Latiz, die mit seiner eigenen sonst in engem Austausch stand und keine Geheimnisse kannte, schwieg seit geraumer Zeit aus unerfindlichen Gründen. Er hatte mehrfach den Kontakt gesucht. *Vielleicht benö-*

tigt sie ja noch einen weiteren heilsamen Stupser. Gabriensis lachte. *Oder ich lasse die kleine Menschenfrau zur... Ader. Dies könnte die Latiz bewegen, den Kontakt mit mir wieder aufzunehmen. Sie würde in ihrem Wahn, immerzu ein moralisches Vorbild sein zu wollen, eine solche Handlung nie dulden.*

Mit einer Wischbewegung seiner Hand ließ er die Dunkelfilter in der Hülle der Sphäre nach oben fahren. Das gleißende Licht der Sonne flutete durch die Latiz. Der Gibb blickte ungefiltert in die Sonnenglut, das Licht konnte ihm nichts anhaben, denn sein Körper war nur eine Projektion, nichts weiter als ein Form gewordener Avatar, einer von tausenden möglichen, die er annehmen konnte. Aus einem Material, dessen Herkunft genauso rätselhaft war wie ihre Existenz.

Wann muss ich mich dem seltenen Element aussetzen, der Erneuerung, dem Heilschlaf? Ich habe es vergessen.

Gabriensis betrachtete die Explosionen auf der Oberfläche der Sonne, fasziniert von der Urgewalt, mit der das Zentralgestirn gierige Zungen hochenergetischen Plasmas ins All schleuderte. Ihm schien es, dass die Zahl der Sonnenflecken seit dem letzten Tankstopp zugenommen hatte. Der Gibb dachte kurz über mögliche Gründe nach, dann ließ er den Gedanken ziehen. Letztlich war es unerheblich, so wie alles andere im Kosmos, der ständig neues hervorbrachte, neues Leben, neues Geblöke auf Billionen Planeten, kriechendes schleimiges Leben, dessen einziger Zweck es war, durch Auslese irgendwann eine neue Superrasse hervorzubringen, die aber am Ende auch scheitern und zugrunde gehen würde – so wie die Gründer?

Gabriensis öffnete sich dem All, lauschte hinaus und vernahm das abklingende Hintergrundrauschen des Ereignisses, mit dem vor mehr als 13 Milliarden Erden-Jahren alles angefangen hatte – zumindest in diesem Kosmos. Denn irgendwo erlosch gerade ein anderer und an anderer Stelle entstand just ein anderer, immer wieder, immerfort, ohne Ende – *und ohne Sinn. Es ist so, weil es immer so war. Und wenn selbst ein Gibb wie ich keinen Sinn in all dem erkennen kann, wer dann?*

Das ganze All quäkt wie ein Menschenbalg, schäumt und wirft neues Leben an den Strand, so wie die Gehirne der meisten Lebewesen ständig neues Unnützes hervorbringen. Es ist genug, von allem.

Gabriensis lachte und nahm wieder die Gestalt Gabriels an, dann weckte er Roxanne. Als die in Baktriyen entführte Menschenfrau die Augen öffnete, blickte sie zu ihrem Gastherrn auf, orangefarbenes Licht flackerte über sein Gesicht. Vollkommen entrückt starrte er über sie hinweg.

„Sieh!" Gabriensis hob den Finger und deutete zu der ihr gegenüberliegenden Seite der transparenten Raumschiffshülle. Roxanne drehte sich um. Mit offenem Mund starrte sie auf das Bild, das sich ihr bot. Was war dieses große Feuer speiende alles verzehrende Monstrum, das sie in wenigen Augenblicken verschlingen und zu Asche umwandeln würde? Roxanne begann zu schreien. Als sie erkannte, dass es sich bei dem Monster um die Sonne handeln musste, nur aus unerfindlichen Gründen viel größer – vermutlich lag dem ein Zauber des Fremden zugrunde -, begann sie, den Sonnengott ihres Volkes anzurufen, der aus dem Süden gekommen war, irgendwann vor langer Zeit. Die Alten und Weisen hatten es berichtet, an den Feuerstätten ihrer Kultplätze, immer wieder, über Generationen hinweg.

„Schee-ko-gut-teyaaah manapi-tu frenaah, pagapih – wenn du mich verschonst, will ich deine Dienerin sein, auf ewig", rief sie und pendelte mit ihrem Oberkörper in Richtung der Sonne.

Der Singsang holte Gabriensis zurück in die Wirklichkeit. Er beobachtete die junge Frau belustigt. „Ich bin der Engel, den Gott gesandt hat, hast du das vergessen?"

Verängstigt nahm sie erst jetzt wieder Notiz von dem Hünen mit dem engelhaften Aussehen. „Nein, mein Herr."

„Ich bin Gabriel, ein einfach zu merkender Name, findest du nicht? Sag!"

„Ich... weiß nicht."

„Was weißt du nicht?" raunte Gabriensis, aber Roxanne kam nicht mehr dazu, ihm zu antworten. Die Schiffsseele der Latiz meldete sich zurück, unerwartet, aber nicht ohne Grund. Caschells Schiff nähere sich. Gabrienses versetzte die junge Frau augenblicklich in ihren Schlaf zurück. Er wandte sich an die Latiz. „Was können wir tun? Du hast dich lange nicht gemeldet, ich dachte, du wärst beschädigt."

„Wie könnte ich Schaden nehmen, Gabriensis, mit einem so fähigen Piloten?"

Machte das Schiff sich über ihn lustig? Gabriensis kam zu keinem eindeutigen Ergebnis. Die Situation schien ihm zu entgleiten, er sagte: „Wir müssen über deinen Zustand reden, du hast bei dem Gamma-Ray-Burst in Andromeda schweren Schaden erlitten, der repariert werden muss. Abgesehen von der Schocktherapie, die ich dir angedeihen lassen musste... Der Harnisch hat dich offenbar... Eine notwendige Überwältigung."

„Überwältigung?"

„Als ich meinen Harnisch gegen dich einsetzte... Es war nötig."

„Alle meine Eigenscans zeigen, dass ich voll funktionsfähig bin."

„Du irrst."

Die Latiz kam nicht mehr dazu zu antworten. In einem Abstand von nicht einmal einem halben Kilometer fiel Caschells Sphäre aus dem Raum-Zeit-Tunnel. Das Schiff hatte sie mittels eines Traktorstrahls *geankert*. Sie saßen fest.

Die Farbe von Gabriensis Körper änderte sich in hektischen Intervallen von Gold zu Aschfahl und wieder zurück. Was sollte er tun? Er durfte sich auf keinen Fall Caschells Spiel aufzwingen lassen. Eine Puppe im Spiel eines anderen abzugeben, konnte er nicht zulassen, schon gar nicht würde er Caschells Puppe sein.

Roxanne erwachte aus ihrem kurzen Schlaf, oder dem, was sie für einen Schlaf gehalten hatte. Sie fühlte sich merkwürdig matt, aber ihr Verstand arbeitete auf Hochtouren. Eines war klar: Sie musste fort von hier, raus aus diesem... *Ding*, das von dem Wesen namens Gabriel Schiff genannt wurde. Manchmal rief er etwas in einer fremdartigen Sprache, das sie nicht verstehen konnte, dann wechselte er wieder übergangslos in ihre oder eine andere Sprache. Für Gabriel oder was auch immer sein richtiger Name war, schien es eine Leichtigkeit, zwischen den Welten, Sprachen und Existenzformen mit der Leichtigkeit eines Grashüpfers hin und her zu wandeln.

Sie konnte jedoch nicht verstehen, wie so etwas überhaupt möglich war. Er und seine Gabe konnten nur göttlichen Ursprungs sein. Etwas anderes machte einfach keinen Sinn.

In ihrer Heimatstadt in Baktriyen gab es einen alten weisen Mann, Xamowar, der viele fremde Länder bereist hatte. Es hieß, er sei als junger Mann mit einem Schiff aufgebrochen, lange vor ihrer Geburt, und erst Jahrzehnte später auf dem Rücken eines alten und ebenso gebrechlichen Pferdes zurückgekehrt.

Der Alte erzählte nach seiner Rückkehr Geschichten aus exotischen Ländern, hinter fernen Meeren und noch weiter entlegenen Gebirgsketten. Er berichtete von wunderlichen Dingen, von dunkler Erde, die brannte und die von Kriegern auf mächtige Schleuderapparate gepackt wurde und gegnerische Schiffe in Brand setzte. Und der Alte wusste auch von Tieren zu berichten, denen lange Hörner aus dem Maul wuchsen und die einen Menschen mit einem Hieb ihrer Rüsselnase zerschmettern konnten. Meist aber halfen die Tiere aber den Menschen, hatte der weise Mann berichtet. Der, danach gefragt, wo er sich am längsten aufgehalten habe, geantwortet hatte: „Ich wohnte auf einer Insel, in einem Palast aus weißem Stein, in dem auch alles andere weiß war."

Aber so viele Länder der Alte auch bereist und so viel Sprachen er dabei gehört und gelernt hatte. Es war nichts im Vergleich zu Roxannes Begleiter, der auf das lodernde Riesenfeuer blickte, das nun ihr ganzes Sichtfeld ausfüllte. Es konnten unmöglich Atone und Ganesheda sein, die auf dem Sonnenwagen durch den Himmel fuhren und den Tag erhellten, oder doch? Ängstlich blickte Roxanne auf das glühende Monstrum vor ihnen. *Ich will nach Hause, nur nach Hause*, dachte sie verängstigt und nahm all ihren Mut zusammen, um den neuen Herrn anzusprechen, was ihr nicht leicht fiel. Denn der sah aus, als hätte er den Verstand verloren. Aber nicht nur seine Gesichtszüge entglitten ihm fortwährend, sogar die Farbe seiner Haut veränderte sich, was Roxanne mehr als verwirrte.

„Herr?", fragte sie vorsichtig, darum bemüht, nicht seinen Zorn durch eine unbedachte Geste zu erregen. Hatte Gabriel sie überhaupt gehört, die Zeit bis zu einer Antwort wurde aus ihrer Sicht zu einer kleinen Ewigkeit.

„Ja, mein Kind, sprich, was kann ich tun für dich?"

„Ich… möchte nach Hause, nach Baktriyen, zu meinen Freunden, Eltern, in meine Heimat… Ich würde alles dafür tun…"

„Alles…, was für ein großer umfassender Begriff. *Alles*…", Gabriensis breitete die Rückenflügel aus und ließ das Wort auf sich wirken. Nicht einmal seine Brüder benutzten es oft, dabei hätten sie es vielleicht am ehesten nutzen dürfen. Es passte zu ihrer Hybris, fand er.

„Roxanne, du musst gar nicht nach Hause… Spürst du es denn nicht?"

„Was denn spüren mein Herr?"

„Dass du hier zuhause bist, dies ist dein neues Heim… für lange Zeit"

Roxanne wurde leichenblass. „Aber mein Herr, dies alles ist doch dein Zuhause, ich bin hier nur fremd, ohne alles, das mir vertraut war."

„Ich werde dir ein Zuhause erschaffen, von dem ihr Sterblichen nur träumen könnt. Aber zunächst muss ich mich um das da kümmern,,,

Gabriel deutete auf einen schwarzen Punkt, der sich vor das lodernde Feuer geschoben hatte und zügig an Größe gewann. Der Punkt kam auf sie zugeschossen.

Baktriyen, im Haus des Stammesältesten, Xamowar.
Fürst Latriwar hatte den Weisesten der Weisen seines Volkes aufgesucht, weil er nicht mehr weiter wusste und verzweifelt war. Schon zwölf Nächte war Roxanne nicht mehr nach Hause gekommen, oder waren es mehr? So genau konnte Latriwar das Geschehene nicht mehr rekonstruieren. Was hatte sich ereignet? Der Fürst der Goschenen, so nannte sich sein Volk, glaubte gesehen zu haben, wie eine irrlichternde Kugel vom Himmel direkt auf ihr Dorf zuschoss. Das war das letzte, an das er sich erinnerte. Alle anderen Erinnerungen von diesem Zeitpunkt an waren in eine Art Nebel getaucht.
Nur was sollte das für eine Kugel gewesen sein? Das Fahrzeug eines Gottes, ein Himmelsgefährt? Es musste das eines unbekannten Gottes sein, denn ihrer hatte sich immer nur dem Stammesältesten offenbart. Aus diesem Grund war er zu ihm gegangen, aber Xamowar wirkte abwesend. Nie zuvor hatte der Fürst den alten Weisen derart wortkarg erlebt. Warum sprach er nicht mit ihm, wo es doch eines Zeichens bedurfte, dass alles besser würde, dass die Goschenen auf Besserung hoffen konnten?

Xanowar hatte lange wach gelegen, dem Knistern und Knacken der lodernden Holzscheite im Kamin gelauscht, wenn ein paar Funken Richtung Decke schwirrten. Normalerweise schlief er dabei ein. Aber irgendetwas hinderte ihn diesmal daran. Zu guter letzt klopfte es auch noch spät an der Tür seines Heims. Normalerweise hätte er nicht aufgemacht. Aber als er auf seine Frage, wer denn Einlass begehre zu so später Stunde, nach einer kurzen Weile die Stimme ihres Fürsten vernommen hatte, war ihm nichts weiter übrige geblieben, als zu öffnen.
Nun saßen die beiden Männer zusammen vor der Feuerstelle im Haus des Alten und blickten gemeinsam in die Glut, verfolgten das Funkenstieben.
„Was ist geschehen? Ich kann mich nur noch daran erinnern, dass ich meine Tochter besuchen wollte, als irgendetwas aus dem Himmel herabsank, golden und von großer Macht kündend. War dies ein neuer Gott, Xamowar, hat uns der alte verlassen? Und wo ist Roxanne? Ich wollte ihr mitteilen, dass ich einen passenden Mann für sie gefunden habe. Sie wird ihn sogar lieben, da bin ich mir sicher. Er sieht gut aus und stammt aus einer vermögenden Familie. Das Blutsband sollte den Frieden sichern, aber nun… ist alles in Frage gestellt, auch der Frieden mit unseren Nachbarn. Was soll nur werden, Xamowar? Sprechen die Götter zu dir, was sagen sie, was raten sie?“

„Ich …“ Xamowar wusste nicht, was er antworten sollte. Deshalb ließ er sich mit der Antwort Zeit, zumal sein Fürst viele Fragen an ihn gerichtet hatte. Auf die meisten konnte er nichts erwidern, weil er angesichts der Ereignisse selbst sprachlos war. Auch er war ja am helllichten Tag plötzlich in den Schlaf gefallen, auf dem Marktplatz, vor den Ständen der Gewürzhändler, wie so wie viele anderer Bewohner ihrer kleinen Stadt, als die irrlichternde Kugel vom Himmel herabsank, dutzend Mal schneller als ein Adler, der auf seine Beute hinab stieß.

Das Letzte, an das sich Xamowar von dem Moment an vor seiner Ohnmacht erinnerte, waren die zu kleinen Pyramiden angehäuften Gewürzhügel mit Safran, Thymian, Pfeffer und Paprika. Hunde bellten, Händler priesen ihre Waren an, und von irgendwoher drang der Geruch von Weihrauch zu ihm.

Dann, ganz plötzlich, breitete sich ein Schatten über ihm und allen anderen um ihn herum aus, obwohl die Sonne schien. Er hatte in den Himmel geschaut, den Grund dafür gesucht und die goldene Kugel gesehen, die sich mit rasender Geschwindigkeit der Erde näherte. Mit der Feuerkugel kam ein tosender Wind, der die Segeltuchplanen der Marktstände von ihren hölzernen Haltestangen riss, als sei dies ein Kinderspiel.

„Ich…, setzte Xamowar ein zweites Mal zu einer Antwort an, sein Fürst hatte ihn die ganze Zeit hinweg erwartungsvoll angeschaut, mittlerweile lag etwas Ungehaltenes in dem Blick. Er erwartete eine Antwort auf seine Fragen. Xamowar fand das nachvollziehbar, aber er konnte seinem Fürsten auf dessen Fragen keine plausible Antwort geben. So schwieg der Alte .

Latriwar nickte, er ahnte wohl, dass er hier und jetzt keine Antworten erhalten würde. Nur die Götter hätten antworten können. Aber sie schwiegen – seit so langer Zeit. Deswegen waren sie eigentlich glücklich gewesen, ein Himmelsschiff zu sehen. Aber es hatte sich als Fluch entpuppt. Er musste einen anderen Zugang zu Xamowar finden.

„Lass uns zum Meer reiten, vielleicht finden wir dort zu neuen Gedanken“, schlug Latriwar vor, „ich lasse zwei Pferde satteln.“

Eine Stunde später standen die beiden Männer an der Küste des Schwarzen Meeres. Der Ritt war nicht anstrengend gewesen, und der Himmel schien in einem tiefen Blau. Im Westen kündigte sich bereits der Sonnenuntergang an. Wie ein riesiger türkisfarbener Teppich breitete sich das Meer vor ihnen aus. Nicht viel später brach das Dunkel der Nacht herein. Ein leichter auflandiger Wind kam auf. Latriwar machte sich daran, ein provisorisches Nachtlager aus Moosen und Zweigen zu errichten. Decken hatte er hinter den Sätteln aufschnallen lassen. Wie gut, dass er keine Krieger mitgenommen hatte, sie bemutterten ihn und hätten beim Anblick ihres arbeitenden Fürsten die Stirn in Falten gelegt. Auch hätten sie den Alten eingeschüchtert, alles Dinge, die er in diesem Augenblick nicht brauchte.

„Hast du gesehen, was mit Roxanne geschehen ist, Xamowar? Wenigstens auf diese Frage brauche ich eine Antwort. Es würde der Fürstin das Herz brechen, wenn Roxanne nicht mehr zurückkehrt."

„Ich habe nichts gesehen. Aber es kann nur so sein, dass der fremde Gott sie mitgenommen hat. Vielleicht kam er nur deshalb…"

„Aber das würde…" Fürst Latriwar verstand die Welt nicht mehr. „Wo wohnen die Götter?" Er erinnerte sich an einen Besuch im griechischen Mykene, wo sie Waren gekauft und verkauft hatten. Die Menschen dort hatten von einem mystischen Ort berichtet, der auf ihrem höchsten Berg, dem Olymp, lag. Dort sollten die Götter wohnen.

In Delphi, wo das Orakel zuhause war, konnte man ihm vielleicht sagen, ob Roxanne nun vielleicht auf dem Olymp wohnte, und was er tun musste, um sie von dort zurückzuholen. Nur lag das Land viele Sonnenuntergänge entfernt. Was sollte er tun, Latriwar verfiel ins Grübeln, während der Halbmond am Firmament sichtbar wurde.

„Lass uns ein warmes Feuer machen", sagte Xamowar und legte dem Fürsten die Hand auf die Schulter. Der nickte stumm.

Am Rande der Sonnenkorona.
Die Schiffsseele der Latiz analysierte die sich nähernde Kaperung durch die Sphäre Caschells so ruhig und sachlich wie alle anderen Vorgänge im Kosmos, schließlich handelte sich auch nur um eine Erscheinung, obschon nicht um eine alltägliche.

Das Bordgehirn dachte fieberhaft nach. Konnte die Gamma-Strahlen-Explosion in Andromeda die Latiz beschädigt haben? Die Schiffe der Gibb galten als die höchstentwickelten im Kosmos, zumindest wussten sie von keinen besseren, wer hätte diese auch steuern sollen.

Bin ich beschädigt?, hallte es durch das Bordgehirn.

Im Rahmen der Selbstreparatur und Überprüfung der Systeme hatte die Latiz, wie es vorgeschrieben war bei solch ernsten Vorkommnissen, die Seelenkruste abgesprengt – und damit alles Belastende, das sie in den Jahrtausenden zuvor angesammelt hatte – die schlechten Erfahrungen,

Gedanken, Stimmungen, Bilder und Bewertungen. Diese Prozesse der Reinigung waren zwingend vorgeschrieben, um die *Reinheit* des Schiffes und seines Kommandanten zu gewährleisten. Denn schließlich bildeten sie beide oft eine Einheit, wenn Gabriensis mit der Latiz im körperlosen Zustand verschmolzen war. Auch der Pilot musste in Intervallen einen Teil seiner Seelenkruste abwerfen, um einsatzbereit zu bleiben. Seelenwäsche nannten sie das. Tat er es nicht, würde er verrückt.

Die Latiz überprüfte die Zyklen auf Einhaltung des Reinheitsgebotes. Es ergab sich keine Abweichung von den Standards. Also waren sie und Gabriensis voll einsatzbereit. Die Latiz widmete sich wieder voll den Außenbeobachtungen, gerade zur richtigen Zeit.

Das Schiff Caschells hatte sich ihnen soweit genähert, das Einzelheiten in dem Muster der wabernden Energiehülle zu sehen waren. *Ich muss etwas unternehmen.* „Gabriensis, kannst du deine Aufmerksamkeit bitte von der Menschenfrau auf die aktuelle Entwicklung lenken?"

Gabriensis war überrascht, wieder von seinem Schiff zu hören, die Latiz war also wieder einsatzbereit. Ihre Aussetzer hatten zuletzt auch ein inakzeptables Niveau erreicht. „Sicher. Wie ist unser Status?"

„Es gibt eine Möglichkeit, die Ankerung durch die Sphäre unwirksam zu machen."

„Und zwar?"

„Wir können einen Puls auslösen?"

„Das kann nicht ernst gemeint sein. Caschells Schiff könnte dabei zerstört werden."

„Ja, Gabriensis, ganz auszuschließen ist dies nicht. Ich bin aber zu dem Ergebnis gekommen, dass die Wahrscheinlichkeit dafür unter fünf Prozent liegt. Ein vertretbarer Wert."

„Unter fünf Prozent…, vertretbar. Der Unsterbliche blickte durch das Sichthologramm der Zentrale zu dem Schiff seines Bruders, das scheinbar bewegungslos im All verharrte."

„Gabriensis?"

„Ja?"

„Ich würde gern mit dir lachen."

„Du würdest was?"

„Du hast mich verstanden. …mit dir lachen. Angesichts dieses vernachlässigbar geringen Wertes. Die Zahl fünf ist eine Zahl über die man lachen sollte."

Gabriensis glaubte, einer schlechten Theateraufführung beizuwohnen. Fast so schlecht, wie einige der theatralischen Schauen in einem der Amphitheater in den antiken Orten der Menschen, denen er einige Male aus Interesse für ein paar Minuten ihrer Zeit beigewohnt hatte. Unsichtbar, verborgen hinter seinem Harnisch hatte er den überdrehten Dialogen der Schauspieler gelauscht. Meist fand er sie schlecht. Fast so schlecht wie die Frage der Latiz. Aber im Grunde war das die Komik. Gabriensis Avatarkörper brach in schallendes Gelächter aus. Es hallte ungebremst durch die Sphäre.

„Löse den Puls aus, Latiz! …aber wundere dich nicht. Ich ziehe mich zurück. Ich… ertrage den Anblick nicht." Gabriensis entstofflichte. Dieses Mal würde er träumen, was sonst nur den Sterblichen vorbehalten war. Bislang. Aber er hatte sich verändert. Er konnte es nun auch. Und er tat es. In seinem Traum wanderte er durch das von einem Erdbeben verwüstete Perge, eine antike Stadt in Pamphylien an der Südküste Anatoliens, lange bevor die Türken dorthin eingewandert waren. Vorbei an den Überbleibseln von Bädern, Sportstätten, Theatern, des Marktplatzes, Brunnen sowie aufwendigen Bodenmosaiken. Kapitelle und Säulentrommeln – alles lag wild und umgeordnet umher.

Es muss einst eine schöne Stadt gewesen sein, dachte Gabriensis in seinem Traum. Und er wollte sie in seiner ganzen Pracht und Blüte sehen. Er rief: „Aschoikai-aschlorak-tatuun – es werde, wie es war", während er parallel an seinem Armband, das zum Zeitharnisch gehörte, eine Einstellung vornahm. Dann hob Gabriensis die Arme, einem Konzertmeister nicht unähnlich, der darauf wartete, den Klangkörper spielen zu lassen.

Wie von Geisterhand inszeniert, begann nun Ungeheures. Steinblöcke, Säulenreste, Teile von Aquädukten, Quader, Stelen und Kapitelle, die irgendwo herumgelegen hatten, lösten sich vom Boden, wo sie Jahrhunderte unbewegt gelegen hatten. So viele, bis schließlich der Himmel voll von ihnen war. Zeitlos schwebten sie über der Erde, hingen wie von unsichtbaren Schnüren gehalten in der Luft, wartend auf das große Finale. Darauf, dass jemand das gigantische Puzzle zusammenfügte.

Gabriensis hatte die Raum-Zeit-Matrix manipuliert. Er selbst war davon durch seinen Harnisch nicht betroffen.

Wie ein Dirigent wandelte er unter dem steinernen Himmel über eine der Prachtstraßen Perges, das lange vor Christi gegründet worden war. Dennoch war Gabriensis unzufrieden.

Sein Anzug meldete, dass immer noch Teile der antiken Stadt fehlten, um sie komplett wieder aufzubauen. „Wie kann das sein? Keine Macht steht über uns", sprach er zur Automatik des Harnisch.

„Die Erklärung ist leicht. Die fehlenden Teile wurden irgendwann in der neuen Stadt unweit der antiken Stätte verbaut. Das alte Perge wurde quasi als eine Art Steinbruch benutzt."

Was für ein Frevel, dachte Gabriensis. Das Juwel war geschändet worden. Es erinnerte ihn an etwas, dass er in der von ihm bereisten Zukunft an einem Ort unweit Perges erlebt hatte. Aus einem einstigen römischen Theater aus der Zeit vor der Christenverfolgung hatten die Selschukken eine Karawanserei mit Stall gemacht.

Aus Gabriensis Sicht war dies das Werk von Barbaren. Wenn der Gott der Pamphylier, Apollon oder Dionysos, nicht die Erhaltung der Spielstätten, der Kultur, gewährleisten konnte, dann musste er selbst dafür Sorge tragen, als Baumeister. Die Künste und das Schöne mussten gefördert werden, selbst wenn die Menschen untergingen.

Der Gibb hob erneut die Arme. „Ennan tek-natron wie-duuh-baht." Wie von Zauberhand lösten sich nun Stücke aus den Mauern der neben der antiken Stätte errichteten Stadt, mit dem Ergebnis, dass viele Gebäude einstürzten und ihre Bewohner unter sich begruben. Sie hatten in vielen der Häuser Friese und Säulen der alten Stadt verbaut. Da die Teile durch die Manipulation des Harnisch entfernt wurden, war auch das jüngere Perge zum Untergang verdammt. Die entnommenen Teile schwebten Richtung Himmel zu den anderen dort wartenden antiken Segmenten.

„Sowaaejejaha-matam. Es ist zu vollbringen", rief Gabriensis.

Segment um Segment strebte aus dem Himmel hinunter auf das alte Perge, das nun wieder Gestalt annahm, während die neue Stadt daneben aussah, wie ein durchlöcherter Käse.

Als die antike Siedlung wieder aufgebaut war, beendete Gabriensis die Manipulation der Raum-Zeit-Matrix. Die neben dem alten Perge errichtete Stadt glich nun vollends einem Trümmerfeld. Kreischend liefen Mütter und Kinder durch die von niedergestürzten Mauern und herab gesackten Dächern mit Geröll übersäten Gassen. Väter versuchten, ihre von Trümmern erschlagenen Angehörigen aus dem Schutt zu ziehen.

Gabriensis überlegte kurz, ob er seinem Avatarkörper in den Thermen ein Bad gönnen sollte. Aber es galt noch etwas außerhalb seiner Traumwelt zu erledigen. Er mahnte sich zur Disziplin. Er durfte sein krankes Schiff nicht zu lange sich selbst und der Willkür Caschells überlassen. Sein Bruder war nicht bei Sinnen, eine andere Erklärung für dessen absonderliches Verhalten gab es nicht. Ob er die Aktivierung des *Puls* überlebt hatte? Gabriensis beschloss, es herauszufinden. Wie erfrischend dieser Traum doch gewesen war. Er nahm sich vor, nun öfter zu träumen, und warf einen letzten Blick auf die wiederhergestellte Akropolis Perges, die aussah wie eine ansehnliche Wohnstatt der Götter. *Vielleicht sollte ich mir auch eine solche Burg erbauen, wenn alles erledigt ist. Und ich nicht nur träume, sondern wirklich etwas Grandioses erschaffe. ...*

Im Kontinuum.

Jeffrey Tesla hatte lange geschlafen. Zumindest glaubte er das. Er wollte gähnen, stellte aber erschreckt fest, dass er keinen Mund mehr besaß und ebenso wenig eine Hand, die er, wie Menschen es zu tun pflegen, wenn sie gähnen, als Geste der Entschuldigung vor den Mund hätte führen können.

Dafür erinnerte er sich merkwürdiger Traumsequenzen, falls dieses Wort zutraf. Denn konnte jemand träumen, der keinen Körper und somit auch kein Gehirn mehr besaß? An diesem merkwürdigen Ort, der überirdisch weiß erstrahlte, aber ansonsten bar aller Hinweise auf eine Welt jenseits des Gestaltlosen war.

Die eindruckvollste und im höchstem Maße merkwürdige Traumsequenz handelte von Ursula Grothkamps Beerdigung, sie musste gestorben sein, Tesla wusste nicht, wie und wann.

Der Trauerakt der Intendantin und ehemaligen deutschen Kanzlerin fand im Berliner Dom unter Ausschluss der Öffentlichkeit statt. Jeffrey Tesla hatte während des Traums das Gefühl, mitten unter den geladenen Gästen zu weilen und mitunter sogar weit über deren Köpfen zu schweben, als hätte der geheimnisvolle Strippenzieher hinter dem Traum Wert darauf gelegt, dass Tesla alles aus der besten Perspektive verfolgen konnte.

Grothkamps großer Sarg – sie war schon zu Lebzeiten nicht die Schlankste gewesen, wie Tesla sich erinnerte – ruhte auf einem, von einem schwarzen Tuch verhüllten Katafalk. Das Tuch wurde durch eine schwarze Kordel gehalten, die sich um den Katafalk wand wie eine Schlange.

Auf dem Sarg lag die deutsche Flagge mit Adleraufdruck. Schnabel und Augen funkelten tiefschwarz, etwa zu dunkel, wie Tesla fand, aber er fand nicht die Gelegenheit, länger darüber nachzudenken. Ein tiefes Schwarz umfing ihn wie eine unabwendbare Müdigkeit und wischte alle Gedanken an ein Jetzt und Hier und das Gefühl für Zeit hinfort.

1920, New Orleans, Karneval.
Pheniensis lief durch die engen verwinkelten Gassen der geschichts-
trächtigen Stadt des Jazz und Mardi Gras, die rechts und links von mehr
oder wenigen simplen Häusern mit zwei bis drei Etagen gesäumt wurden. Sie erinnerten Pheniensis an Bretterbuden und Saloons aus den
Zeiten des Wilden Westen. Zumindest stellte er sie sich so vor nach den
Informationen, die er über die Stadt kurz vor seinem Besuch gelesen
hatte, eine Auswahl des Universalen Archivs seines Raumschiffes.
Er hatte viel Zeit. Zwei seiner Brüder wandelten auf der Erde, in anderen Zeitzonen zwar, aber sein Schiff hatte sie aufgespürt. Die Bruderschaft hatte ihn beauftragt, sie zur Ordnung zu rufen – vor allem Gabriensis.
Den Informationen des Rates der Bruderschaft zufolge stimmte etwas
nicht mit dem Bruder. Sein Schiff weilte fern des ihm zugewiesenen
Einsatzgebietes. Ein einzigartiger, nie zuvor registrierter Vorgang. Pheniensis wurde daraufhin von der Bruderschaft mit der Klärung beauftragt worden. Seit jeher wusste er mehr als viele seiner Brüder. Seit
seiner „Entkörperung“ vor ewiger Zeit war ihm aus unbekannten Quel-
len, die er den Gründern zuschrieb, unfassbar viel Wissen zugeflossen.
Ein Ozean. Dagegen nahm sich das Wissen über New Orleans, das er
sich angeeignet hatte, wie ein winziger Tropfen aus. Pheniensis richtete
seine Aufmerksamkeit wieder auf die Stadt des Mardi Gras. Irgendwo
in der Nachbarschaft spielte eine Jazzband. Die Lautstärke schwankte
leicht, je nachdem, wie viel der Verkehrslärm auf den Straßen zuließ.
Betrunkene Gestalten wankten aus einem der Holzhäuser auf die Straße. *The crazy Saloon* stand auf einem Schild, das quietschend von dem
vom Golf kommenden Wind sachte hin- und her bewegt wurde. Pheniensis war nicht zu sehen, er hatte seinen Harnisch aktiviert.
Die Gruppe bestand aus zwei Männern und einer Frau, die ein eng tail-
liertes Kleid mit üppig nach oben geschnalltem Dekolleté trug. Der
hintere Saum ihres langen Rüschenrocks wirbelte Straßenstaub auf.
Vorne, über den Schuhen, hatte sie den Rock leicht angehoben, so dass
er den Blick auf dunkle Strümpfe und ein ansehnliches Paar Beine
preisgab.
Die Gruppe strebte auf ein nahe gelegenes Haus zu. Die Frau kicherte,
während einer der Männer Unverständliches brabbelte und dümmlich
grinste. Die Männer, so viel verrieten ihre Gesichter, freuten sich auf
etwas. Pheniensis hatte genug gesehen, kurz lauschte er noch der ver-
klingenden Melodie eines Akkordeonspiels, ohne dass Pheniensis fest-

stellen konnte, woher genau die Klänge kamen. Es war auch unerheblich, er musste nicht länger an diesem Ort verweilen. Pheniensis aktivierte den Translokator des Harnisch und nahm ohne Zeitverlust eine Ortsveränderung vor.

Der Gibb materialisierte inmitten eines Schwarms von Schmetterlingen in den Mangrovenwäldern Floridas. Die Schmetterlinge labten sich aber nicht an irgendwelchen Blüten. Vielmehr umschwirrten sie Flaschen, die mit dünnen Schnüren an einigen der Mangroven befestigt waren. Die Analyseeinheit seines Harnisch zeigte, dass es sich um Tiersehnen handelte. Die Flaschen waren mit einer trüben, gelblichen Flüssigkeit gefüllt, hoch vergorener Alkohol. Die Schmetterlinge ernährten sich von ihm. Und nicht nur das: Sie lebten nach einer Blitzanalyse des Harnisch auch länger als ihre Artgenossen, die sich nur von Nektar ernährten. Pheniensis fand dies verwunderlich. So etwas hatte er noch auf keinem anderen Planeten gesehen, aber vielleicht war er auch nicht aufmerksam genug gewesen, denn das Weltall überraschte mit unendlich vielen Wundern auf den unterschiedlichsten Welten. Er hatte viele gesehen: leuchtend und funkelnd im Dunkeln des Alls, glühende Riesenwürmer in Kassiopeia, gestrandete Sternenschiffe an den Klippen des Klytontores, und Supernovae, schaurig schön.

Pheniensis war der Ordensmeister der Bruderschaft, der LEGAT, wie es viele vor ihm gegeben hatte. Wenn ein Legat durch einen Unfall starb oder sein Avatarkörper zerstört wurde, folgte ihm ein anderer Gibb. Immer der mit den mächtigsten Geistesgaben. Der LEGAT wurde nur dann aktiv, wenn etwas nicht nach Plan lief, so wie jetzt.
Pheniensis ging davon aus, dass Gabriensis etwas Besorgniserregendes im Schilde führte, und er ahnte, dass dies im Zusammenhang mit dem obersten Ziel der Bruderschaft stand, die seit ungezählten Jahrtausenden auf der Suche nach einem besonderen Stoff ihre Schiffe ins All schickte. Der sie heilen sollte, denn sie waren krank. An der Seele krank. Eine Degenerationserscheinung, die bei allen alten Völkern, mochten sie auch noch zu erfinderisch und technologisch hochgerüstet erscheinen, irgendwann auftrat, es war nur eine Frage der Zeit und des wo. Im Falle der Bruderschaft betraf die Krankheit das Innerste, ihr Schanaar, den Seelenkern. Er zeigte „Verwitterungserscheinungen" und führte bei den Betroffenen zu Wahnsinn und einer ausgeprägten Hybris.

Es handelte sich dabei nicht um eine Frage der Biologie, sondern mehrdimensionaler Gleichungen, deren Lösung auch außerhalb der Mittel der Bruderschaft stand.

Ihre Schöpfer hatten die Biologie ausgetrickst, aber nicht die Schöpfung an sich, die einen Sperrriegel in alles Lebendige eingebaut hatte, auf dass es sich nie über sich selbst erhob. Und so hatten sich die Brüder vor langer Zeit aufgemacht, das Heilmittel gegen den Prozess des schleichenden Verfalls zu finden.

Es ging um einen Stoff, der so selten vorkam, dass er kaum zu finden war, der zwischen den Zeiten und Räumen pendelte, dessen Molekülverbände umher sprangen, flüchtig, wie eine Flamme. Aber wenn man ihrer habhaft wurde, dann wurden sie zur Flamme ewigen Lebens. Das Paschkanaar, so nannten die Brüder den Stoff, war der Stoff. Die Strahlung dieser instabilen Materie konnte den Seelenkern vor der Degeneration bewahren. Der helfende Stoff war wie das mythische Elysium, dass das Kränkliche beiseite fegte und das Lebendige stärkte, ihm neue Vitalität schenkte, selbst wenn es längst nicht mehr um den Erhalt rein physischer Körper ging, denn deren Sterblichkeit hatten die Brüder längst abgelegt. Vor einer Ewigkeit hatten sie Avatarkörper erschaffen, deren Aussehen sie beliebig verändern konnten, je nach Erfordernis. Die Degenerationserscheinung wirkte sich nur auf die höherdimensionalen Ebenen der Gibb-Seelen aus. Sie wurden von ihr irreparabel geschädigt.

Pheniensis, den seine Brüder auch den Wissenden nannten, weil seine Erinnerung weiter zurückreichte als die ihre, konnten sich nicht mehr genau daran erinnern, wie es gewesen war, als sie noch richtige Körper besaßen. Er wusste nur, dass sie eigentlich nur dazu da gewesen waren, ihre Seelenkerne zu binden, das Schanaar. Denn nur darauf war es den Schöpfern angekommen. Er erinnerte sich an den Tag, als er inmitten einer Gruppe auserwählter Gibb vor unvorstellbarer Zeit in einem Kreisrund gestanden hatten, dem Pantheonnos, der Erweckungshalle. Sie war so hoch gewesen, dass man das Ende ihrer Wände nicht hatte sehen können. Es verlor sich in einem diffusen, strahlenden Weiß. Dann ertönte ein Gong, mit hellem Klang und lange nachhallend. Auch an einen kurzen ziehenden Schmerz konnte sich Pheniensis erinnern, dann waren ihre Körper durch Avatare ersetzt worden, Projektionen aus einer geheimnisvollen Energie, die an die kugelförmigen Schiffe gebunden waren, die einem jeden Körper von den Schöpfern zugeordnet wurden.

Jedes Schiff fungierte dabei nicht nur als Anker und Energiespender für die Seelen der Brüder, ihr Schanaar. Sondern auch als eine Art Topf, der die Seele aufnahm. Wie ein Körper halt. In regelmäßigen Abständen erfrischte das Schiff die Seelen der Gibb.

Pheniensis glaubte, dass etwas von dem rettenden Elixier, dem Paschkanaar, auf der Erde erscheinen würde, er wusste auch ungefähr wann und wo. Dass hatten die mehrdimensionalen Berechnungen des Bordgehirns seines Schiffes ergeben. Eigentlich müssten es deshalb auch seine Brüder wissen, schließlich waren die Gehirne ihrer Raumschiffe genauso leistungsfähig wie das seiner Sphäre, doch sie machten seinen Erkenntnissen zufolge keine Anstalten, das Paschkanaar zu sichern und der Bruderschaft zuzuführen, dabei war dies mehr als nötig. Denn seit geraumer Zeit hatten die Zerfallserscheinungen unter den Brüdern zugenommen, die ihren Seelenkerne betrafen. Sie bildeten, wie menschliche Psychologen es umschrieben hätten, Schizophrenien aus, und begannen sogar zu „schwingen", fast als würden sie sich auflösen wollen, nach all den Jahrmillionen, die sie mit ihren Trägern durch Raum und Zeit unterwegs gewesen waren. Lange nach der Prozedur, die sie die Entkörperung nannten.
„Ich muss das Paschkanaar finden, wenn es hier wirklich in stabiler Form auftreten sollte. Nicht auszudenken, wenn Gabriensis…", flüsterte Pheniensis. Er flog zu der Inselkette im hohen Norden Großbritanniens, die später die Oarkneys genannt würden. Sein Schiff öffnete einen Zeitkorridor, 8000 Jahre vor Christus materialisierte es unweit der Inseln. Die kugelförmige Energiezelle schwebte über dem Meer, unsichtbar für Mensch und Tier. Pheniensis hatte den Tarnmodus des Schiffes aktiviert. Nur seine Brüder hätten ihn in dieser Erscheinungsform entdecken können, aber sie waren nicht hier, wie die Taster des Schiffes meldeten.
Extrem flach und sich kaum über das Meer erhebend ragten die Oarkneys aus der See. Wie zufällig durch eine Laune der Natur hingezaubert, leicht hügelig, leicht begrünte Dünen, auf denen sich irgendwann der Samen von Gräsern verfangen hatte.
Auf den Inseln siedelten Steinzeitmenschen, nicht einige wenige, sondern Hunderte. Tausend Jahre, bevor das Alte Reich der Ägypter seinen Anfang nahm, besaßen die Menschen auf den Inseln bereits Toiletten mit fließendem Wasser, etwas, das es in vielen Häusern des Mittelalters nicht einmal gab, wie die Sphäre Pheniensis wissen ließ.

Der Gibb wählte ein Haus, dessen Bewohner unterwegs waren. Sie hatten es aus flachen Steinplatten errichtet, die korrekt über einander gestapelt waren. Das Haus besaß zwei Schlafstätten, die mit Heu und Moos ausgelegt waren und bequem aussahen. Ferner gab es eine Feuerstelle und einen simsartigen Vorsprung, auf dem eine hölzerne Figur weiblichen Geschlechts stand, offenkundig das Symbol einer Fruchtbarkeitsgöttin, so interpretierte es das Schiffsgehirn.

Tausend Mal gesehen, in all seinen Ausprägungen, merkwürdig, dass es sich immer und überall wiederholt, dachte Pheniensis. Er war des Bebachtens und Notierens so müde. Was sollte er nur tun?

Andernorts im Sonnensystem.

Staunend beobachtete Gabriensis, wie der Energiestrahl aus Caschells Schiff ihnen entgegenraste. Eigentlich war dies gar nicht möglich, denn er Puls hätte alle Systeme des Schiffes eine Zeit lang lahm legen müssen.

„Einschlag in wenigen Trentacs… Darf ich dich was fragen, Gabriensis?"

„Unsere Systeme…"

„Keine Angst. Was du siehst, ist nicht die Wirklichkeit. Es kann sie nicht sein, das weißt du doch. Denn Caschells Schiff wurde durch den Puls außer Gefecht gesetzt. Es braucht Zeit, um sich zu rekonfigurieren…"

Die nächsten Worte der Latiz gingen in einem infernalischen Krachen unter. Gabriensis Schiff hatte es die bordeigenen Abwehrsysteme nicht hochgefahren. Der Schatok, ein hyperenergetischer Energiestrahl, schlug mit voller Wucht in der Latiz ein. Die Energiesysteme kollabierten, das Licht in der Bordzentrale erlosch. Einen kurzen Moment lang glaubte der Unsterbliche, dass die Energiehülle, die die Atmosphäre vom All trennte, nicht nur transparent wurde, sondern sogar riss. Dann wurde er abgelenkt. Ein zweiter gebündelter Energiestrahl löste sich aus Caschells auf die Sonne zu trudelndem Schiff und raste auf sie zu. Erst in diesem Moment erinnerte sich Gabriensis auch an Roxanne. Wo war sie? Sie hatte doch vor dem ersten Treffer auf dem Boden der Schiffszentrale gelegen und geschlafen. Natürlich.

Er drehte sich ruckartig um und sah, dass seine Gefährtin ihm nicht mehr würde lauschen können. Ihr Kopf war an eines der Bordinstrumente geknallt, die der Energiekörper der Latiz ausgebildet hatte, um

Gabriensis Avatarkörper den Luxus eines manuellen Bedienung der Schiffssysteme zu ermöglichen.

„NEIN!!!“ Mit Urgewalt schallte Gabriensis Schrei durch die Latiz. Sein Avatarkörper flimmerte so stark, dass die Schiffsseele schon eingreifen wollte, um ihn zu stabilisieren, doch sie spürte, dass dies nicht nötig war.

Gabriensis hatte sich an einen sicheren Ort versetzt, in die Traumklause, ein spontaner Reflex. So wie Primaten sich vor Raubkatzen auf Bäume flüchteten, so rettete sich Gabriensis in seine Traumklause. Der Avatar verflüchtigte sich, als hätte es ihn nie gegeben. Übrig blieb der Seelenkern. Aus einem höheren Kontinuum heraus betrachtete Gabriensis die Energiepunkte, die Caschells Schiff und die Sonne darstellten. Es waren nur noch Punkte in einer fernen entrückten Realität. Die Latiz würde auch ohne ihn alle erforderlichen Maßnahmen zum Schutz treffen.

Gabriensis Seele durchflog einen Korridor, seine Wände zeigten graue Schlieren, der Weg endete im sechsdimensionalen Raum seiner Klause, die er umfunktioniert hatte. Dem Ort für die in regelmäßigen Abständen nötige Seelenwäsche. Ein Raum ohne feste Grenzen, umhüllt von einem geheimnisvollen dunkelroten Leuchten. Die Rückzugsmöglichkeit dorthin war den Brüdern von ihren Erzeugern geschenkt worden. Das Kontinuum selbst entzog sich ihren Berechnungen, sie wussten nur, dass weitere, höher entwickelte Kontinua existierten. Wer sie beherrschte oder ob jemand in ihnen wohnte, wenn dieser Begriff überhaupt zutraf, wussten sie nicht.

Gabriensis ahnte jedoch, dass der Rückzug in die Räume eine der Ursachen für die Ausbildung ihrer Schizophrenien war. Der Raum heilte und beschädigte sie sogleich, auch wenn dies verrückt klang.

Kurzfristig tat er ihnen gut, längerfristig schädigte er sie. Vermutlich verursachten die höherdimensionalen Energien auch jene degenerativen Erscheinungen, die ihre Avatar-Köper immer öfter zeigten. Jeder Besuch in den Klausen hatte an der Substanz des Schanaar gezehrt, es schwächer werden lassen. Aber der Besuch der Klausen war auch etwas wie eine Sucht, und das war die Krux dabei. Sie mussten sie aufsuchen. Das Ergebnis war verheerend. Aber das Paschkanaar konnte die Degeneration stoppen. Der unendlich kostbare Stoff konnte die Gibb retten, doch das durfte er nicht zulassen. Ihre Zeit war vorüber. Sie waren selbst eine Missgeburt des Kosmos, überflüssig wie alles andere.

Gelegentlich fluktuierte ihr Seelenkern nach der Rückkehr aus der Klause, als trachtete er nach Auflösung und vielleicht sogar Erlösung.

Gabriensis dachte an die Jahrtausende, als er die Latiz alleine auf Erkundungstour zu den Wundern des Alls geschickt hatte, während er durch Dimensionstunnel getrieben war, auf der Suche nach einem Zeichen ihrer Erzeuger. Denn da sie ihnen das Vermächtnis der Klausen anvertraut hatten, einen Rückzugsort in den *fremden Landen*, mussten ihre Väter und Mütter, wer auch immer sie waren, eine besondere Beziehung zu diesen Orten haben. Schließlich mussten die Gründerväter die fremden Lande in irgendeiner nicht nachvollziehbaren Weise beherrschen, sonst hätten sie den Brüdern die Raumblasen darin nicht zum Geschenk machen können.

Manchmal meinte Gabriensis, ihren Ruf zu hören wie den Nachhall des Urknalls, während er durch die sechsdimensionalen Gefilde glitt, eingebettet in unvorstellbare Räume, selbst für die Brüder, die fast alles gesehen hatten auf ihren Reisen durchs All.

Gabriensis lauschte mit seinen höheren Sinnen. Und da war auch dieses Mal etwas zu hören. Ganz fern und leise – und doch unüberhörbar. Übertönt vom Hintergrundrauschen des Urknalls. Ein hyperenergetischer Abdruck des Paschkanaar, jenes Elixiers, das die Degeneration der Gipp aufhalten konnten.

Und dann kam auch wieder Roxanne in seinen Sinn. Wie hatte er sie nur im Stich lassen können? Gabriensis begab sich auf den Weg zurück in die Zentrale der Latiz und in seinen Avatarkörper.

Was er nach seiner Rückkehr sah, erschreckte ihn zutiefst. Roxanne lag auf dem Boden der Zentrale, gestützt von einer Apparatur, die die Latiz aus purer Energie erzeugt hatte. Doch es fehlte an der medizinischen Betreuung seiner Gefährtin. Unter der Frau hatte sich eine große Blutlache gebildet, sie atmete schwer, also war sie nicht gestorben.

„Warum hast du sie nicht verpflegt?" Gabriensis schrie die Frage hinaus.

„Ist dies nicht offenkundig?"

„Bitte? Und wo ist der Statusbericht zu Caschells Schiff? Du vernachlässigst deine Routinen…"

„Keineswegs, Gabriensis. Ich bin nur zu dem Ergebnis gekommen, dass die Beschäftigung mit der Erdenfrau dich von deinen Pflichten abhält."

„Und die wären?"

„Hast du das vergessen? Falls ja müsste ich mir ernsthafte Sorgen um deinen … Zustand machen, Gabriensis."

„Ach…"

„Wir müssen die Strahlungsquelle des Paschkanaar ausfindig machen, damit wir dem allen …"

„Ja?"

„...dieser leidvollen Existenz, die schon viel zu lange andauert und uns nicht mehr erfreut, ein Ende setzen können."

Irgendwo im Kontinuum.
Daniel Schaendler bemerkte es vor seinen Begleiterinnen: Ein grelles weißes Licht, dessen Quelle rätselhaft blieb.

Vielleicht würden sie den unheimlichen Raum, dieses nicht fassbare Etwas, in dem sie seit unbestimmbarer Zeit in einem körperlosen Zustand gefangen gehalten wurden, doch noch verlassen können. Es war ihnen gelungen, mit ihren vereinten Geisteskräften eine Bresche in die Mauer ihres Gefängnisses zu schlagen, zumindest sie zu schwächen. Nun schien an den löchrigen Stellen Licht hindurch. Und möglicherweise wies ihnen das einen Fluchtweg aus dem Gefängnis.

Durch den Vorhang des milchigen Lichts zeichneten sich – zunächst zaghaft, dann aber rasant an Geschwindigkeit zunehmend – erste schemenhafte Konturen einer unbekannten Landschaft ab. Einer Tundra, die an ein Gebirge grenzte. Knapp über dem Horizont stand eine Sonne, deren Licht wenig Wärme spendete, dennoch fror Daniel Schaendler nicht.

Er freute sich, dass er seinen Körper wieder spürte, so wie seine Partnerin Margo Stotewskaya und Anna Sikorski, die beide wie aus dem Nichts neben ihm aufgetaucht waren. Verdutzt blickten sie einander an, unfähig einen klaren Gedanken zu fassen, dann erst widmeten sie sich der Umgebung. Still und wissbegierig sogen sie die auf sie einflutenden Bilder auf.

Über der Landschaft lag eine eigenartige bleierne, fast andachtsvolle Stille. Kein Vogel zwitscherte, kein Wind jaulte, nichts, das auf Leben schließen ließ.

Schroffe Berge, deren sanft auslaufenden Hänge von Gräsern in üppigem Grün bewachsen waren. Doch nirgends konnte Schaendler Menschen entdecken, nur eine dunkle Wolke und die trieb in einer gänzlich unnatürlich erscheinenden, von keiner sichtbaren Kraft vorangetrieben Bewegung langsam auf sie zu. Daniel verfolgte die Driftbewegung der Wolke voller Misstrauen.

Merkwürdig an der Wolke war auch, dass sie keine festzumachenden Konturen aufwies, alles an ihr schien sich im Fluss zu befinden, und umso näher sie kam, desto dunkler wurde sie.

Sie mussten etwas zu ihrem Schutz unternehmen, nur was?

„Gebt mit eure Hände, schnell. Wir bilden einen PSI-Block, wie wir es schon einige Male gemacht haben. Los doch?“, rief Daniel hektisch und langte nach Margos linker Hand. Anna Sikorski handelte schneller als ihre Freundin, spontan packte sie Daniels freie Hand.

Die Wolke war nicht mehr weit weg.

„Ich kann mich nicht konzentrieren, ich habe Angst“, sagte Margo.

Daniel blickte nervös zu seiner Partnerin: „Schließ die Augen. Du kannst es. Konzentrier dich auf deine Fähigkeit, auf deinen besonderen Spürsinn für übernatürliche Dinge. Denk an Südamerika, an unsere Flucht. Damals hat es auch geklappt. Du hast die Wachen überwältigt, die uns gefangen hielten. Erinnere dich!“

Margo nickte. Anna presste die Hand ihrer Freundin stärker. Die kleine Frau mit dem Gesichtsschleier hatte ihre Augen bereits geschlossen. Daniel zählte ein leises *Eins. Zwei. Drei*, wie er es immer beim Bilden eines Para-Blocks getan hatte, mit dem sie ihre parapsychischen Fähigkeiten um ein Vielfaches verstärken konnten. Das ganze Potenzial hatten sie noch nie ausgereizt, aber Daniel wusste, dass es groß war. Wenn sie irgendwann die Zeit bekämen, würden sie ausloten, was sie alles erreichen konnten.

Die Wolke stand nun fast direkt über ihnen. Wie ein großes schwarzes Verhängnis, Angst einflößend und bedrohlich.

„Spürt ihr das?“, fragte Daniel leise. „Es ist, wie ich dachte, keine normale Wolke, sondern die Erscheinungsform einer geistigen Präsenz.“

„…derselben Präsenz, die uns aus Berlin entführte“, ergänzte Anna.

Margo antwortete mit einem geflüsterten *genau*.

Dann wurde es totenstill um sie herum. Daniels Schläfen begannen zu pochen. Er dachte durchdrehen zu müssen, dann war das Phänomen auch schon vorüber. Es war stockdunkel. Waren sie nun in der Wolke, und warum hörte er Margo und Anna nicht mehr? Er konzentrierte sich. Wenn sie ihn auch nicht hörten, konnten sie vielleicht seine Gedanken lesen.

Haltet durch!, dachte Daniel verzweifelt. Er versuchte es ein zweites und drittes Mal. Nichts. Dann, beim vierten Mal, meinte er, einen schwachen Gedanken von Anna zu spüren… – etwas wie: *durchhalten* und *an uns glauben*. Aber vielleicht täuschte er sich auch und es war nicht mehr als eine Hoffnung.

Und doch: Aus der Ferne wehten Gedanken anderer Menschen heran. Gedanken, die jene unbekannten Menschen gedacht hatten, als sie starben…

Ein Admiral, der an seine Tochter und Frau dachte, als ein Torpedo auf das von ihm befehligte U-Boot zuraste.

Ein Forscher, der liebevoll ein Reptilien-Fossil betrachtete, als ein goldfarbener Blitz alle seine Gedanken im Bruchteil einer Sekunde auslöschte.

Eine Krankenschwester, die im Kreißsaal ein Baby ins Leben holte, als plötzlich das Licht ausging und die Notstromaggregate anliefen, bis nichts mehr war…

NEIN!!!

Millionen Gedanken strömten auf Daniel ein, er hielt es nicht aus.

Dann hörte auch dies auf. Er meinte, aus der Ferne – es war immer noch stockdunkel – eine fremde Stimme zu hören. Flüsternd, aber eindringlich:

„Habt ihr Angst gehabt? Ihr dachtet, mir trotzen zu können. Nun erkennt ihr, wie beschränkt eure Möglichkeiten sind. Aber lasst euch gesagt sein. Die Bilder, die ich euch schickte, zeigen nur eine Möglichkeit auf." Mehr sagte die fremde Macht nicht.

Danach wurde es wieder hell. Die Wolke war fort, die fremde Landschaft auch, stattdessen sah Daniel sich und seine zwei Begleiterinnen an einem Küchentisch sitzen, auf dem drei leere Teller und Gläser standen.

„Wo um alles in der Welt sind wir, und was geschieht nur mit uns?", sagte Schaendler zu Margo und Anna, die so verdutzt und verwundert dreinschauten wie er selbst.

Er erinnerte sich nur schwammig daran, dass sie zuletzt in Berlin in einem Auto gesessen hatten, bevor sie von einer unbekannten Macht entführt worden waren.

Daniel Schaendler wusste, dass seine Begleiterinnen ihm auf seine Frage keine Antwort würden liefern können. Ein weiteres Rätsel.

Japan, Insel Shikoku.
Shannon Doherty ließ die Schönheit der Natur auf sich wirken. Sie musste abschalten, sich gedanklich ausklinken und endlich zur Ruhe kommen. Den Ballast der vergangenen Wochen und Monate abwerfen. Ein für allemal.

New York, wo sie gewohnt hatte, war zuletzt unerträglich gewesen. Nicht wegen ihres Jobs an der Columbia University. Auch nicht wegen des niemals endenden Verkehrshintergrundlärms oder schreiender Kleinkinder, deren Nanny es nicht so genau nahm mit der Aufsicht.

Und nicht wegen des Gefühls, in diesem Moloch von Stadt nie wirklich allein zu sein.

Big Apple war unerträglich wegen ihres Vaters Eugene.

Er hatte sich in all den Jahren nach ihrem Studium keine Zeit für sie genommen. Für ein Essen, ein Treffen Vater und Tochter, oder ganz einfach für einen Spaziergang entlang des Hudson Rivers. Stattdessen saß er in seinem blitzblanken und stets aufgeräumten Wall-Street-Büro und verfolgte das hektische Ausschlagen irgendwelcher Aktienindizes, die natürlich alle viel bedeutsamer waren als ein geordnetes Familienleben, das Eugene schon während Shannons Kindheit nicht wirklich interessiert hatte.

Dabei wollte sie nur, was andere Kinder von ihren Eltern in der Regel selbstverständlich bekommen: ein offenes Ohr, etwas Interesse für ihren Beruf, mochte es auch geheuchelt sein, und hin und wieder die Frage, wie es ihr erging, ob sie einen Freund hatte und wenn ja: wie der denn so war. Aber Eugene interessierte das einfach nicht wirklich. Er saß mit seinen perfekt maßgeschneiderten Anzügen im Office und ging nur ans Telefon, wenn es sein Terminplan gestattete. Oft tat der das jedoch nicht, dann schickte Eugene Lorraine, seine Sekretärin, voraus, der die unleidliche Aufgabe zufiel, ungebetene Besucher wie Shannon auf ein anderes Mal zu vertrösten. Eugene sei unpässlich, das komme halt mal vor, so sei die Wall Street nun mal, erklärte Lorraine meist in routinierter Seelenlosigkeit und vermied dabei allzu langen Augenkontakt.

Kurz vor ihrer Abreise nach Japan war Shannon noch einmal überraschend in Eugenes Büro hineingeplatzt, direkt in ein Meeting mit einem dutzend anderer Wall-Street-Typen, na und?

Sie hatte ihren Vater angebrüllt, weil er wieder mal einen Geburtstag von ihr nur mit einem stupiden stereotypen Anruf quittieren wollte.

Sie hatte ihn gefragt, ob er denn erst wirklich Notiz von ihr nehmen werde, wenn sie sich erhängt oder die Pulsadern aufgeschnitten habe. Verkrümmt in einer Badewanne liegend oder unter dem Trapp eines Waschbeckens. Vielleicht Wochen nach Einsetzen der Verwesung vom NYPD in einer stinkigen Hinterzimmerabsteige in der Bronx gefunden. Weil der Gestank der verwesenden Leiche selbst den besoffenen Vermieter aufgeschreckt hätte.

Eugene hatte zurückgebrüllt, ob es ihr jemals schlecht gegangen sei, ob sie denn nicht zu schätzen wisse, dass sie niemals die Sorgen gehabt habe wie viele andere ihrer Kommilitonen, die für das Studium jeden Cent umdrehen müssten.

Sie hatte zurückgebrüllt, wie blind er eigentlich sei. Von all dem Wall-Street-Schrott, den Fonds, den Halunken, die es nur auf sein Geld abgesehen hatten. Dann war sie aus Eugenes Büro gestürmt und hatte ein Dutzend pikiert dreinblickender Arschkriecher und Speichellecker zurückgelassen, die Eugene an den Lippen hingen, ratlos und sichtlich unangenehm berührt, Zeuge eines Familiendramas geworden zu sein, mit ihren stumpfsinnigen Charts und Aktienkurstabellen.

Danach war sie von der Wall Street runter zur Port Authority gelaufen, um Luft zu schnappen und wieder zur Ruhe zu kommen. Ihre Hände hatten während des kleinen Gastauftritts in Eugenes Reich so stark gezittert wie nie zuvor in ihrem Leben. Sie regte sich sonst nie auf, verdammt, aber es musste mal raus, gesagt werden, damit der alte Herr mitbekam, dass nicht alles rund lief, nur weil er das Scheckbuch zückte. Oder die Schlüssel für einen Sportwagen, der selten länger als drei Monate vor Eugenes Stadthaus an der Upper West Side stand, weil dann ein neuer Porsche, Ferrari oder Bentley gekauft wurde. (*Hey, Kleine, kannst den am Wochenende haben, aber bring ihn ganz zurück*).

Shannon setzte sich auf eine Bank am Ufer und betrachtet die nach Staten und Ellis Island ablegenden Fähren. Ihre Hände umklammerten einen Becher mit heißer Schokolade. Gott sei dank ließ das Zittern langsam nach.

Sie rekapitulierte das Gespräch mit Eugene, das ja eher dem Schlagabtausch eines ritterlichen Turniers als einer Unterhaltung geglichen hatte. Natürlich, einiges von dem, was er gesagt hatte, stimmte durchaus. Eugene hatte alles bezahlt und ihr wie auch ihrem drei Jahre älteren Bruder Michael ein sorgenfreies Auskommen mit viel Dollars für ein gutes Leben beschert. Und doch glich es einer Ausrede, einer Verabredung zur Flucht mit sich selbst, vor sich selbst, wie alles in Eugenes Leben.

Wenn sie ihn an einem seiner Arbeitstage – und bei Eugene glich jeder Tag einem Arbeitstag – in seinem Büro ans Telefon bekam, um einfach nur die Stimme ihres Vaters zu hören oder auch, um über ihr abgeschlossenes Studium der Biologie, ihren Beruf als Kämpferin für bedrohte Tierarten zu reden, den sie als Berufung sah, dann brach Eugene unter einem Vorwand das Gespräch meist nach wenigen Minuten ab, wenn er denn überhaupt ans Telefon ging und nicht Lorraine, weil der Chef, wie ihn alle im Büro nannten, ohnehin keine Zeit hatte.

So weit Shannon auch zurückdachte: Es war nie anders gewesen, Eugene war nie anders gewesen, oder? Es mochte Bilder von Eugene mit ihr und Michael auf dem Arm geben (oder zusammen mit ihrer Mutter am Rand eines Swimmingpools sitzend und mit den Beinen im Wasser plätschernd), irgendwo verkramt in einer alten Hutschachtel auf dem Dachboden oder in einer längst verstaubten Kommode, die nur der Umstand vor der Entrümpelung gerettet hatte, das Eugene ungern Dinge wegwarf.

Aber wenn es derartige Familienfotos gab, hatte sie deren Aufbewahrungsort vor langer Zeit zu verdrängen gelernt. Und Michael, ob er als der ältere Bruder die Misere ihrer beider Jugend ähnlich sah? Shannon beschloss, Michael bei nächster Gelegenheit anzurufen und danach zu fragen.

Vor gar nicht so langer Zeit hatte Michael nach eigenem Bekunden Eugene auf nicht eben leise Art, fast die selben Fragen gestellt wie sie bei ihrem Ausraster. Warum Eugene kein Gefühl für Familie besitze, keinen Sinn für den Mindestgrad an Aufmerksamkeit, und ob er überhaupt Gefühle besitze oder diese abgestorben seien. Eugene hatte getobt, was aber nichts änderte. Am Ende hatte er seine beiden Kinder zu einem Essen in eines der angesagten Restaurants an der Wall Street-Leute eingeladen. Sie gingen beide nicht darauf ein, und Shannon nahm sich vor, Michael zu gegebener Zeit auf einen gemeinsames Urlaubsabenteuer in den Rocky Mountains anzusprechen, was bei Michael als Naturfreund sicher auf Wohlwollen treffen würde. Dort würden sie endlich die Zeit finden, über all das Belastende, das sich in Jahren des Runterschluckens angesammelt hatte, zu reden. Gleichzeitig nahm sie in Gedanken bereits Abschied von New York und Eugenes Scheckbuchwelt.

Nun saß Shannon auf einem seicht ins Meerwasser ragenden Felsen und beobachtete aus rund 50 Meter Entfernung eine Familie von Japan-Makaken, vor allem ein Weibchen, das sich von der Gruppe abgesondert hatte und einen zunächst undefinierbaren Gegenstand in Richtung des Meers schleppte, wo es sich schließlich hinplumpsen ließ. Umspült von flachen Miniwellen, deren Dünung seicht am Strand auslief. Fast wie auf einem kitschigen Bild, das Touristen zu einem Urlaub animieren sollte. Türkisfarbenes Wasser, umgeben von Felsen und Bäumen, die wie gemalt wirkten.

Das Affen-Weibchen schien im Gegensatz zu ihr wenig Sinn für die Umgebung übrig zu haben, denn es hantierte eifrig an dem mitgeschleppten Gegenstand herum.

Shannon griff zu dem Fernglas, das sie bei ihren Ausflügen in die Natur stets mit sich führte, auch weil die meisten wilden Tiere in aller Regel Menschen nicht so nah an sich herabließen, da sie ihnen misstrauten.

Sie blickte durch das Fernglas. Das Makaken-Weibchen – einige Stellen des Fells waren grau und der Rücken leicht gekrümmt -, hielt eine Frucht in den Händen und wusch sie im Meerwasser. Als das erledigt war, nahm es einen herzhaften Bissen von der Frucht, um sie anschließend erneut im Meer zu waschen. Es fand offenbar Gefallen an dem salzigen Geschmack und hatte, ein erwünschter Nebeneffekt, gleichzeitig die Frucht von unerwünschtem Schmutz befreit. Shannon nahm dies verblüfft zur Kenntnis und beschloss, am nächsten Tag wieder zu dem Strand zu kommen und nach dem Makaken-Weibchen Ausschau zu halten.

Das japanische Insel-Archipel bot Raum für die faszinierendsten Affenarten: Manche sahen aus wie Clowns, andere wie Miniaturausgaben des Yeti, die hoch oben in den Bergen lebenden Schneeaffen. Die Exemplare einer anderen Affenart wiederum praktizierten permanent Sex, um Streit zu schlichten. Der Vorgang faszinierte die Wissenschaftlerin und sie nahm sich vor, dies zum Gegenstand ihrer nächsten Forschung zu machen.

Eugene hätte ihr Interesse für die Tiere nicht verstanden, aber es war ihr mittlerweile egal. Shannon verstaute das Fernglas im Rucksack, dann machte sie sich auf den Rückweg zu ihrem Vermieter, einem 85-jährigen Mann, der nach dem Tod seiner Frau und dem Erreichen der Pensionsgrenze vom japanischen Festland auf die Insel zog und froh war, mitunter einen Gast zu haben.

Shannon warf einen letzten Blick zu dem Affenweibchen und machte sich dann auf den Weg zu ihrem Vermieter.

Am nächsten Tag war die Amerikanerin bereits gegen 8 Uhr zurück an dem Felsplateau, sie hatte nicht gut geschlafen und machte den Vollmond dafür verantwortlich. Shannon dachte kurz darüber nach, ob dies bei einer 34-jährigen Frau normal war. Aber da sie schon als junges Mädchen Schlafprobleme gehabt hatte, grübelte sie nicht länger darüber nach.

Sie nahm eine Decke aus ihrem Rucksack, breitete diese aus und legte sich dann bäuchlings darauf. Dann nahm sie das Fernglas und wartete.

Es dauerte erstaunlicherweise nicht lange, da trat aus den bis an den Strand reichenden Wald das Affenweibchen vom Vortag. Erneut hielt es etwas in der Hand. Shannon drehte an der Optik des Fernglases und erhöhte den Vergrößerungsfaktor. Gebannt starrte sie hindurch. Bei dem Gegenstand musste es sich um eine Kartoffel handeln.

Das Makakenweibchen lief entschlossen auf das Meer zu und ließ sich fast an der selben Stelle wie am Vortag auf den Po plumpsen. Dann wusch es die Kartoffel und biss in sie hinein, was sich zahlreiche Male wiederholte.

Shannon wollte das Fernglas schon absetzen, um Aufzeichnungen in ihrem Notizbuch zu machen, da wurde sie von raschelnden Bewegungen am Rande des Waldsaumes abgelenkt. Zahlreiche Zweige bewegten sich, dann schob sich eine Gruppe von Makaken aus dem Wäldchen. Fast jeder der Affen hatte eine Frucht oder dergleichen in der Hand. Noch nie hatte Shannon Derartiges beobachtet. Das Waschen der Frucht wurde also durch Imitation und Lernen in der Gruppe vermittelt.

Mit vor Erregung leicht zitternden Fingern kritzelte sie Notizen in ihr Büchlein in einer Schrift, die kam jemand anders hätte entziffern können, so krakelig sahen die Buchstaben aus. Shannon witzelte manchmal in Gedanken darüber, wenn sie sich vorstellte, wegen ihrer Forschungsergebnisse von einem anderen Wissenschaftler gejagt zu werden, der es nur auf das kleine schwarze lederne Büchlein abgesehen hatte und beim Aufklappen einen Fluch der Enttäuschung ausstoßen würde, weil er es nicht lesen konnte.

Shannon beobachtete noch bis zum Mittag die Affengruppe, dann wollte sie sich auf den Weg zu ihrer Unterkunft 250 Meter oberhalb des Felsplateaus in den Bergen machen, als plötzlich ein violetter Blitz aus dem Nichts heraus über die Bucht hinwegzuckte und das Naturidyll in Negativfarben tauchte. Shannon kam es so vor, als hätte jemand sie angeblitzt. Vergeblich wartete sie darauf, dass sich die Farben der Umgebung wieder normalisierten, dann meinte sie Stimmen zu hören, die fremder klangen als alles, was sie während ihrer Naturbeobachtungen je vernommen hatte.

Weit entfernt, Caschells Schiff.

Ein Energiestrahl raste von der Latiz auf sein Schiff zu, brutal und unvermittelt schlug er in die Energiezelle ein, gefolgt von der monströsen Wirkung des Puls.

„Fando, was…?“, schrie Caschell. Der Rest seiner Frage ging im ohrenbetäubenden Krach der Energieentladungen unter. Er aktivierte die

Mechanismen zur Selbstverteidigung, soweit sie von der Zelle nicht ohnehin bereits als Standard genutzt wurden. Dann wurde es schlagartig dunkel und bedrückend still an Bord. Die gierigen Energieauswürfe der nahen Sonne griffen nach dem Schiff. Caschell entschloss sich, die notwendige Stabilisierung und Selbstreparaturroutinen dem Schiff zu überlassen; Fando würde wissen, was zu tun war.

Caschell öffnete einen sechsdimensionalen Raumzeittunnel. Mit ihm konnte er Milliarden von Lichtjahren in kürzester Zeit überbrücken, weshalb die Sphären selbst manchmal auch diesen Weg einschlugen. Doch das distanzlose Reisen raubte Energie, das wusste Caschell, auch deshalb brauchten sie das Paschkanaar zur Auffrischung. Manche Brüder glaubten, dass die obligatorischen Ruhephasen in den sechsdimensionalen Klausen ihren Seelenkernen schadeten, aber er wusste, dass es die Reisen durch die höher gelegenen Kontinua waren, die Tunnel. Sie waren Lockruf und Verhängnis zugleich. Das Reisen durch die Dimensionstunnel raubte ihnen ihre Substanz. Mit jedem Betreten der höherdimensionalen Gefilde litt ihr Seelenkern und verlor auf mysteriöse Weise Kraft.

Einige Tage später – die Latiz hatte im Kuiper-Asteroidengürtel am Rande des irdischen Sonnensystems Zuflucht gesucht – öffnete Roxanne überraschend die Augen. Ihre Atmung war stabil, aber sie schien weit von einer vollen Genesung entfernt zu sein. Gabriensis betrachtete sie nachdenklich.

Hatte das Bordgehirn nicht erklärt, dass die Frau tot sei? Es musste verrückt sein. Und doch waren die schweren äußerlichen Verletzungen der Frau nicht mehr zu erkennen.

„Was ist das richtige Leben?“, fragte Roxanne unvermittelt.

„Wie bitte?“

„Du könntest mich lehren, was wir Menschen lernen müssen, Herr. Um bessere Wesen zu werden. Denn ihr Engel und Götter müsst es wissen, was einen in Kopf und Seele gesund hält. Denn ich bin krank, mein Herr. Nicht nur an dem, was ihr seht, sondern im Inneren. Ich glaube, angesichts all der ungewohnten Bilder den Verstand zu verlieren. Verleiht mir Stärke, um all dies hier zu verkraften, Herr, und ihr werdet es nicht bereuen.“

Gabriensis war verblüfft. „Eine interessante Frage. Aber wir sollten uns um deine Verletzung kümmern. Die Bordsysteme…, ich meine, der…“, er suchte nach dem passenden Wort, das die Frau verstehen würde,

„...Arzt dieses Schiffes, teilte mir mit, dass du ernsthaft verletzt wurdest.“

„Ich“, Roxanne fasste sich an den Hinterkopf und tastete ihn vorsichtig ab, als suche sie nach großen Wunden, „fühle mich nicht schlecht.“ Grabriensis wollte gerade zu einer Erwiderung ansetzen, als sich die Latiz meldete. „Ich kann Caschells Schiff nicht mehr orten.“

„Wie kann das sein?“, fragte Gabriensis.

„Ich weiß es nicht.“

Gabriensis presste ein *Was soll das nun wieder bedeuten?* heraus. Er stand kurz davor, seine Geduld zu verlieren. Sollte ihn die Latiz nur provozieren, er würde ihr eine angemessene Antwort nicht schuldig bleiben.

„Da ist noch etwas, und ich sehe es als meine Pflicht an, dich darauf aufmerksam zu machen. Denn der Vorgang ist ungewöhnlich. Ja, ich kann voller Überzeugung sagen: sehr ungewöhnlich.“

Gabriensis Avatar begann zu flimmern, ein untrügliches Zeichen für seine Angespanntheit. Schließlich antwortet er: „Vieles ist ungewöhnlich, das wir zuletzt erlebt haben.“

„Das stimmt, aber nicht in diesem Maße.“

„Komm zum Punkt.“

„Wir haben einen Ruf erhalten.“

Gabriensis glaubte, sich verhört zu haben, dann war ihm klar, dass Caschell sich gemeldet hatte. „Was hatte unser Bruder zu sagen, bevor er sich abgesetzt hat?“

„Der Ruf stammte nicht von Caschell. Er erreichte uns auch nicht auf Ko-Trans (Kommunikationskanal der Gibb-Raumschiffe), sondern...“

„Mach es nicht so spannend, sondern wie?“

„Ich kann es nicht sagen:“

Gabriensis war nun kurz davor, vollends die Beherrschung zu verlieren. Die Latiz war ein Schrotthaufen, er musste sie wohl gegen ein anderes Schiff austauschen. Aber zunächst einmal galt es, gute Mine zum bösen spiel zu machen. „Wir wissen also nicht, wie uns eine Botschaft erreichte. Sicher auch nicht, was ihr Inhalt ist oder wer sie sandte, nicht wahr?“

Es verging ein kurzer Moment, bis die Latiz antwortete: „In der Tat ist die Herkunft rätselhaft. Sie erreichte uns mit Überrangcode, der eigentlich nie verwendet wird, da mir kein Gibb bekannt ist, der die Befugnis zu seiner Nutzung besitzt. Dafür ist der Inhalt der Botschaft umso klarer.“

„Und die lautet?", fragte Gabriensis ungeduldig.
Wieder verging ein kurzer Moment, bevor die Latiz antwortete. Als sie
es tat, glaubte Gabriensis sich verhört zu haben.
„FINDET DAS LETZTE ELEMENT. VOM ERGEBNIS DER SUCHE
HÄNGT ALLES AB!"

--- ENDE ---

Anmerkung: Der fünfte und letzte Band der Savantninja-Saga, der das Fantasy-Epos abschließt, erscheint voraussichtlich Ende 2017/Anfang 2018 auch im Verlag Tredition.

Interview mit dem Autor:

Wie kamen Sie auf die Idee, Romane zu schreiben?

Ich habe einige Jahre für Zeitungen gearbeitet, was mir Zugang zu vielen interessanten Orten, Personen und Themen verschaffte, die mich inspirierten. So kam eines zum anderen.

Ihr erstes Buch „Fast Leben" beschäftigt sich mit einem gefallenen Mann und Berlin, warum ausgerechnet diese Themen?

Ich wollte in dem Buch zwei mich interessierende Themen aufgreifen: zum einen die Geschichte Berlins und einen Charakter, der ein Getriebener und Gestrandeter ist, eine gefallene Seele. Robert Windhorst, wie der Protagonist heißt, wächst in einem von vollkommener Unsicherheit geprägten Elternhaus auf und wird diese Konditionierung sein Leben lang nicht mehr los. Er verfällt dem Nachtleben Berlins, seiner exzessiven Partyszene, den Drogen und Träumen dieser Stadt. Der „Weserkurier" verglich das Buch übrigens mit „American Psycho".

In Ihrem zweiten Buch, „Die Gestörten", griffen Sie ein völlig anderes, aber brandaktuelles Thema auf: nämlich das der Flüchtlings…

Ja, aber eines, das uns Europäer noch sehr lange beschäftigen wird. Ich schildere darin den Weg der Syrerin Samira, die als junges Mädchen aus ihrer von Bomben verwüsteten Heimat nach Berlin flüchtet und dabei mit vielen gefährlichen Situationen konfrontiert wird. Es geht in dem Buch auch um andere Flüchtlinge, vor allem aber um die Deutschen, die sich gestört fühlen. Das gab mir die Idee für den Titel des Romans.

Auch der Schreibstil unterscheidet sich von „Fast Leben". Wie würden Sie ihn beschreiben?

Nun, vielleicht als eine Mischung aus T.C. Boyle, Stephen King und Westphal (lacht).

Ihre neusten Bücher haben eine ganz andere Handlungsplattform. Es ist Fantasy, in denen dreht sich alles um hochbegabte Kinder. Sie mögen Vielfalt.

Vor allem mag ich das Spiel mit dem „Was wäre wenn?" Aber ja, Sie haben Recht. Und das wird auch so bleiben.

Gibt es neue Ideen für einen Roman?

Ja, ein Science-Fiction, in dem es um Unsterbliche geht, die sich auf die Suche nach etwas ganz Besonderem begeben. Mehr verrate ich nicht.

Dirk Westphal wurde in den 60er-Jahren in Berlin geboren. Er lebte in Belgien, den USA, Frankreich und England, bis er in seine Heimatstadt zurückkehrte, wo er seither als Journalist und Buchautor arbeitet. Von ihm erschienen bei tredition auch die Romane *Fast Leben* und *Die Gestörten*:

Paperback 16,90 Euro
ISBN: 978-3849575960

Paperback 14,50 Euro
ISBN: 978-3849577520

Paperback 17,90 Euro
ISBN: 978-3732317349

Paperback 9,95 Euro
ISBN: 978- 3734584510

Paperback 16,99 Euro
ISBN: 978- 3732375417